나의 친구 레베카

나의 친구 레베카

지은이 케이트 더글러스 위긴
옮긴이 박상은
펴낸이 임상진
펴낸곳 (주)넥서스

초판1쇄 발행 2021년 1월 11일
초판3쇄 발행 2021년 2월 5일

출판신고 1992년 4월 3일 제311-2002-2호
10880 경기도 파주시 지목로 5
Tel (02)330-5500 Fax (02)330-5555

ISBN 979-11-91209-56-3 03840

이 도서의 국립중앙도서관 출판예정도서목록(CIP)은
서지정보유통지원시스템 홈페이지(http://seoji.nl.go.kr)와
국가자료공동목록시스템(http://www.nl.go.kr/kolisnet)에서
이용하실 수 있습니다. (CIP제어번호 : CIP2020053956)

www.nexusbook.com

나의 친구
레베카

케이트 더글러스 위긴 지음
박상은 옮김

&

황금빛 낮과 별빛 가득한 밤이 끝없이 이어지는 세상 위에
오늘도 번쩍 태양이 떠올랐어요.
지금 내 모습이 초라하다고 우울해하지 마세요.
진짜 멋지고 굉장한 나날은 아직 시작조차 되지 않았으니까요.

100년 전부터 당신의 친구였던
레베카 드림

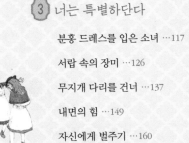

1

리버버러에 온 요정

"오, 안 돼요! 저는 해가 쨍한 날에는 절대 양산을 쓰지 않아요.
분홍색은 쉽게 바래거든요. 구름 낀 일요일에 교회 갈 때만 써요.
갑자기 구름 사이로 해가 고개를 내밀면 양산을 가리느라 애를
먹지요. 이건 제게 가장 소중한 물건이에요."

"우리는 칠형제랍니다"

낡은 역마차가 메이플우드에서 리버버러로 가는 흙길을 덜커덕거리며 달렸다. 5월 중순이지만 한여름처럼 더운 날이었다. 제리마이어 콥은 말에게 최대한 호의를 베풀면서도 자신이 우편물을 배달하는 중임을 잊지 않았다. 넘어야 할 언덕이 많았다. 그는 고삐를 느슨하게 쥔 채 등을 뒤로 기대고 한쪽 다리를 흙받이 위에 올려놓았다. 테가 있는 낡은 펠트 모자를 눈언저리까지 덮어쓰고서 왼쪽 볼에 씹는 담배를 밀어 넣고 우물거렸다.

마차 안에는 승객이 한 명 있었다. 검은 머리에 담황색 옥양목 드레스를 입은 아이였다. 그 아이는 너무 마른데다 풀을 잔뜩 먹인 옷을 입고 있어서 가죽 쿠션 위를 이리저리 미끄러졌다. 면장갑을 낀 손을 양옆으로 뻗어 균형을 유지하려 애썼지만, 마차 바퀴가 움푹 파인 곳을 지나거나 갑자기 돌부리에 걸릴 때마다 자기 의지에 반하여 위로 솟구쳐 올랐다가 떨어져 내리기를 반복했다. 그럴 때마다 아이는 우스꽝스럽게 생긴 작은 밀짚모자를 바로 쓰고 자그마한 분홍색 양산을 주워 단단히 세워놓았다. 마치 그것이 자신의 주된 의무이기라도 한 것처럼. 그리고 도로 사정이 허락할 때마다 작은 구슬 지갑을 들여다보고 그 안의 내용물이 사라지거나 줄어들지 않았음을 확인하고는 크게 안도했다. 콥은 이런 사정에 대해서는 짐작조차 하지 못했다. 그의 할 일은 승객을 목적지까지 데려다주는 것이지, 편안하게 해주는 것이 아니었기 때문이다. 사실 그는 어린 승객의 존재 자체를 잊고 있었다.

그날 아침 그가 메이플우드 우체국을 출발하려고 할 때 한 여자가 마차에서 내리더니 그에게 다가왔다. 그러고는 이 역마차가 리버버러에 가는지, 그가 콥인지 물었다. 콥이 그렇다고 하자 그녀는 기대에 차서 답을 기다리고 있는 아이에게 고갯짓을 했고, 아이는 조금이라도 늦을세라 그녀를 향해 달려왔다. 아이는 열 살이나 열한 살쯤 돼 보였지만, 나이에 비해 체구가 작아 보였다. 아이 엄마가 아이를 역마차에 태우고 짐꾸러미와 라일락 꽃다발을 옆에 놓아주었다. 그녀는 역마차 뒤쪽에 낡은 모직 트렁크를 붙들어 매는 것을 본 후 마침내 주의 깊게 은화를 세서 삯을 치렀다.

"이 아이를 리버버러에 있는 저희 언니들에게 데려다주세요. 미란다와 제인 소여 자매를 아시나요? 벽돌집에 사는….."

다행히 콥은 그들을 아주 잘 알고 있었다.

"잘됐네요. 이 아이를 그 집에 데려다주세요. 미란다와 제인이 아이를 기다리고 있을 거예요. 부디 아이를 잘 지켜봐주세요. 안녕, 레베카. 장난치지 말고 얌전히 앉아 있거라. 이모 댁에 도착했을 때 단정해 보이도록 말이야. 아저씨 귀찮게 하지 말고. 보시다시피 아이가 좀 들떠 있어요. 우리는 어제 템퍼런스에서 차를 타고 와서 사촌 집에서 하룻밤을 묵은 뒤 오늘 아침에 마차를 타고 12킬로미터를 달려 여기까지 왔답니다."

"안녕, 엄마. 걱정하지 마세요. 전에 여행을 안 해본 것도 아닌데요, 뭐."

여자는 어이없다는 듯이 웃고는 콥에게 설명했다.

"이 아이가 전에 웨어햄에서 하루를 보내고 온 적이 있거든요. 그건 여행이라고 할 수도 없어요."

"그건 여행이었어요, 엄마. 농장을 떠났고, 도시락 바구니를 챙겼고, 마차도 탔고, 증기차도 탔으니까요. 게다가 잠옷까지 가져갔잖아요."

아이가 열띤 어조로 고집스럽게 말했다.

"온 동네 사람들이 다 듣겠구나."

아이 엄마가 아이의 말을 중단시킨 뒤 목소리를 낮춰 말했다.

"전에 엄마가 말했지? 잠옷이나 스타킹 같은 것들에 대해서는 큰 소리로 말해서는 안 된다고. 특히 주변에 남자들이 있을 때는 말이야."

"알았어요, 엄마. 안 그럴게요. 내가 말하고 싶은 건…."

이때 콥이 헛기침을 하며 고삐로 말의 옆구리를 쳤고, 말들은 침착하게 하루 일과를 시작했다.

"내가 말하고 싶은 건 잠옷을 챙겨갈 땐…."

이제 역마차는 꽤 앞으로 나아가 있어서, 레베카는 창밖으로 고개를 내밀고 말을 마쳐야 했다.

"…잠옷을 챙겨갈 땐 그게 바로 여행이라는 거예요."

높은 음조에 실려 온 그 듣기 민망한 단어가 랜들 부인의 귓전을 자극했다. 랜들 부인은 역마차가 멀어져가는 것을 지켜본 뒤 가게 앞 벤치에 놓아둔 짐꾸러미를 들고 말을 매어둔 말뚝 앞으로 다가갔다. 마차에 올라 말머리를 집으로 향할 때 그녀는 잠시 일어서서 손으로 햇빛을 가린 채 멀리 흐릿하게 보이는 먼지구름을 바라보며 혼잣말을 했다.

"미란다 언니가 할 일이 많겠구나. 하지만 레베카를 위해서는 좋은 기회가 될 거야."

이 모든 게 30분 전의 일이었다. 햇빛과 더위와 흙먼지와 대도시인 밀타운에서 해야 할 일들에 대한 생각 때문에 콥은 레베카를 잘 지켜보겠다는 약속을 완전히 잊고 말았다.

갑자기 마차 바퀴의 덜커덕거리는 소리와 마구의 삐걱거리는 소리 너머로 작은 목소리가 들려왔다. 콥은 처음에는 귀뚜라미나 두꺼비 또는 새소리인 줄 알았다. 하지만 소리의 진원지를 파악하고 고개를 돌리자 안전이 허락하는 범위 안에서 최대한 창밖으로 몸을 내민 자그마한 형체가 보였다. 길게 땋아 내린 검은 머리가 마차의 움직임에 따라 이리저리 흔들렸다. 아이는 한 손에는 모자를 들고 다른 손으로는 자그마한 양산으로 마부의 등을 찔러보려고 헛되이 애쓰는 중이었다.

"제 말 좀 들어보세요!"

아이가 소리쳤다.

콥이 마차를 세웠다.

"아저씨 옆자리에 앉아 가려면 돈을 더 내야 하나요? 여기는 너무 미끄럽고 또 마차 안이 너무 넓어서 자꾸 이리저리 흔들려요. 그리고 창문이 너무 작아서 바깥이 잘 보이지 않아요. 마차 뒤에 매어놓은 트렁크가 떨어지지 않았나 보려다 목이 부러질 뻔했어요. 그 트렁크는 엄마가 매우 아끼는 것이거든요."

콥은 아이의 말, 아니 보다 정확하게 말하면 불평이 끝날 때까지 기다렸다가 익살스럽게 말했다.

"원한다면 그렇게 하렴. 내 옆에 앉는다고 요금을 더 받지는 않는단다."

그는 아이를 앞좌석에 앉힌 뒤 자기 자리로 돌아갔다.

레베카는 드레스의 엉덩이 부분에 주름이 가지 않도록 세심한 주의를 기울여 앉은 뒤 양산을 자신과 마부 사이에 놓고 드레스 자락으로 덮었다. 그러고는 모자를 눌러 쓰고 흰 면장갑을 낀 후 명랑하게 말했다.

"오! 이러니까 훨씬 낫군요! 진짜로 여행하는 것 같아요! 아까는 마치 닭장에 갇힌 암탉 같은 기분이었거든요. 이렇게 오래오래 여행할 수 있으면 좋겠어요."

"오, 이제 막 출발했으니까 두 시간 조금 넘게 걸릴 게다."

콥이 상냥하게 말했다.

아이가 한숨을 내쉬었다.

"겨우 두 시간이요? 그럼 한 시 반쯤 도착하겠군요. 그때쯤 엄마는 사촌인 앤 이모네 집에 도착하셨을 거고, 저희 집에서는 점심을 먹고 한나 언니가 설거지를 마쳤을 거예요. 저는 도시락을 싸 왔어요. 점심을 거른 채로 벽돌집에 도착해서 미란다 이모가 제 점심 식사부터 챙기도록 한다면 좋지 않은 시작이 될 거라고 엄마가 말씀하셨거든요. 그런데 날이 덥네요."

"그래, 정말 덥구나. 양산을 쓰지 그러니?"

아이는 드레스 자락을 양산 위로 더 길게 늘어뜨리며 말했다.

"오, 안 돼요! 저는 해가 쨍한 날에는 절대 양산을 쓰지 않아요. 분홍색은 쉽게 바래거든요. 구름 낀 일요일에 교회 갈 때만 써요. 갑자기 구름 사이로 해가 고개를 내밀면 양산을 가리느라 애를 먹지요. 이건 제게 가장 소중한 물건이에요. 하지만 정말 조심히 다뤄야 해요."

그 순간 제리마이어 콥의 느리게 작동하는 머릿속에 차츰 그런 생각이 스며들었다. 그의 옆에 앉아 있는 새는 그가 날마다 역마차를 몰며 보아온 새들과는 완전히 다른 깃털을 가진 새라는 그런 생각이. 그는 채찍을 제자리에 두고, 다리를 흙받이에서 거둬들이고, 모자를 뒤로 젖히고, 담배를 뱉어낸 뒤 처음으로 아이의 얼굴을 자세히 들여다보았다. 아이다운 호기심을 간직한 진지한 눈빛이 그의 시선을 맞받았다.

담황색 옥양목 드레스는 낡았지만 깨끗하고 풀이 잔뜩 먹여져 있었다. 러플(큼직큼직하게 물결 모양으로 만든 주름 장식) 위로 솟은 아이의 가느다란 목은 짙은 갈색이었고, 머리는 허리까지 굵직하게 땋아 내린 검은 머리칼을 지탱하기에는 너무 작아 보였다. 아이는 특이하게 생긴 작은 밀짚모자를 쓰고 있었다. 아마도 최신 유행하는 어린이용 모자이거나 아니면 아주 오래된 모자를 수선한 것이리라. 담황색 리본을 꼬아 테두

리버버러에 온 요정

리를 두른 그 모자에는 검은색과 주황색의 고슴도치 가시로 만든 장식이 달려 있었는데, 이 장식이 귀 위로 늘어져 묘한 인상을 주었다. 아이의 얼굴은 혈색이 없고 윤곽이 뚜렷했다. 얼굴 생김새는 여느 아이들과 비슷할 터였다.

비록 아이의 눈에 사로잡혀 코나 이마, 턱까지 보지는 못했지만…. 레베카의 눈은 "바라는 것들의 실상이요 보이지 않는 것들의 증거"라는 성경 구절을 떠올리게 했다. 섬세한 눈썹 밑으로 두 개의 별처럼 반짝이는 눈에는 열정과 호기심이 가득했다. 차분한 응시는 아름다우면서도 신비로웠고, 사물의 보이는 부분을 지나서 보이지 않는 부분까지 꿰뚫어 보는 듯했다. 레베카의 눈은 설명할 길이 없었다. 템퍼런스의 교사와 목사는 설명하려다 실패했고, 여름에 빨간 헛간과 버려진 물방앗간과 다리를 스케치하러 온 젊은 화가는 풍경을 포기하고 아이의 얼굴을 그리는 데 몰두했다. 작고 평범한 외모에 반짝이는 눈동자를 지닌 아이의 얼굴을. 아이의 놀라운 잠재력과 통찰력이 엿보이는 그 눈동자는 사람들로 하여금 지치지도 않고 그 깊은 곳을 들여다보게 했다.

콥은 이런 식으로 길게 설명을 늘어놓지는 않았다. 그날 밤 그는 아내에게 아이가 쳐다볼 때마다 마음이 녹는다고 간결하게 말했을 뿐이다.

콥과 시선을 교환하고 그의 얼굴을 익힌 레베카가 말했다.

"이 양산은 화가인 미스 로스에게서 받은 거예요. 두 겹으로 된 분홍색 러플과 흰색 꼭지와 손잡이를 보셨어요? 그건 상아예요. 손잡이에는 금이 갔어요. 교회에서 제가 보지 않는 새에 패니가 빨고 물어뜯는 바람에 그렇게 되었어요. 그 후로는 전과 같은 마음으로 패니를 대할 수 없게 되어버렸어요."

"패니는 네 동생이니?"

"동생 중 한 명이에요."

"형제가 몇인데?"

"일곱 명이요. 일곱 형제에 관한 시가 있어요."

어린 하녀가 재빨리 대답했네.
오, 주인님! 우리는 칠형제랍니다.

"학교에서 이 시를 낭송했더니 아이들이 마구 웃어댔어요. 한나 언니가 맏이고, 제가 그다음이에요. 그다음은 존이고, 그다음은 제니, 그다음은 마크, 그다음은 패니, 그다음은 미라예요."

"대가족이로구나!"

"너무 심하다 싶을 정도로 엄청난 대가족이지요. 모두 그렇게 말해요."

예상치 못한 솔직하고 어른스러운 대답에 콥은 "그렇구나!"

하고 말한 뒤 왼쪽 볼 안에 담배를 조금 더 집어넣었다.

"아이들은 사랑스럽지만 성가시기도 해요. 키우는 데 돈도 많이 들고요. 한나 언니와 저는 밤에 아기들을 잠자리에 눕히고 아침에 깨우는 일만 하면서 여러 해를 보냈어요. 하지만 그것도 이제 다 끝났어요. 우리가 자라서 저당금을 갚으면 멋진 시간을 보낼 수 있을 거예요."

"다 끝났다고? 오, 네가 집을 떠나와서 아기를 돌보지 않아도 된다는 뜻이니?"

"아니요, 더 이상 가족이 늘지 않는다는 뜻이에요. 엄마가 그렇게 말했고, 엄마는 늘 약속을 지키니까요. 미라 밑으로는 아무도 태어나지 않았고, 미라는 세 살이에요. 그 애는 아빠가 돌아가신 날 태어났어요. 미란다 이모는 제가 아니라 한나 언니를 원했지만, 엄마에게는 한나 언니가 없으면 안 돼요. 한나 언니가 저보다 집안일을 더 잘하거든요. 어젯밤에 엄마한테 내가 없는 동안 아기가 늘어나면 다시 나를 불러달라고 말했어요. 아기를 돌보는 데에는 한나 언니와 저 둘 다 필요하거든요. 엄마는 요리와 농장일을 하니까요."

"오, 농장에서 사는구나. 농장이 어디쯤 있지? 아까 마차를 탄 곳에서 가깝니?"

"가깝냐고요? 수천 킬로미터는 떨어져 있을걸요? 우리는 템퍼런스에서 차를 타고 왔는데, 앤 이모 댁까지 오는 데 한

참 걸렸어요. 앤 이모 댁에서 하룻밤 자고, 다음 날 아침에 마차를 타고 역참이 있는 메이플우드까지 온 거예요. 우리 농장에서 가까운 곳은 없어요. 하지만 농장에서 2킬로미터만 가면 템퍼런스에 학교와 교회가 있지요. 여기 앉아 있으니까 마치 교회의 첨탑 위에 올라가 있는 것 같아요. 저는 첨탑에 올라간 남자아이를 아는데, 그 아이 말로는 사람들과 소들이 파리만 하게 보인대요. 아직 사람들을 만나지는 못했지만, 소들을 보니 조금 실망스럽네요. 생각했던 것만큼 작게 보이지 않아서요. 남자아이들은 늘 멋지고 근사한 것을 하는데, 여자아이들은 시시한 것밖에 할 수 없어요. 높이 올라갈 수도 없고, 멀리 갈 수도 없고, 밤늦게까지 밖에서 놀 수도 없고, 빨리 달릴 수도 없고요."

콥은 손등으로 입을 닦으며 숨을 헐떡였다. 마치 숨 돌릴 틈도 없이 이 산봉우리에서 저 산봉우리로 끌려다닌 느낌이었다. 그가 말했다.

"너희 농장이 어디쯤에 있는지 짐작이 안 가는구나. 템퍼런스에 가본 적도 있고 그 근처에 산 적도 있지만 말이야. 네 성이 뭐지?"

"랜들이요. 어머니 이름은 오릴리어 랜들이에요. 우리 형제들 이름은 한나 루시 랜들, 레베카 로웨나 랜들, 존 핼리팩스 랜들, 제니 린드 랜들, 마르키스 랜들, 패니 엘슬러 랜들, 미란

리버버러에 온 요정

다 랜들이고요. 우리 이름의 절반은 엄마가 짓고 절반은 아빠가 지었어요. 하지만 우리가 짝수로 태어나지 않아서 두 분은 막내인 미라의 이름을 지을 때 리버버러에 사는 미란다 이모의 이름을 따서 짓는 게 좋겠다고 생각하셨대요. 이모가 뭔가 도움을 주시지 않을까 하는 바람에서요. 하지만 그런 일은 일어나지 않았고, 이제 우리는 막내를 그냥 미라라고 불러요.

우리 이름은 다 누군가의 이름을 따서 지은 거예요. 한나는 「창가에서 구두 깁는 한나」라는 시에 나오는 이름이고요, 제 이름은 『아이반호』에 나오는 인물의 이름이에요. 존 핼리팩스는 책에 나오는 신사의 이름이고, 마크는 오래전에 돌아가신 아빠의 쌍둥이 형제 마르키스 드 라파예트 삼촌의 이름을 딴 거예요. (쌍둥이는 어른이 되기 전에 죽는 경우가 많대요. 세쌍둥이는 거의 다 그렇고요. 그거 알고 계셨어요, 아저씨?) 우리는 그 애를 마르키스라고 부르지 않고 그냥 마크라고 불러요.

제니는 가수의 이름을 딴 거고, 패니는 아름다운 무용수의 이름을 딴 거예요. 하지만 엄마 말로는 둘 다 아이들과 안 어울리는 이름이래요. 제니는 음치이고, 패니는 다리가 뻣뻣하거든요. 엄마는 그 아이들을 중간 이름 없이 제인과 프랜시스라고 부르고 싶지만 그러면 아빠한테 불공평한 일이 될 거래요. 엄마는 늘 우리가 아빠를 지지해야 한다고 말씀하셨어요. 아빠가 많은 시련을 겪었고, 그런 불운을 겪지만 않았어도 돌아가시지 않았을 거라고요. 우리 가족에 대해 말씀드릴 수 있는 것은 이게 전부인 것 같네요."

레베카가 진지하게 말을 맺었다.

"오, 그 정도면 충분해! 너희 어머니가 아이들 이름을 계속 지어야 했다면 고를 만한 이름이 얼마 남지 않았을 거야. 너는 정말 기억력이 좋구나! 학교 수업을 따라가는 데 문제가 없겠어."

"그럴 거예요. 문제는 학교에 갈 때 신을 신발을 구하는 거예요. 지금 신고 있는 구두는 새로 산 건데, 이걸로 여섯 달은 버텨야 해요. 엄마는 늘 신발을 아껴 신으라고 하세요. 신발을 아껴 신으려면 맨발로 다니는 수밖에 없지만, 리버버러에서 그렇게 했다간 미란다 이모 얼굴에 먹칠을 하게 될 거예요. 미란다 이모네 집에서 살게 되면 곧바로 학교에 갈 거고, 2년 뒤에는 웨어햄에 있는 학교에 다니게 될 거예요. 그건 제게 좋은 기회가 될 거라고 엄마가 그러셨어요. 졸업한 후에는 미스 로스 같은 화가가 되고 싶어요. 어쨌든 제 생각에는 그래요. 엄마는 제가 교사가 되기를 바라시지만요."

"너희 농장이 홉스 농장은 아니지?"

"아니에요. 그냥 랜들 농장이에요. 적어도 엄마는 그렇게 불러요. 저는 서니브룩 농장이라고 부르고요."

"서니브룩이든 랜들이든, 농장의 위치를 안다면 어떻게 부르든 상관은 없을 것 같구나."

콥의 이 말에 레베카가 나무라듯 강렬한 시선으로 그를 바라보았다.

"오, 그렇게 말씀하지 마세요! 이름을 어떻게 부르느냐에 따라 큰 차이가 있어요. 제가 랜들 농장이라고 부르면 아저씨는 그 농장의 모습이 연상되세요?"

"아니."

콥이 불편한 마음으로 대답했다.

"그럼 이제 제가 서니브룩(Sunnybrook, 햇빛이 비치는 시내라는 뜻) 농장이라고 부르면 어떤 모습이 떠오르세요?"

콥은 물에서 건져 올려져 모래 위에서 팔딱이는 물고기가 된 기분이었다. 대답을 피할 수는 없었다. 레베카의 눈이 서치라이트처럼 그를 환히 비추고 있었기 때문이다.

콥은 소심하게 대답했다.

"근처에 개울이 있을 것 같구나."

레베카는 실망한 표정이었지만 크게 낙담한 것 같지는 않았다.

"꽤 괜찮은 대답이네요. 틀린 건 아니지만 정답도 아니에요. 근처에 개울이 있는데, 흔히 볼 수 있는 평범한 개울은 아니에요. 개울 양옆으로 어린 나무와 아기 덤불이 줄지어 서 있고, 바닥에는 흰 모래와 반짝이는 조약돌이 깔려 있어요. 조금이라도 해가 비치는 날이면 개울물이 햇빛에 반사되어 하루 종일 반짝거리지요. 그런데 시장하지 않으세요? 역마차를 놓칠까 봐 아침을 걸렀더니 배가 고프네요."

"그럼 도시락을 먹으렴. 나는 밀타운에 도착할 때까지는 아무것도 안 먹는단다. 밀타운에 도착하면 거기서 파이와 커피를 들지."

"저도 밀타운에 가보고 싶어요. 그곳은 웨어햄보다 클 것 같아요. 어쩌면 파리만큼 크지 않을까요? 미스 로스가 파리에 대해 말해주었어요. 제게 준 분홍 양산과 구슬 지갑을 파리에서 샀대요. 이렇게 똑딱이를 비틀면 지갑이 열려요. 지갑 안에 20센트가 들어 있어요. 세 달간 우표와 종이, 잉크를 사는 데 쓸 돈이에요. 엄마는 미란다 이모가 저를 먹이고 입히고 학교에 보내주면서 우표와 종이까지 사주고 싶어 하지는 않을 거라고 했어요."

콥이 별것 아니라는 듯이 말했다.

"파리는 그리 대단치 않단다. 메인주에서 가장 따분한 곳이지. 거기에 여러 번 가봤다."

다시 한번 레베카는 콥을 조용히, 그러나 확실하게 나무라지 않을 수 없었다. 그녀는 재빨리 비난의 시선을 던졌다가 거둬들였다.

"파리는 프랑스의 수도이고, 배를 타고 가야 해요. 지리책

리버버러에 온 요정

에 그렇게 나와 있어요. 또 '프랑스인들은 유쾌하고 예의 바르며, 춤과 라이트 와인을 좋아한다'고 쓰여 있어요. 선생님께 라이트 와인이 뭐냐고 여쭤봤더니 새로운 종류의 사이다나 진저팝(생강으로 맛을 낸 탄산성 음료) 같은 청량음료일 거라고 하셨어요. 저는 눈을 감는 것만으로도 파리를 생생하게 떠올릴 수 있어요. 아름다운 숙녀들이 분홍 양산과 구슬 지갑을 들고 춤을 추어요. 멋진 신사들은 예의 바르게 춤을 추며 진저팝을 마시고요. 하지만 아저씨는 날마다 눈을 크게 뜨고 밀타운을 볼 수 있으니 얼마나 좋으세요."

레베카의 말에는 동경이 가득했다. 콥은 세상의 모든 도시를 다녀봤으나 별다른 것을 발견하지 못한 사람 같은 분위기를 풍기며 이렇게 말했다.

"밀타운도 그리 대단친 않단다. 이제 내가 브라운 씨네 집 문 앞에 신문을 던지는 것을 보렴."

피융! 신문이 정확히 목표 지점(현관 앞의 옥수수 껍질로 만든 매트)에 떨어졌다.

레베카가 감격해서 외쳤다.

"오, 정말 멋진데요? 마크가 서커스에서 본 단도 던지는 사람 같아요. 문 앞에 매트가 놓인 집들이 끝없이 늘어서 있어서 그 모든 집에 신문을 던질 수 있으면 좋겠어요."

콥은 얼굴을 환히 빛내며 겸손하게 말했다.

"나도 늘 성공하는 것은 아니란다. 미란다 이모가 허락하면, 여름에 역마차의 승객이 별로 없을 때 너를 밀타운에 데려가 주마."

새로 산 구두에서부터 밀짚모자와 땋아 내린 검은 머리칼에 이르기까지 레베카의 온몸에 짜릿한 전율이 일었다. 그녀는 열정적으로 콥의 무릎을 누르면서 기쁨과 놀라움에 목이 멘 소리로 말했다.

"오, 믿어지지가 않아요. 제가 밀타운을 보게 되다니! 마치 동화 속의 친절한 요정 할머니가 나와서 소원을 들어주는 듯한 느낌이에요! 『신데렐라』나 『노란 난쟁이』, 『개구리 왕자』, 『금발의 미녀』를 읽어보셨어요?"

콥은 잠깐 생각한 뒤 대답했다.

"아니, 그런 책들은 읽어본 적이 없는 것 같구나. 어디서 그렇게 많은 책을 읽었니?"

"오, 저는 책을 정말 많이 읽어요. 아빠의 책과 미스 로스의 책, 학교 선생님의 책과 주일학교 도서실에 있는 책을 다 읽었어요. 『점등부』와 『스코틀랜드의 추장들』, 『아이반호』, 『레드클리프의 상속자』, 『의사의 아내, 코라』, 『데이비드 코퍼필드』, 『치커리의 황금』, 『플루타르코스 영웅전』, 『바르샤바의 다대오』, 『천로역정』 그리고 그 밖에도 많은 책을 읽었어요. 아저씨는 어떤 책들을 읽으셨어요?"

리버버러에 온 요정

"그런 책들은 못 읽어봤다. 하지만 젊었을 때는 나도 책을 제법 많이 읽었지. 요즘은 연감과 《주간 아르고스》, 《메인주의 농업인》 같은 잡지를 가지고 다니면서 읽는단다. 또다시 강이 보이는구나. 여기가 마지막 언덕이야. 언덕 꼭대기에 오르면 멀리 리버버러의 굴뚝들이 보일 게다. 그리 멀지 않아. 우리 집은 벽돌집에서 800미터쯤 떨어진 곳에 있지."

레베카는 몸을 움직거리며 무릎 위의 손을 신경질적으로 휘저었다. 그러고는 작은 소리로 말했다.

"두렵지 않을 줄 알았어요. 하지만 거의 다 왔다니, 조금 두려운 것 같아요."

콥이 물었다.

"다시 돌아가고 싶니?"

레베카는 용감한 눈빛으로 그를 바라보며 다부지게 말했다.

"저는 돌아가지 않아요. 두렵긴 해도 그렇다고 달아나면 부끄러울 거예요. 미란다 이모 댁에 가는 건 마치 어둠 속의 지하실에 가는 것과도 같아요. 계단 밑에 괴물이나 거인이 숨어 있을지도 몰라요. 하지만 제가 한나 언니에게 말한 것처럼 요정이나 개구리 왕자를 만나게 될 수도 있어요. 이모네 동네에도 웨어햄에 있는 것 같은 중심가가 있나요?"

"글쎄, 거기도 중심가라면 중심가라고 할 수 있겠지. 너희 이모 댁 정면에 있는 거리 말이다. 하지만 거기엔 가게도 없고 방앗간도 없단다. 마차도 말 한 필이 끄는 마차가 대부분이라 쌍두마차를 보기는 힘들지. 뭔가 활발한 기운을 느끼려면 강을 건너 우리 동네로 와야 해."

레베카가 한숨을 내쉬었다.

"아쉽네요. 마을 사람들이 지켜보는 가운데 분홍 양산을 쓰고 두 필의 준마가 끄는 마차에 앉아 진짜 중심가를 달리면 정말 멋질 텐데요. 마치 퍼레이드를 하던 그 아름다운 아가씨 같을 거예요. 작년 여름에 템퍼런스에 서커스단이 왔는데, 아침에 퍼레이드를 시작했어요. 우리는 오후에 있을 서커스 공연을 보러 갈 형편이 안 돼서 엄마는 우리를 데리고 퍼레이드를 보러 갔어요. 아름다운 말들과 우리 안의 동물들, 말을 탄 광대들이 지나가고 마지막으로 두 필의 조랑말이 끄는 붉은색과 금색이 칠해진 자그마한 마차가 지나갔는데, 그 안에는 스팽글(반짝거리는 얇은 장식 조각)이 잔뜩 달린 새틴 드레스를 입은 뱀 조련사가 벨벳 쿠션 위에 앉아 있었어요. 비할 데 없이 아름다운 아가씨였어요. 가만히 바라보고 있으면 숨이 멎을 듯하고 등허리에 전율이 일 만큼 아름다운 아가씨요. 제 말이 무슨 뜻인지 아시겠어요? 아저씨는 그런 느낌을 주는 사람을 만나본 적 없으세요?"

그 순간 콥은 그날 아침의 다른 어느 때보다 마음이 불편했지만 능숙하게 핵심을 피해갔다.

"최대한 멋진 모습으로 마을 어귀에 들어서는 것도 나쁠 게 없겠지. 나는 채찍을 내려놓고 똑바로 앉아서 마차를 빠르게 몰고, 너는 무릎에 꽃다발을 올려놓고 그 자그마한 분홍 양산을 쓰고 있는 거야. 그럼 마을 사람들이 눈을 똥그랗게 뜨고 쳐다볼 거다."

순간 아이의 얼굴이 환하게 빛났지만, 그 빛은 금방 사라져버렸다.

"엄마가 저를 마차 안에 앉힌 것을 깜빡했어요. 어쩌면 엄마는 제가 미란다 이모 댁에 도착할 때 마차 안에 있기를 바라실지도 몰라요. 그러면 말에서 펄쩍 뛰어내릴 때처럼 치마가 위로 올라갈 일도 없을 테고 숙녀답게 문을 열고 내려올 수 있으니까요. 제가 자리를 바꿀 수 있도록 잠깐 마차를 멈춰주시겠어요?"

마부는 말을 멈춰 세웠다. 그는 흥분한 어린 소녀를 안아 내린 뒤 마차 문을 열어주고는 라일락 꽃다발과 분홍 양산을 아이 옆에 놓아주었다.

콥이 말했다.

"즐거운 여행이었다. 우리, 서로에 대해 잘 알게 된 것 같구나, 그렇지 않니? 밀타운에 가기로 한 약속, 잊지 마라."

아이가 열정적으로 외쳤다.

"절대 안 잊어요! 아저씨도 잊으시면 안 돼요."

"안 잊는다! 맹세하마!"

콥은 엄숙하게 말한 뒤 다시 마부석에 올랐다.

역마차가 초록빛 단풍나무가 늘어서 있는 거리를 달려 내려갈 때쯤 창밖을 내다본 사람들은 담황색 옥양목 드레스를 입고 한 손에는 커다란 꽃다발을, 다른 손에는 분홍 양산을 그러쥐고 있는 자그마한 갈색 요정을 보았다. 시력이 좋은 사람이라면 역마차가 벽돌집 옆마당에 들어섰을 때 걷잡을 수 없이 뛰는 가슴 위로 세차게 오르내리는 담황색 옥양목 드레스의 앞자락과, 홍조가 떠올랐다 사라졌다 하는 창백한 두 뺨과, 눈물을 머금은 반짝이는 검은 눈동자를 보았을 것이다.

레베카의 여행이 끝났다.

퍼킨스 부인이 남편에게 말했다.

"소여네 딸들 집 앞에 역마차가 도착했어요. 템퍼런스에 사는 조카가 온 게 틀림없어요. 미란다와 제인이 오릴리어에게 편지를 써서 맏딸인 한나를 보내달라고 했지만, 오릴리어는 언니들만 괜찮다면 레베카를 보내겠다고 했대요. 그래서 레베카가 오게 된 거죠. 우리 엠마 제인에게 좋은 친구가 되어줄 것 같아요.

하지만 미란다와 제인이 저 아이를 석 달이나 데리고 있을 것 같지는 않아요. 저 아이는 인디언처럼 까무잡잡하네요. 까무잡잡하고 활동적으로 보여요. 랜들 집안 사람 중에 기숙학교에서 음악과 외국어를 가르치는 스페인 여자와 결혼한 사람이 있대요. 로렌조의 피부색이 어두운 것은 당신도 기억할 거예요. 그런데 저 아이도 그렇네요. 스페인 여자와 결혼한 게 아주 오래전 일이고 그 스페인 여자가 점잖은 사람이었다면 스페인 혈통이라고 해서 문제 될 건 없겠죠."

레베카의 친척들

    미란다가 열여덟 살, 제인이 열두 살, 오릴리어가 여덟 살 때 시골 마을의 다양한 활동에 참여하기 시작한 이래로 이들 자매는 소여네 딸들로 불렸다. 리버버러 사람들은 한 번 습관을 들이면 그 습관에서 벗어날 필요성을 못 느꼈다. 그리하여 이 이야기가 시작될 무렵 미란다와 제인은 50대에서 60대 사이였지만 리버버러 사람들은 여전히 그들을 소여네 딸들이라고 불렀다. 미란다와 제인은 노처녀였지만, 막내인 오릴리어는 결혼을 했다. 언니들은 결혼이 "노처녀가 되는 것보다 더 나쁜 일"이라고 말했지만, 실제로 그렇게 생각했는지는 또 다른 문제다.

    오릴리어의 결혼 생활에서 로맨틱한 요소는 주로 L. D.

리버버러에 온 요정

M.(로렌조 드 메디치) 랜들이 농장일과 사업에는 적합하지 않은 영혼이자 예술 애호가라는 사실에 있었다. 그는 대여섯 개의 이웃 마을에서 일주일에 한 번씩 열리는 노래 교실의 강사로 활동하거나, 댄스파티에서 바이올린을 켜거나, 일요일에 교회에서 멜로디언을 연주했다. 그리고 사회에 진출할 나이가 된 투박한 젊은이들에게 복잡한 콘트라댄스(두 줄로 마주 향하고 서서 추는 춤)나 마주르카(폴란드의 민속 춤곡)의 스텝을 가르쳤다. 그는 모든 사교 모임에서 단연 돋보이는 인물이었다. 비록 가게나 술집에서 모이는 남자들만의 모임이나 마을 회의 같은 곳에는 모습을 드러내지 않았지만.

랜들은 다른 남자들보다 머리가 조금 더 길고, 손이 조금 더 하얗고, 발이 조금 더 가늘고, 태도가 조금 더 세련되었으며, 사실 그가 빛을 발하지 못한 유일한 분야는 살아가기에 충분한 돈을 버는 것이었다. 다행히 그에게는 부양해야 할 사람이 없었다. 아버지와 쌍둥이 형은 그가 어릴 때 세상을 떠났고, 어머니는 죽는 날까지 코트를 만들어 팔아서 아이를 교육시켰다. 주된 업적이라곤 쌍둥이 아들인 마르키스 드 라파예트와 로렌조 드 메디치 랜들의 이름을 지은 것이 전부인 그의 어머니는 입버릇처럼 이렇게 말하곤 했다.

"내 쌍둥이 아들들은 자질이 서로 반반씩 나뉜 것 같아. L. D. M.은 재능이 풍부하지만 M. D. L.(마르키스 드 라파예트)은,

만약 지금까지 살아 있다면, 대단히 실제적인 사람이 되었을 거야."

그 말을 듣고 있던 로빈슨 부인이 대답했다.

"L. D. M.은 마을에서 가장 부유한 집안의 딸과 결혼할 만큼 충분히 실제적이에요."

그러자 랜들의 어머니는 한숨을 쉬며 말했다.

"그렇지. 쌍둥이가 오릴리어 소여와 결혼할 수 있었다면 그것으로 된 거야. 하지만 여기서도 역시 이렇게 말할 수 있겠지. L. D. M.은 오릴리어의 돈을 손에 넣을 만큼 재능이 있었지만, M. D. L.은 그 돈을 지킬 만큼 실제적이었을 거라고."

소여 집안의 재산 중 오릴리어의 몫은 불운한 미남자 로렌조 드 메디치가 벌이는 이런저런 사업에 투자되었다. 그에게는 새로 태어난 아이를 위해 투자하는 우아하고도 시적인 방식이 있었다. 그는 "우리 아기를 위한 생일 선물이야, 오릴리어. 미래를 위한 밑천이지" 하고 말하곤 했다. 그러나 한 번은 오릴리어가 괴로운 심경에 사로잡혀서, 밑천을 불려줄 사람이 없다고 말한 적이 있었다.

미란다와 제인은 오릴리어가 로렌조 드 메디치 랜들과 결혼할 때 사실상 오릴리어에게서 손을 뗐다. 로렌조와 오릴리어는 리버버러와 인근의 재산을 모두 잃고 가세가 기울자 템퍼런스에 정착했다. 미혼인 언니들은 1년에 두세 번 오릴리어에게 편지를 쓰고 크리스마스에 조카들에게 그리 비싸지는 않아도 꽤 쓸 만한 선물을 보냈지만, 빠르게 늘어난 가족들을 부양해야 하는 L. D. M.을 돕는 것은 거절하였다. 미란다(호의를 바라고 지은 이름이었지만, 이 같은 바람은 결코 이루어지지 않았다)가 태어나기 직전, L. D. M.이 마지막으로 투자한 곳은 템퍼런스에서 2킬로미터 떨어진 곳에 있는 작은 농장이었다. 그곳은 오릴리어가 관리하였고, 그리하여 그나마 살 만한 곳이 되었다. 불운한 로렌조는 미라가 태어난 날 죽어서 그곳에 묻혔는데, 많은 사람들이 생각하기에 이는 너무 오래 지체된 일이었다.

레베카가 성장한 곳은 이런 낙천적인 가정이었다. 그들은 평범한 가족으로, 아이들 중 두세 명은 잘생기고 나머지는 평범했다. 세 명은 영리하고, 두 명은 성실하고, 두 명은 살짝 둔했다. 아빠의 자질을 물려받은 레베카는 그의 가장 재능 있는 제자였다. 그녀는 악보를 보지 않고도 알토 파트를 부를 수 있었고, 배우지 않고도 춤을 추었고, 음표를 모르면서도 멜로디언을 연주했다. 책에 대한 사랑은 주로 엄마에게서 물려받은 것이었다. 오릴리어는 집에 소설책이 있으면 청소나 요리, 바느질을 하지 못할 정도로 독서에 몰두했다. 다행히 집에 책이 많지 않아서 망정이지, 안 그랬으면 아이들은 때때로 해진 옷을 입고 밥을 굶었을 것이다.

그러나 레베카 안에는 또 다른 힘도 작용하고 있었다. 로렌조 드 메디치는 무기력했지만 레베카는 활력이 넘쳤다. 로렌조는 용기가 부족했지만 레베카는 두 살 때부터 대범했고, 다섯 살 때는 겁이 없었다. 랜들 부인과 한나는 유머 감각이 없었지만, 레베카는 걷고 말하기 시작할 때부터 유머 감각을 보여주었다.

　그러나 레베카가 부모와 조상들의 장점만 물려받고 단점을 피해갈 수 있었던 것은 아니었다. 레베카에게는 언니인 한나의 참을성이나 남동생인 존의 끈기 같은 것이 없었다. 그녀는 대부분의 것들을 쉽게 해낼 수 있었기에 어려운 과제나 시간이 많이 드는 일에 대해서는 인내심을 잃곤 했다. 그러나 아이들에게 어떤 자질이 있고 없고 간에 랜들 농장에는 자유가 있었다. 아이들은 자라고, 일하고, 싸우고, 먹을 수 있는 것은 무엇이든 먹고, 잘 수 있는 곳이면 어디에서든 잤다. 동기간과 부모를 사랑하면서도 의존적일 정도로 지나치게 사랑하지는 않았으며, 일 년에 아홉 달은 각자 자기 나름의 방식으로 스스로를 교육시켰다.

　이 같은 방식의 결과, 외부적인 힘에 의해서만 발전할 수 있었던 한나는 참을성 있고 평범하고 편협한 아이가 되었다. 반면에 발전할 공간과 스스로를 표현할 언어적인 지식 이외의 그 무엇도 필요치 않았던 레베카는 늘 내부에서 외부로 성장에 성장을 거듭했다. 그녀 안에 잠재되어 있던 이런저런 힘들은 태어날 때부터 작용하기 시작했던 듯하다. 그 힘들은 날마다 외부의 자극 없이도 저절로 움직였으며, 레베카 자신을 포함하여 그 누구도 알 수 없는 방향으로 나아갔다. 레베카의 창조적 본능을 보여줄 수 있는 분야는 고통스러울 정도로 적어서, 이제껏 그녀가 창조성을 발휘한 것이라곤 결과가 어떻게 나오는지 보려고 옥수수빵 반죽에 하루는 계란을 넣지 않고 다른 날은 우유를 넣지 않은 것이라든가 패니의 가르마를 한가운데 탔다가 때로는 왼쪽, 때로는 오른쪽으로 탄 것, 동생들과 놀이를 하면서 그들에게 책에 나오는 인물의 역할을 부여한 것 정도에 지나지 않았다.

레베카는 대체로 엄마와 형제들을 즐겁게 했지만, 가족들 사이에서 중요한 취급을 받지는 못했다. 나이에 비해 똑똑하다고 여겨지기는 했지만 어떤 식으로든 우월하다고 여겨지지는 않았다. 고인이 된 로렌조 드 메디치에게서 볼 수 있었던 것과 같은 예술적 재능을 경험해본 오릴리어는 일상의 평범하고 일반적인 상식을 더 중시하게 되었는데, 때때로 레베카에게는 이것이 심각할 정도로 결여되어 있는 것처럼 보였다.

한나는 오릴리어가 가장 좋아하는 아이였다. 오릴리어가 편애와 같은 사치스러운 감정에 몰두할 수 있었다면 말이지만…. 한 달에 15달러의 수입으로 일곱 자녀를 먹이고 입혀야

하는 편모에게는 아이들의 차이점을 살필 시간적 여유가 없는 법이다. 하지만 열네 살인 한나는 어머니의 모든 고민을 함께 할 수 있는 동반자였다. 오릴리어가 헛간과 밭에서 일할 때 집 안을 돌보는 것은 한나였다. 레베카는 어린 동생들이 다치거나 싸우지 않도록 그들을 돌보고, 닭에게 모이를 주고, 땔나무를 주워오고, 딸기 꼭지를 따고, 접시를 닦는 등의 일을 할 수 있었지만 책임감이 부족하다고 여겨졌으며, 의지할 누군가가 필요했던 오릴리어는 한나에게 의지했다(재능 있는 로렌조에게서는 이 같은 호사를 누려보지 못했다). 이런 점이 영향을 미쳐서 인지 한나는 살짝 수심 띤 얼굴에 날카로운 태도를 지니게 되었다. 하지만 한나는 과묵하고 얌전하고 믿을 만한 아이였으며, 이모들이 한나를 리버버러로 데려와 함께 살면서 보다 많은 것을 누리게 해주기로 마음먹은 것도 그런 이유에서였다.

미란다와 제인은 아이들을 몇 년 전에 보고 못 보았지만, 한나가 말이 없던 것을 즐거운 마음으로 기억했다. 반면에 레베카는 개에게 존의 옷을 입히고, 세 동생을 단정한 차림새로 식탁에 앉을 수 있도록 준비시켜 달라는 요청에 아이들을 마당의 펌프로 데려가 씻긴 뒤, 머리칼이 머리에 찰싹 달라붙을 정도로 세게 빗질한 다음, 식탁으로 데려와 엄마를 부끄럽게 만들었다. 그리고 레베카 자신의 검은 머리칼은, 자연스럽게 빗어넘겨서 이마가 드러나 보이도록 하는 평소 스타일과 달리 그날은 이마 한가운데에 곱슬곱슬한 애교머리를 늘어뜨렸다. 잠시 후, 이를 본 한나가 엄마에게 알리는 바람에 레베카는 옆 방으로 가서 크리스천답게 단정한 머리 모양으로 바꾸고 나오라는 지시를 받게 되었다. 레베카는 이 지시를 문자 그대로 해석한 듯, 2분 만에 대단히 경건한 스타일의 머리를 하고 나왔는데, 이 머리 모양 또한 처음에 했던 스타일만큼이나 특이했다. 사실 이 모든 것은 미란다 소여의 딱딱하고 엄격하고 호전적인 양육 태도 때문에 레베카가 몹시 긴장한 탓에 빚어진 결과였다. 레베카에 대한 기억이 너무도 생생한 벽돌집의 두 조용한 노처녀에게 오릴리어의 편지는 충격적이었다. 편지에는 한나는 몇 년간 더 데리고 있어야 할 것 같으니 한나 대신 레베카를 보내겠으며, 그런 제안을 해줘서 고맙고, 이모들의 지도를 받으며 정식 학교와 교회를 다니게 되면 레베카가 제구실을 하게 될 것이 틀림없다고 쓰여 있었기 때문이다.

　　　　　　　　　　　　　　　리버버러에 온 요정

어린 시절, 잠옷을 챙겨 먼 곳으로 여행을 간 적이 있나요?
햇빛이 환하게 비치는 물결 위로 흰 구름이 지나가요.
자, 이제 눈을 감고 구름을 따라 가볼까요?

미란다와 제인

미란다가 오릴리어의 편지를 접어서 스탠드가 놓여 있는 서랍장 안에 넣으며 말했다.

"당연히 한나를 보낼 줄 알았어. 그런데 한나 대신 그 말괄량이를 보내다니, 정말 오릴리어다워."

"한나가 어려우면 레베카나 제니라도 보내달라고 했던 것, 기억 안 나?"

제인이 미란다의 말을 가로막았다.

"그랬지. 하지만 일이 이렇게 될 줄은 몰랐어."

미란다가 투덜댔다.

"3년 전에 그 애를 봤을 때는 정말 특이했어. 하지만 그때로부터 시간이 많이 지났으니까 지금은 더 나아졌겠지."

리버버러에 온 요정

"아니면 더 나빠졌든가."

"그 애를 제대로 가르치는 것도 일종의 특권이 아닐까?"

제인이 소심하게 물었다.

"특권인지는 어떤지는 모르겠지만 앞으로 할 일이 많아지겠구나. 아이 엄마가 이제껏 제대로 가르치지 못했다면 아이가 갑자기 나아질 리는 없을 테니까."

이 같은 우울한 마음 상태는 그날 아침 레베카가 도착할 때까지 이어졌다.

"레베카가 예전처럼 손이 많이 간다면 쉴 생각은 아예 말아야겠지."

미란다가 행주를 옆문 바깥의 덤불 위에 널면서 한숨을 쉬었다.

"하지만 레베카가 오든 안 오든 어차피 청소는 해야 했어. 그리고 그 아이 때문이 아니라면 언니가 왜 바닥을 닦고, 과자를 굽고, 왓슨네 가게에서 옷감을 사 왔는지 모르겠는걸."

제인이 말했다.

"너는 어떨지 몰라도 나는 오릴리어를 잘 알아. 오릴리어네집과 아이들을 자세히 살펴보았는데, 그 아이들은 서로 옷을 바꿔 입는 데다 옷을 거꾸로 입은 줄도 모르고 있더라고. 레베카는 다른 형제들에게서 빌린 물건들을 가져오겠지. 한나의 구두와 존의 속옷과 마크의 양말 같은 것들을. 그 애는 손가락에 골무를 끼워본 적이 없겠지만, 며칠 지나지 않아 골무를 낀 느낌이 어떤지 알게 될 거야. 그 애가 옷을 만들어 입을 수 있도록 표백하지 않은 모슬린과 갈색 바둑판무늬 무명을 사 왔거든. 그 애는 더스터(먼지 방지용 외투)를 본 적도 없을 거야. 그 애가 우리 방식에 익숙해지도록 훈련시키는 건 이교도를 훈련시키는 것만큼이나 힘들 테지."

"그 애는 달라질 거야. 그리고 어쩌면 우리가 생각한 것보다 더 순한 아이일지도 몰라."

"순하든 아니든, 그 애는 우리 말을 잘 들어야 할 거야."

미란다가 마지막 행주를 널며 말했다.

물론 미란다 소여에게도 심장이 있었지만, 그녀는 그것을 혈액을 순환시키는 용도 이외의 다른 용도로 사용해본 적이 없었다. 미란다는 공정하고 양심적이고 검소하고 부지런했다. 교회와 주일학교 모임에 정기적으로 참석했으며, 주립 선교회와 성경협회 회원이었다. 그러나 이 모든 차가운 덕목들 앞에서 사람들은 대개 인간미를 느끼게 해줄 사소한 단점이나 귀여운 실수 같은 것들을 찾게 된다.

미란다는 인근에 있는 학교를 다닌 것 이외에 다른 교육을 받은 적이 없었다. 그녀의 관심사는 집과 농장과 낙농장의 관리에 국한되어 있었기 때문이다. 반면에 제인은 전문학교와 여학생들을 위한 기숙학교에 다녔으며, 그것은 오릴리어도 마

리버버러에 온 요정

찬가지였다. 그리하여 큰언니와 두 여동생 사이에는 말이나 태도에 있어서 약간의 차이가 있게 되었다.

제인은 슬픔을 아는 까닭에 좀 더 성숙한 면이 있었다. 그녀의 슬픔은 부모님의 죽음으로 인한 것이 아니라(부모님의 죽음은 자연스럽게 받아들였다) 그보다 훨씬 더 깊은 것이었다. 제인은 톰 카터라는 청년과 약혼한 사이였다. 톰은 결혼할 형편이 되지 않았지만, 조만간 경제적인 기반을 갖추게 될 터였다. 그런데 전쟁이 발발했다. 톰은 첫 번째 병사 모집 때 입대를 신청했다. 그때까지 제인은 톰에게 우정과도 같은 잔잔한 애정을 가지고 있었고, 조국에 대해서도 비슷한 감정을 지니고 있었다. 그러나 전시의 위험과 불안은 그녀의 마음속에 새로운 감정의 물결을 일으켰다. 삶은 하루 세 끼 식사와 요리, 세탁, 바느질, 예배 이상의 그 무엇이 되었다. 마을 사람들 간의 대화에서 시시한 잡담이 사라지고 아내와 어머니의 슬픔, 아버지와 남편의 고통, 극기, 연민, 서로의 짐을 대신 지고자 하는 마음 같은 것들이 그 자리를 대신했다.

나라가 위험에 처한 그 시기에 사람들은 빨리 철이 들었으며, 제인은 그때까지 그녀가 삶이라고 부르던 흐릿한 꿈에서 깨어나 새로운 희망과 새로운 두려움, 새로운 삶의 목적을 갖게 되었다. 그렇게 불안 속에서 1년이 지나고 제인은 톰이 부상당했다는 전보를 받았다. 그녀는 미란다의 허락을 받지도 않고 짐을 꾸려서 남부로 향했다. 다행히 너무 늦지 않게 도착하여 고통에 신음하는 톰의 손을 잡아줄 수 있었고, 새침한 뉴잉글랜드 아가씨의 마음속 깊이 감추어둔 불타오르는 사랑과 슬픔을 한 번은 보여줄 수 있었고, 죽어가는 톰이 그녀의 품에서 안식을 누리게 해줄 수 있었고, 그게 전부였다. 그게 전부였지만, 그것으로 충분했다.

제인은 톰 대신 다른 병사들을 간호하며 몇 달을 보냈고, 그리하여 보다 나은 여인이 되어 집으로 돌아왔다. 그때 이후로 리버버러를 떠난 적이 없었고 점점 언니나 그 밖의 마르고 검소한 다른 모든 뉴잉글랜드 노처녀처럼 되어갔지만, 그녀 안에는 젊은 시절의 열정이 남아 있었다. 사랑과 고통을 경험한 사람답게 아직도 따뜻한 가슴이 남아 있었다. 비록 겉으로 드러나지는 않았지만.

미란다는 언젠가 이렇게 말한 적이 있었다.

"너는 너무 물러서 탈이야, 제인. 늘 그랬고, 앞으로도 그럴 테지. 내가 아니었다면 완전히 흐물흐물해져서 집 밖으로 새어나가 땅속으로 스며들었을 거야."

콥이 끄는 역마차가 도착할 시간이 지났다.

미란다가 스무 번째로 커다란 벽시계에 눈길을 주며 말했다.

"지금쯤 역마차가 도착했어야 해. 준비는 다 된 것 같아. 레베카가 쓸 세면대 뒤에 두꺼운 타올 두 장을 걸어두었고, 변기 아래에는 매트를 깔아두었어. 하지만 아이들은 가구를 함부로 다루지. 1년쯤 뒤엔 집 안이 엉망이 되어 있겠구나."

미란다의 우울한 예상에 제인도 침울하고 걱정스러운 마음이 되었다. 이 문제와 관련하여 두 자매의 유일한 차이점은 미란다가 어떻게 레베카를 견뎌야 할지를 고민한 데 반해 제인은 어느 순간 영감에 사로잡혀, 레베카가 어떻게 그들을 견딜지에 대해서도 생각해보았다는 것이다. 그녀가 레베카의 방 화장대 위에 사과꽃이 담긴 화병과 토마토 모양의 빨간색 바늘꽂이를 놓아둔 것은 그런 영감에 휩싸인 때였다.

역마차가 벽돌집에 도착했고, 콥이 진짜 숙녀 승객에게 하듯 레베카에게 손을 내밀었다. 레베카가 조심스럽게 마차에서 내려 시들어버린 꽃다발을 미란다 이모의 손에 쥐여주었다. 미란다가 입맞춤 비슷한 것을 하며 말했다.

"꽃을 가져올 필요는 없었는데. 때가 되면 우리 정원에는 늘 꽃이 가득하니까."

제인이 언니가 한 것보다는 좀 더 진짜에 가까운 입맞춤을 하며 말했다.

"트렁크는 입구에 놓으세요, 제리마이어. 그러면 오후에 우리가 위층으로 가지고 올라갈 테니까요."

"지금 제가 올려다 놓아도 되는데요."

"아니에요. 말에서 내리지 마세요. 이따가 여길 지나가는 사람이 있으면 그 사람에게 부탁할게요."

"그럼 가볼게요. 안녕, 레베카. 잘 있어요, 미란다와 제인. 레베카는 명랑한 아이더군요. 아마 최고의 말동무가 될 거예요."

'명랑한'이라는 말에 미란다는 드러내놓고 몸을 떨었다. 그녀는 어린아이는 비록 어쩔 수 없이 눈에는 띌지라도 소리까지 들려서는 안 된다고 생각하는 사람이었기 때문이다. 미란다가 신경질적으로 말했다.

"제인과 나는 시끄러운 소리에 익숙하지 않답니다."

콥은 자신이 말을 잘못했음을 알았지만, 워낙 논쟁에 익숙하지 않은 터라 조용히 그곳을 떠났다. '명랑한'이라는 말 대신 어떤 말을 쓰는 게 더 나았을까, 생각하면서.

미란다가 말했다.

"위층으로 올라가서 네 방을 보여주마, 레베카. 파리가 들어오지 않도록 방충망을 잘 닫고 들어오거라. 짐가방을 들고 오면 다시 내려갔다 올 필요가 없겠지? 머리를 써야 발이 고생하지 않는 법이다. 저 깔개에 발을 닦고 모자와 망토를 현관 입구에 걸어두거라."

레베카가 말했다.

"이건 저의 가장 좋은 모자예요."

"그렇다면 위층으로 가지고 올라가서 옷장에 넣어두거라. 여행할 때 가장 좋은 모자를 쓰다니…."

"이 모자 하나밖에 없는걸요. 평소에 쓰던 모자는 여기에 가지고 올 만큼 좋지 않아서 집에 두고 왔어요. 아마 패니가 쓸 수 있을 거예요."

"양산은 입구의 벽장 안에 넣어두거라."

"제 방에 두면 안 될까요? 그게 더 안전할 것 같아요."

"이 근방에는 도둑이 없어. 설령 있다고 해도 네 양산을 훔치려 들지는 않을 거야. 위층에 갈 때는 늘 뒤쪽 계단을 이용해야 한다는 것을 기억하거라. 카펫이 깔려 있는 앞쪽 계단은 평소에는 사용하지 않거든. 코너 돌 때 발에 걸려 넘어지지 않도록 조심하고. 오른쪽에 네 방이 있다. 세수를 하고 머리를 빗고 내려오거라. 조금 이따 짐 정리를 하고 저녁을 먹자꾸나. 그런데 옷을 거꾸로 입은 것 아니니?"

레베카가 고개를 숙여 그녀의 작고 밋밋한 가슴 한가운데에 한 줄로 늘어선 빛바랜 진주 단추를 보았다.

"거꾸로 입었냐고요? 아, 알았어요! 이건 별것 아니에요. 아이가 일곱이면 옷을 입히고 벗길 때마다 일일이 단추를 채우고 풀고 할 수가 없어요. 아이들이 스스로 하게 해야 하지요. 그래서 우리 집에서는 늘 단추 달린 부분을 앞으로 해서 입어요. 미라는 겨우 세 살이지만, 그 애도 스스로 단추를 채

우는걸요."

미란다는 아무 말 안 하고 방문을 닫았지만, 그녀의 표정은 말보다 더 웅변적이었다.

레베카는 방 한가운데에 서서 조용히 사방을 둘러보았다. 각각의 가구 앞에는 네모난 기름걸레가 놓여 있고, 술 장식이 달린 흰색 이불이 덮여 있고 네 개의 기둥이 모서리마다 서 있는 침대 옆에는 깔개가 놓여 있었다.

모든 게 매우 말끔하고, 천장이 높았다. 그곳은 북쪽 방이었는데, 길고 좁다란 창 너머로 별채와 헛간이 내다보였다.

그것은 방 때문이 아니었다. 방은 농장에 있는 레베카의 방보다 훨씬 편안하고 아늑했다. 창밖 경치가 마음에 들지 않아서도 아니었고, 장시간 여행을 해서도 아니었다. 낯선 곳에 대한 두려움 때문도 아니었다. 레베카는 낯선 곳이 주는 새로운 느낌을 좋아했다. 레베카가 양산을 구석에 세워두고 모자를 아무렇게나 화장대 위에 던져놓고는 침대에 쓰러져 이불을 머리끝까지 뒤집어쓴 것은 어떤 이해할 수 없는 복합적인 감정 때문이었다.

잠시 후 조용히 문이 열렸다. 리버버러에서는 노크를 하는 일이 거의 없었고, 설령 노크를 한다 해도 아이에게 하는 일은 없었다.

미란다가 들어왔다. 아무도 없는 빈방을 둘러보던 그녀의 시선이 격렬하게 파도치는 하얀 이불로 향했다.

"레베카!"

이 말은 마치 지붕 꼭대기에서 외치는 것처럼 크게 울렸다.

이불 위로 헝클어진 검은 머리와 겁에 질린 두 눈이 정체를 드러냈다.

"대낮에 왜 침대에 누워서 시트를 엉망으로 만드는 게냐? 신발도 벗지 않고…."

레베카가 죄지은 사람의 표정으로 일어났다. 뭐라고 설명을 할 수가 없을 것 같았다. 그녀의 잘못은 변명의 여지가 없었다.

"죄송해요, 미란다 이모. 뭔가 알 수 없는 감정이 북받쳐서 그랬어요."

"또다시 감정이 북받치면 그때 그게 뭔지 알아보기로 하고 지금은 침대를 정돈하도록 해라. 아비자 플래그가 네 트렁크를 가지고 올라오고 있으니까. 아비자가 이 꼴을 보고 온 동네에 소문을 내게 할 수는 없어."

그날 밤, 콥은 말을 매어놓은 뒤 부엌 의자를 들고 포치(건물의 입구나 현관에 지붕을 달아 잠시 비바람을 피하도록 만든 곳)에 앉아 있는 아내 곁으로 가서 앉았다.

"오늘 메이플우드에서 랜들네 아이를 태우고 왔어. 소여네 딸들의 친척인데, 같이 살기로 한 모양이야. 그 애는 오릴리어의 딸이야. 그 왜, 우리가 이곳으로 이사 오기 직전에 수전 랜들의 아들과 달아난 그 오릴리어 말이야."

콥이 말했다.

"아이가 몇 살이나 됐는데요?"

"열 살쯤 됐는데, 나이에 비해 키가 작아. 하지만 말하는 것을 들어보면 백 살은 된 줄 알 거야. 그 애는 끊임없이 질문을 퍼부어댔어. 내가 정신을 못 차릴 정도로. 이제껏 만나본 특이한 아이들 중에서도 가장 특이한 아이였지. 그리 예쁜 얼굴은 아니지만 눈 하나만은 정말 아름다웠어. 자라면서 살이 좀 붙으면 뭇사람들의 시선을 끌 거야. 오, 당신이 그 애가 말하는 것을 들어봤어야 하는데."

"그런 어린아이가 낯선 사람에게 무슨 말을 했을지 짐작이 안 가는군요."

콥 부인이 말했다.

"낯선 사람이든 아니든 그 애한테는 별 상관이 없어. 그 애는 펌프나 맷돌에게도 말을 걸 아이니까. 조용히 있으니 혼잣말이라도 할걸?"

"그 애가 무슨 말을 했는데요?"

"글쎄, 그게 기억이 잘 안 나네. 그 애가 혼을 쏙 빼놓는 바람에 정신이 하나도 없었거든. 그 애는 마치 인형 우산처럼 생긴 자그마한 분홍 양산을 가지고 있었는데, 그것을 보물단지 다루듯 했어. 날이 너무 더워서 내가 양산을 쓰는 게 어떻겠느냐고 했더니 그 애는 양산 색이 바래서 안 된다며 드레스 자락으로 양산을 가리더라고. '이건 제게 가장 소중한 물건이에요. 하지만 정말 조심히 다뤄야 해요' 하고 말하면서. 맞아, 바로 그렇게 말했어. 그 애가 한 말 중에 기억나는 건 이게 다야. '이건 제게 가장 소중한 물건이에요. 하지만 정말 조심히 다뤄야 해요.'"

콥이 크게 웃다가 몸이 뒤로 넘어가는 바람에 의자 등받이가 벽에 부딪혔다.

"또 다른 말도 했는데, 정확하게는 기억이 나지 않네. 그 애는 황금 마차를 타고 행진하는 서커스단의 뱀 조련사에 대해 이야기하면서 '가만히 바라보고 있으면 숨이 멎을 듯한, 비할 데 없이 아름다운 아가씨'라고 말했어. 조만간 당신을 보러 올 테니 그때 직접 대화를 나눠봐. 그 애가 미란다 소여와 잘 지낼 수 있을지 걱정이야. 가엾은 것 같으니!"

리버버러 사람들 사이에서 이 같은 걱정은 다소 공공연한 것이었다. 하지만 이 주제에 대해 두 가지 의견이 있었는데, 하나는 소여네 딸들이 오릴리어의 아이들 중 하나를 데려와 가르치는 것은 매우 고결한 일이라는 것이고, 다른 하나는 그 가르침이 본질적인 면에서 불균형한 것이 되리라는 것이었다.

레베카가 초기에 엄마한테 보낸 편지들을 보면 그녀의 생각이 두 번째 견해와 일치하는 듯하다.

레베카의 시선

　사랑하는 엄마께

　저는 잘 도착했어요. 제 드레스는 많이 구겨지지 않았는
데다 제인 이모가 다림질하는 것을 도와줬어요. 저는 콥 아
저씨가 정말 좋아요. 아저씨는 담배를 씹지만 신문을 현관
앞에 정확히 던져 넣어요. 저는 한동안은 아저씨 옆에 앉아
서 가다가 미란다 이모 집에 도착하기 전에 다시 마차 안으
로 들어갔어요. 미란다라는 이름이 너무 기니까 앞으로는
일요일에 편지를 쓸 때마다 M이모와 J이모라고 쓸게요. J
이모는 어려운 단어를 찾아볼 수 있도록 제게 사전을 주었
어요. 사전을 찾아보는 데는 시간이 많이 걸려요. 그래서 말
할 때 철자에 신경을 쓰지 않아도 되는 게 기뻐요. 말하는

　　　　　　　　　　　　　　　　　리버버러에 온 요정

것은 글로 쓰는 것보다 훨씬 더 쉽고 훨씬 더 재미있어요.

벽돌집은 엄마가 말한 그대로예요. 응접실은 아주 근사해서 가만히 그 안을 들여다보고 있으면 소름이 돋을 정도이고, 다른 방들과 가구도 다 우아해요. 하지만 부엌 말고는 편히 앉아 있을 곳이 없어요. 고양이가 새끼를 낳았지만 모두 딴 데로 보냈고, 어미 고양이는 너무 늙어서 데리고 놀 수가 없어요. 한나 언니한테서 엄마가 아빠와 함께 달아났다는 이야기를 들은 적이 있는데, 그때 정말 좋았을 것 같아요. 만약 M이모가 달아난다면 저는 J이모랑 살 거예요. J이모는 M이모만큼 저를 싫어하지는 않거든요. 마크에게 제 물감 상자를 가져도 좋다고 말해주세요. 한나 언니와 존이 제가 해야 할 일을 대신 하느라 너무 피곤하지 않았으면 좋겠어요.

엄마의 다정한 친구
레베카 올림

추신_ 이 시를 존에게 전해주세요. 존은 제가 쓴 시라면 별로 잘 쓰지 않은 것도 좋아하니까요. 이 시는 아주 잘 쓴 것은 아니지만 진실한 시예요. 하지만 엄마가 이 시를 읽고 그 내용 때문에 너무 마음 쓰지 않으셨으면 좋겠어요.

이 집은 어둡고 황량하네.
멀리서도 가까이에서도 빛이 들어오지 않아서
마치 무덤 같다네.

그리고 그 안에 사는 우리는
세라핀 천사와 마찬가지로 죽은 상태라네.
비록 세라핀 천사처럼 착하지는 않지만.

내 수호성인은 잠들어 있네.
적어도 불침번을 서지는 않는다네.

아, 슬퍼라!

나의 그 호젓한 농장으로 돌아가고 싶네.
살아 있는 그 누구도 나를 미워하지 않는
내 어린 시절의 집으로!

사랑하는 엄마께

오늘 아침엔 몹시 불행해요. M이모는 마치『의사의 아
내, 코라』에 나오는 시어머니처럼 까다롭고 쌀쌀맞아요. 저

대신 한나 언니가 왔더라면 얼마나 좋았을까요. 언니는 저보다 더 착해서 어른들 말씀에 토를 달지 않으니까요. 그런데 혹시 집에 제 담황색 드레스가 남아 있는 게 있나요? J이모가 제 드레스 뒤에 달 단추를 만들고 싶어 하세요. 제 옷이 촌스러워 보이지 않도록요. 이곳 사람들은 템퍼런스 사람들보다 훨씬 더 세련되고 우아해요.

일요일의 생각
레베카 랜들

이 마을은 세련되고 화려하고 아름답고
부유한 사람들로 가득하다네.
하지만 나는 팔베개를 하고 누워
그리운 서니브룩 농장을 생각하네.

학교는 아주 마음에 들어요. 이곳에서는 비록 제가 원하는 만큼은 아니지만 템퍼런스에 있는 학교에서보다 더 많은 질문을 할 수 있어요. 저는 한 명을 제외한 모든 여학생보다 공부를 잘해요. 하지만 저보다 공부 잘하는 남학생이 두 명 더 있어요. 엠마 제인은 번개처럼 빠르게 암산을 할 수 있고 철자법 책을 거의 외다시피 하지만 생각은 없는 아이예요. 그 애는 읽기가 3단계인데, 책에 나오는 이야기들을 좋아하지 않아요. 저는 읽기는 6단계지만 구구단 7단을 못 외워서 디어본 선생님이 저를 심프슨네 쌍둥이 엘리자와 엘리사가 있는 초급반으로 내려보내겠다고 겁주셨어요.

엘리자와 엘리사와 함께 공부해야 하다니
마음이 아프고 자존심이 상하네.
내 영혼은 의사 코라의 아내처럼 움츠러드네.
그녀처럼 나는 이 삶을 견딜 수 없을 것 같네.

철자법 대회에서 상을 타려고 노력 중이지만, 못 탈 것 같아요. 상은 못 타도 상관없는데 시에 쓴 단어의 철자가 틀려 있으면 보기 싫잖아요. 지난 일요일에 사전에서 '세라핌'을 찾아보고 조금 창피했어요. 제가 '세라핀'이라고 썼던 게 생각나서요. 디어본 선생님은 철자를 쓸 때 아는 단어를 사용하라고 하셨어요. 세라핌이라는 단어의 철자를 모르면 그냥 천사라고 쓰라고요. 하지만 그냥 천사와 세라핌 천사는 완전히 똑같지는 않잖아요. 세라핌 천사가 더 빛나고, 더 하얗고, 날개도 더 크고, 그리고 제 생각에, 죽은 지도 더 오래되었을 것 같아요. 천사가 천국의 빛나는 보좌 옆에 오래 머문 후에야 세라핌 천사가 되는 것 아닌가요?

리버버러에 온 요정

날마다 오후에는 갈색 바둑판무늬 무명으로 드레스를 만들어요. 제가 바느질을 하는 동안 엠마 제인과 심프슨네 아이들은 숨바꼭질을 하거나 어머니들 몰래 통나무 다리 위를 뛰어다니죠. 어머니들은 아이들이 물에 빠질까 봐, 그리고 M이모는 제 옷이 물에 젖을까 봐 통나무 다리 위에서 뛰지 못하게 해요. 네 시 반부터 저녁 식사 때까지, 저녁 식사가 끝난 뒤에 조금, 그리고 토요일 오후에 놀 수 있어요.

우리 소가 송아지를 낳았다니 기뻐요. 올해는 날씨가 좋아서 사과와 건초가 잘될 것 같아요. 엄마와 존이 기뻐할 만큼요. 덕분에 저당금도 조금 더 갚을 수 있으면 좋겠어요. 디어본 선생님이 우리에게 공부하는 목적을 물으셔서 저는 저당금을 갚는 데 도움이 되는 것이라고 대답했어요. 그런데 선생님이 그 이야기를 M이모에게 하는 바람에 저는 바느질을 더 해야 하는 벌을 받았어요. M이모는 저당은 도둑질이나 천연두만큼이나 창피한 것이고, 이제 우리가 농장을 저당 잡힌 사실이 온 동네에 알려질 거라고 하셨어요. 엠마 제인네도 저당금이 없고, 리처드 카터네도 저당금이 없고, 윈십 박사님네도 저당금이 없지만, 심프슨네는 저당금이 있어요.

내 영혼아, 일어나라

온 힘을 다해 저당금을 갚아서

엄마의 진심 어린 감사와

가족들의 크나큰 사랑을 받으라.

사랑하는 어린 친구

레베카 올림

존에게

우리가 새로 데리고 온 개를 헛간 안에 붙들어 맸을 때 그 개가 줄을 물어뜯으며 짖던 거 기억해? 마치 내가 그 개 같고, 벽돌집이 헛간 같아. 다만 나는 M이모를 물어뜯을 수 없을 뿐이야. 왜냐하면 나는 이모에게 감사해야 하니까. 이모가 나를 학교에 보내준 덕에 내가 제구실을 하게 되고, 자라서 저당금을 갚는 데 도움이 될 수 있을 테니까.

사랑하는 누나가

그 누구도 나를 미워하지 않았던
내 어린 시절의 집을 생각하면
오늘은 조금 자존심이 상하고 슬프더라도
참을 수 있을 거예요.

벽돌집의 슬픈 숙녀

레베카의 짝꿍인 엠마 제인은
종이를 뭉쳐서 작은 공들을 만들고 거기에다
'너를 힘들게 한 누군가에게 쏠 탄환' 이라는
문구를 써 붙였다.

공부는 어려워

　레베카가 도착한 날은 금요일이었고, 그다음 주 월요일부터 그녀의 교육이 시작되었다. 레베카가 집에서 약 2킬로미터 거리의 리버버러 중심부에 있는 학교에 다니게 된 것이다. 미란다는 이웃에게 마차를 빌려 레베카를 데리고 학교로 가서 미스 디어본과 면담을 하고 교과서를 구입했다. 이로써 레베카는 끝이 없는 배움의 길에 들어서게 되었다. 미스 디어본은 교사가 되기 위해 특별히 공부를 하거나 준비를 하지는 않았다. 그녀는 상황에 의해 자연스럽게 교사가 되었다고 그녀의 가족들은 말했다. 미스 디어본이 『플로스강의 물방앗간』에 나오는 톰 털리버의 가정교사처럼 "환경과 상관없이 획일적인 방법으로" 가르치는 것도 그래서일 것이다. 독자 여러분은 한 자연주의자의 다음과 같은 말을 기억할 것이다. "비버는 캐나다 북부의 호수에 댐의 기초를 놓을 때와 마찬가지로 진지하게 런던의 3층 방 안에 댐을 건설했다. 비버의 기능은 댐을 건설하는 것이었고, 물이 없다거나 결과가 어떻게 나올 것이라든가 하는 것은 그가 상관할 바가 아니었다." 마찬가지의 태도로 미스 디어본은 학생들의 마음속에 기초를 놓았다.

레베카는 첫날 이후로 학교에 걸어 다녔다. 그녀는 하루 중 이때를 가장 좋아했다. 이슬이 적당히 내리고 날씨가 좋은 날에는 지름길로 갔다. 큰길에서 벗어나 조시 우드먼 아저씨네 울타리 밑을 기어 나와서 카터 부인의 소들에게 손을 흔들어주고 짧은 풀이 자라는 목장으로 들어섰다. 목장에는 미나리아재비와 이름 모를 흰 꽃들과 아이비와 양치류가 자라는 오솔길이 있었다. 그 길을 지나 언덕을 내려가서 개울의 징검다리를 건너면 아침 햇살에 눈을 껌뻑이는, 잠이 덜 깬 개구리가 놀라서 펄쩍 뛰었다.

개울을 지나면 갈색 솔잎이 카펫처럼 깔려 있는 '작은 숲'이 나오는데, 이슬 맺힌 아침의 '작은 숲'에는 놀라운 것들이 가득했다. 나무 그루터기에서 오렌지색과 심홍색의 버섯이 자라고, 하룻밤 사이에 아름다운 것들이 태어났으며, 때로는 수정란풀이 기적처럼 모습을 드러내기도 했다. 잠시 후 그곳을 빠져나와 울타리의 나무 층계를 넘어가면 푸른 초원이 나오고,

또다시 울타리 밑을 빠져나와 도로로 나오면 800미터쯤 단축할 수 있었다.

이 모든 게 얼마나 근사한지! 레베카는 배움의 즐거움을 의식하며 퀘큰보스의 문법책(Quackenbos's Grammar)과 그린리프의 수학책(Greenleaf's Arithmetic)을 꼭 끌어안고 다른 손으로는 도시락통을 흔들며 걸었다. 버터와 시럽이 발라져 있는 두 개의 소다 비스킷과 컵 커스터드, 도넛, 네모나고 딱딱한 생강빵을 생각하면 절로 미소가 떠올랐다. 때로는 금요일 오후에 암송할 시를 읊어보기도 했다.

알제리에서 군단의 병사가 죽어가네.
간호해줄 여인도 부족하고, 울어줄 여인도 없는 곳에서.

아, 레베카는 이 시의 리듬과 분위기를 얼마나 사랑했던가! 후렴구에 이를 때마다 목소리가 떨려 나왔다.

그러나 우리 더 이상 빙겐에서 만나지 못하리.
라인 강변의 그리운 빙겐에서.

이 시는 맑은 아침 공기 속에서 우수에 찬 목소리로 읊을 때 특히 더 아름답게 들렸다. 레베카가 초기에 좋아했던 또 다른 시는 다음과 같다(우리는 드넓은 시의 세계에서 레베카가 아는 시라 곤 학생들을 위한 시선집에 실려 있는 것들뿐임을 기억해야 한다).

> 나무꾼님, 그 나무를 베지 마세요.
> 가지 하나도 꺾지 마세요.
> 나 어릴 때 그 나무 밑에서 휴식을 취했으니
> 이제 내가 그 나무를 보호해줄 거예요.

엠마 제인 퍼킨스가 레베카와 함께 지름길을 걸을 때, 두 아이는 적절한 동작을 곁들여 이 시를 읊곤 했다. 엠마 제인은 늘 나무꾼 역할을 맡았다. 나무꾼은 가상의 도끼를 높이 들고 서 있기만 하면 되었기 때문이다. 언젠가 나무를 보호하려 하는 사람의 역할을 맡은 적도 있었는데, '너무 바보 같다'며 다시는 그 역할을 맡지 않겠다고 했다. 나무꾼 역할이 재미없게 느껴졌던 레베카는 엠마 제인의 이 같은 말에 속으로 몹시 기뻐했다. 시인의 열정적인 호소에 푹 빠진 레베카는 자신의 대사에 생기를 불어넣기 위해 나무꾼에게 되도록 잔인하게 도끼를 휘두르라고 주문했다. 어느 날 아침, 평소보다 장난스러운 기분이 된 레베카가 무릎을 꿇은 채 나무꾼의 패티코트에 얼굴을 묻고 울었다. 하지만 그녀의 감각은 곧 이 장면에 거부감을 느꼈다.

"이건 잘못됐어, 엠마 제인. 이 시하고 안 어울려. 하지만 보다 잘 어울릴 만한 시가 생각났어. 바로 '옥수수알 세 알만 주세요'라는 시야. 네가 엄마 해. 나는 굶어 죽어가는 아일랜드 아이를 할게. 제발 그 도끼 좀 내려놓고…. 너는 이제 나무꾼이 아니야!"

"그럼 난 손을 어떻게 해야 해?"

엠마 제인이 물었다.

"네가 하고 싶은 대로 하면 돼. 너는 그냥 엄마일 뿐이야. 그게 다야. 너희 엄마 같으면 손을 어떻게 했을까? 자, 이제 시작한다!"

옥수수 세 알만 주세요, 엄마.
겨우 세 알이에요.
그러면 아침이 올 때까지
살 수 있을 거예요.

이런 종류의 것들은 엠마 제인을 긴장하고 불안하게 만들었지만, 이미 레베카의 노예가 된 그녀는 기꺼이 족쇄를 껴안았다. 그것이 아무리 불편할지라도.

마지막 울타리에서 두 소녀는 종종 심프슨네 아이들을 만나곤 했다. 심프슨네는 블루베리 평원 길에 있는, 빨간 문이 달린 검은색 집에 살았는데, 그 집 뒤편에는 빨간색 헛간이 있었다. 레베카는 처음부터 심프슨네 사람들에게 흥미를 느꼈다. 심프슨네는 아이들이 매우 많았는데, 그 아이들이 농장에 있는 레베카의 형제들과 꼭 마찬가지로 천을 덧대 기운 옷을 입고 있었기 때문이다.

학교는 언덕 위에 있었다. 저 멀리 반짝이는 강물을 배경으로 한쪽 옆에는 풀이 물결치는 들판과 목초지가 보이고 다른 쪽 옆으로는 솔숲이 보이는 위치에 자그마한 학교 건물이 서 있었다. 건물 꼭대기에는 깃대가 있고 정면에는 각각 남학생용과 여학생용인 두 개의 문이 있었다. 건물 내부의 시설은 열악했다. 모든 게 빈약하고 볼품없었다. 강가 마을들이 다리의 수리와 재건에 너무 많은 돈을 써서, 학교 시설에 들어가는 돈은 극도로 절약해야 했기 때문이다. 교단의 한쪽 구석에 교사의 책상과 의자가 있었고, 1년에 한 번이나 땔까 말까 한 투박한 난로와 미국 지도, 칠판 두 개, 양철 물통과 바가지, 학생용 책상과 긴 의자가 있었다. 교실 뒤쪽으로 갈수록 의자의 높이가 높아져서, 키가 큰 상급반 학생들이 앉게 되어 있었다. 뒷자리는 창문에서 가까운 동시에 교사에게서 멀었기 때문에 아이들 모두가 탐내는 자리였다.

학급이라고 할 만한 것이 있기는 했지만, 누구도 같은 책으로 공부하지 않았고, 공부하는 수준도 다 달랐다. 특히 레베카의 경우는 반을 배정하기 어려워서, 미스 디어본은 2주 동안 고민한 끝에 결국 포기하고 말았다. 레베카는 고등학생 수준인 리빙 퍼킨스와 딕 카터와 함께 읽기 수업을 듣고, 혀짤배기 소리를 내는 어린 수전 심프슨과 함께 수학을 배우고, 엠마 제인 퍼킨스와 함께 지리를 배우고, 방과 후에 혼자 미스 디어본에게 문법을 배웠다. 기발하고 독특한 생각들로 가득한 레베카는 작문을 가장 먼저 끝내기는 했지만, 글을 잘 쓰지는 못했다. 철자와 구두점 같은 것들에 신경을 쓰느라 생각을 자유롭게 표현하지 못했기 때문이다.

레베카는 앨리스 로빈슨이 속해 있는 반에서 역사 수업을 들었는데, 그 반에서는 미국 독립전쟁에 대해 배우는 중이었다. 레베카는 미 대륙의 발견에서부터 시작하라는 지시를 받았다. 그녀는 일주일 만에 미국 독립전쟁까지의 역사를 마스터하고, 다시 열흘 만에 요크타운 전투(미국 독립전쟁을 종결시키는 데 결정적인 역할을 한 전투)에 도달했다.

그러나 그렇게 열심히 노력하다가는 결국 심프슨네 장남과 함께 수업을 듣게 된다는 것을 알고 속도를 늦췄다. 시소 심프슨과 함께 공부해야 한다면 배움의 길이 그리 즐겁지 않을 터였기 때문이다. 새뮤얼 심프슨은 대체로 '시소'로 불렸는데, 이는 그가 뭔가를 결정하는 데 있어서 어려움을 겪었기 때문이다. 철자를 어떻게 쓰고 날짜를 언제로 정할지에 대한 문제에서부터 주일학교 도서실에서 책을 고르거나 가게에서 막대 사탕을 고르는 것에 이르기까지 그는 어떤 한 가지 결정을 내리기가 무섭게 다른 쪽으로 마음이 기울었다. 창백한 얼굴에 황갈색 머리칼과 푸른 눈을 지닌 시소는 긴장하면 말을 더듬었다. 그가 레베카의 단호한 성격에 매력을 느낀 것은 어쩌면 그의 이 같은 약점 때문이었는지도 모르겠다. 레베카의 냉대와 무시에도 불구하고 시소는 레베카에게서 눈을 뗄 수가 없었다. 레베카가 힘을 주어 신발 끈을 매는 모습이나, 흥분해서 땋아 내린 머리를 어깨 뒤로 넘기는 모습, 책상 위에 책을 펴놓고 팔짱을 끼고는 맞은편 벽에 시선을 고정한 채 공부하는 모습 등, 이 모든 게 시소 심프슨에게는 더할 나위 없이 매력적으로 느껴졌다.

레베카가 선생님의 허락을 받고 물통이 있는 구석으로 가서 물을 마셨을 때, 어떤 보이지 않는 힘이 시소로 하여금 자리에서 일어나 레베카의 뒤를 따라 물통의 물을 마시게 했다. 레베카 다음으로 물을 마시면 어떤 친밀감 같은 것을 느낄 수 있었을 뿐만 아니라, 두 사람이 스쳐 지나갈 때 레베카의 놀랍도록 아름다운 눈에서 뿜어져 나오는 경멸 어린 차가운 시선을 받는, 두려우면서도 짜릿한 기쁨을 맛볼 수 있었다.

여름철의 어느 더운 날, 레베카는 몹시 목이 말랐다. 그녀가 세 번째로 물을 마셔도 되는지 물었을 때 미스 디어본은 고

벽돌집의 슬픈 숙녀

개를 끄덕이면서도 눈썹을 치켜올렸다. 레베카가 바가지를 제자리에 놓는 순간 시소가 손을 들었고, 미스 디어본은 마지못해 허락해주었다.

"레베카, 대체 어떻게 된 거니?"

미스 디어본이 물었다.

"아침에 간고등어를 먹었어요."

레베카가 대답했다.

이 대답은 우스울 게 없었지만, 학생들은 킥킥대기 시작했다. 농담을 즐기지 않는 미스 디어본의 얼굴이 벌게졌다.

"5분간 물통 옆에 서 있거라, 레베카! 갈증을 달래는 데 도움이 될 거야."

레베카의 심장이 두방망이질을 쳤다. 모든 학생이 지켜보는 가운데 물통 옆에 서 있어야 하다니! 레베카는 부지중에 거부의 몸짓을 하면서 자기 자리로 한 걸음 다가갔지만, 미스 디어본의 단호한 목소리가 그녀를 가로막았다.

"물통 옆에 서 있어, 레베카! 새뮤얼, 오늘 몇 번이나 물을 마시러 갔지?"

"네-네 번이요."

"바가지를 내려놓거라. 오늘 오후에는 모두 물을 마시느라 공부를 할 수가 없구나. 너도 아침을 짜게 먹었니? 새뮤얼?"

"고-고-고등어를 먹었어요. 레-레-레베카처럼요."

(억누를 수 없는 웃음이 교실 전체에 퍼져나갔다.)

"그런 것 같구나. 너도 물통 옆에 서 있거라, 새뮤얼."

레베카는 창피하고 억울해서 고개를 숙였다. 삶이 감당하기 힘들 만큼 암울해 보였다. 벌을 받는 것만도 끔찍한데 시소와 함께 벌을 받아야 하다니, 인간으로서 도저히 견딜 수 없는 일이었다.

마지막 수업은 음악이었다. 미니 스멜리가 '우리, 강가에서 모일까?'라는 곡을 선택했다. 그것은 재앙이었다. 그러한 선택은 그 상황과 묘한 연관이 있는 것처럼 보였으며, 적어도 아이들이 다음의 부분을 목청껏 합창하는 데에는 어떤 이유가 있는 듯했다.

우리, 강가에서 모일까?
그 아름다운, 아름다운 강가에서?

미스 디어본은 고개 숙인 레베카의 얼굴을 힐끗 보고 깜짝 놀랐다. 빨갛게 달아오른 두 뺨을 제외하고는 얼굴이 몹시 창백했기 때문이다. 레베카는 속눈썹에 눈물이 맺히고 호흡이 가빴으며, 손수건을 쥔 손이 사시나무 떨듯 떨렸다.

첫 번째 노래가 끝난 후 미스 디어본이 말했다.

"레베카, 자리로 돌아가도 좋아. 새뮤얼, 너는 수업이 끝날

때까지 거기 서 있거라. 여러분, 내가 레베카에게 물통 옆에 서 있으라고 한 건 계속해서 물을 마시러 가는 행동을 중단시키기 위해서였어요. 레베카가 물을 마시러 갈 때마다 모든 사람이 차례로 물을 마시러 가니까요. 레베카는 정말로 목이 말랐던 거예요. 사실 레베카를 벌줄 게 아니라 레베카를 따라 한 여러 분을 벌줬어야 했어요. 이제 무슨 노래를 부를까, 앨리스?"

"'오래된 두레박'이요."

"좀 더 건조한 무언가를 생각해보렴, 앨리스. 그래, 애국가 가 좋겠구나."

레베카는 자리에 앉아서 책상 서랍에서 음악책을 꺼냈다. 미스 디어본이 학생들 앞에서 공식적으로 설명해준 덕분에 레 베카는 마음이 좀 가벼워지면서 자존감이 살짝 회복되었다.

노랫소리로 교실 안이 시끄러운 사이에 레베카의 자리에 선물이 몰려들었다. 노래를 할 수 없었던 리빙 퍼킨스는 칠판 에 메인주의 지도를 그리러 나가면서 레베카의 무릎에 단풍나 무 설탕 한 조각을 떨어뜨렸다. 앨리스 로빈슨은 발밑으로 새 석필을 굴려 보냈다. 레베카의 짝꿍인 엠마 제인은 종이를 뭉 쳐서 작은 공들을 만들고 거기에다 '너를 힘들게 한 누군가에 게 쏠 탄환'이라는 문구를 써 붙였다.

암울하게만 느껴졌던 삶이 점차 밝아지기 시작했고, 미스 디어본과 단둘이 문법 공부를 할 때쯤 레베카는 거의 평정을 되찾았다. 아이들이 모두 떠난 후 시소가 보낸 참회의 눈길에 레베카는 경멸 어린 차가운 눈빛으로 답했다.

"레베카, 네게 너무 심한 벌을 준 것 같구나!"

이제 겨우 열여덟 살인 미스 디어본이 말했다. 그녀는 지금까지 학생들을 가르치는 동안 레베카 같은 아이는 처음 보았다.

"저는 오늘 하루 종일 한눈을 팔지 않았고, 떠들지도 않았어요. 그리고 물을 마셨다는 이유로 창피를 당해서는 안 된다고 생각해요."

레베카가 떨리는 목소리로 말했다.

"네가 물을 마시는 바람에 다른 아이들이 다 따라 하기 시작했어. 네가 웃음을 터뜨리든, 실수를 하든, 쪽지를 쓰든, 교실 밖으로 나가든, 물을 마시든, 그 무엇을 하든 간에 아이들은 너를 따라 해. 그래서 그렇게 하지 못하게 막아야 했던 거야."

"새뮤얼 심프슨은 흉내쟁이예요! 저 혼자 구석에 서 있는 건 상관없지만 새뮤얼과 같이 서 있는 건 참을 수 없어요."

"그런 것 같았어. 그래서 너를 자리로 돌아가게 한 거야. 너는 전학생이라 네가 하는 행동은 특히 눈에 띈다는 것을 기억하렴. 자, 이제 동사 활용에 대해 공부해볼까? '~이다' 동사의 가정법 과거완료 시제의 동사 변화를 말해보렴."

나는 ~였을 것이다.

우리는 ~였을 것이다.

당신은 ~였을 것이다.

당신들은 ~였을 것이다.

그는 ~였을 것이다.

그들은 ~였을 것이다.

"예문을 들어볼까?"

나는 기뻤을 것이다.

당신은 기뻤을 것이다.

그 또는 그녀 또는 그것은 기뻤을 것이다.

"'그'나 '그녀'는 기뻤을 수 있겠지. 그는 남성이고 그녀는 여성이니까. 하지만 '그것'도 기뻤을 수 있을까?"

세세하게 분류하기를 좋아하는 미스 디어본이 말했다.

"왜 기뻤을 수가 없어요?"

레베카가 물었다.

"왜냐하면 '그것'은 중성이니까."

"'그, 새끼 고양이는 자신이 물에 빠지지 않으리라는 것을

벽돌집의 슬픈 숙녀

알았다면 기뻤을 것이다'라고 말할 수도 있지 않아요?"

레베카의 열정적인 질문에 미스 디어본은 주저하며 대답했다.

"그렇—지, 하지만 우리가 종종 아기나 닭, 새끼 고양이 따위를 '그것'이라고 부를 때 그것들은 사실 남성이나 여성이야, 중성이 아니라."

레베카는 오래 생각한 뒤에 물었다.

"접시꽃은 중성인가요?"

"오, 그럼, 그렇고말고."

"하지만 이렇게 말할 수도 있지 않을까요? '접시꽃은 비가 와서 기뻤을 것이다. 하지만 줄기에 달린 작고 연약한 접시꽃 봉우리는 폭풍우에 다칠까 봐 두려웠다. 그래서 커다란 접시꽃은 기쁘기보다는 다소 두려웠다.'"

미스 디어본은 어리둥절한 표정으로 대답했다.

"레베카, 물론 접시꽃은 미안해하거나 기뻐하거나 두려워하지 않아."

레베카가 대답했다.

"그건 알 수 없는 일이에요. 하지만 저는 접시꽃이 그런 감정을 느낀다고 생각해요. 이제 무엇을 할까요?"

"그럼, '알다' 동사의 가정법 과거완료 시제의 동사 변화를 말해보렴."

만약 내가 알았다면

만약 우리가 알았다면

만약 당신이 알았다면

만약 당신들이 알았다면

만약 그가 알았다면

만약 그들이 알았다면

"오, 가정법 과거완료 시제는 가장 슬픈 시제예요. 만약, 만약, 만약! 늘 만약이라고 하니까요. 마치 미리 알았더라면 상황이 나아지기라도 했을 것처럼요."

레베카가 한숨을 내쉬며 말했다.

여기에 대해 생각해본 적이 없는 미스 디어본은 잠시 생각해본 뒤 가정법 과거완료 시제는 '슬픈' 시제이고, '만약'은 유감스러운 접속사라고 생각하게 되었다.

"가정법 과거완료 시제가 들어간 문장의 예를 몇 가지 더 들어보렴, 레베카. 거기까지만 하고 오늘 수업은 마치기로 하자."

미스 디어본의 말에 레베카는 문법책을 덮고 4월의 햇살과도 같은 미소를 지으며 말했다.

"만약 제가 고등어를 좋아하지 않았다면 갈증이 나지 않았

벽돌집의 슬픈 숙녀

을 거예요. 만약 새뮤얼이 못된 장난을 좋아하지 않았다면 저를 따라 물을 마시러 나오지 않았을 거예요."

"그리고 만약 레베카가 학교 규칙을 존중했다면 갈증을 참았을 거야."

미스 디어본은 말을 마치며 레베카에게 입맞춤을 했다. 두 사람은 기분 좋게 헤어졌다.

그늘에도 찬란한 햇살이

언덕 위의 자그마한 학교에는 승리의 순간도 있고 시련의 때도 있었지만, 다행히 레베카에게는 몰두할 수 있는 책과 함께 놀 수 있는 친구들이 있었다. 책과 친구들이 아니었다면 리버버러에서의 첫해 여름이 몹시 힘들었을 것이다. 레베카는 미란다 이모를 좋아하려고 노력했지만(미란다 이모를 사랑하겠다는 생각은 그녀를 만나는 순간 포기했다), 무참히 실패하고 말았다. 레베카는 집안의 천사가 되고자 하는 마음 따위는 없는 불완전하고 인간적인 약점이 많은 아이였지만, 의무감과 착해지고 싶어 하는 마음이 있었다. 스스로에게 부과한 이 같은 기준에 못 미칠 때마다 레베카는 비참해졌다. 그녀는 이모네 집에 얹혀살면서 이모를 미워하고 싶지는 않았다. 이모가 차려주는 밥을 먹고, 이모가 만들어주는 옷을 입고, 이모가 사주는 책을 읽으면서 이모를 미워하는 것은 나쁜 짓임을 본능적으로 느꼈으며, 후회가 밀려올 때마다 엄격하고 까다로운 이모를 기쁘게 해주려고 필사적으로 노력했다. 하지만 이모 앞에서 자연스럽게 행동할 수 없는데 어떻게 이모를 기쁘게 한단 말인가? 미란다 이모의 살피는 듯한 눈빛과 날카로운 목소리, 굵은 손가락 마디, 일자로 다문 가느다란 입술, 오랜 침묵, 머리칼과 어울리지 않는 앞머리 부분 가발, 검정 망사에 흰 실로 박음질을 한 것처럼 눈에 확 띄는 가르마 등, 무엇 하나 마음에 드는 게 없었다.

세상에는 아이들에게서 아주 못된 구석과 때로는 가장 나쁜 특성을 끌어내는 것처럼 보이는 편협하고, 상상력이 부족하며, 완고한 노인들이 있다. 만약 미란다가 사람들이 많이 사는 지역에 살았더라면 동네 꼬마들이 그녀의 집 대문을 끈으로 묶어놓거나, 초인종을 누르고 달아나거나, 정원에 난 길에 '쓰레기 덫'을 놓거나 했을 것이다. 심프슨네 쌍둥이는 미란다를 보고 놀라서 제인이 생강 쿠키를 내미는데도 옆문 가까이 오려 하지 않았다.

말할 필요도 없이 레베카의 일거수일투족은 미란다를 짜증나게 했다. 레베카는 앞쪽 계단을 이용해서는 안 된다는 것을 잊어버리고 항상 앞쪽 계단으로 다녔다. 그것이 그녀의 방으로 가는 지름길이었기 때문이다. 레베카는 바가지를 물통 위에 걸어두지 않고 부엌 선반 위에 두었고, 고양이가 가장 좋아하는 의자에 앉았고, 곧잘 심부름을 가면서도 무슨 심부름이었는지 잊어버리곤 했고, 방충망을 제대로 닫지 않아서 파리가 들어오게 했고, 잠시도 쉬지 않고 혀를 놀렸고, 땔나무를 주울 때 노래를 하거나 휘파람을 불었고, 꽃을 화병에 꽂거나 드레스에 달거나 모자에 붙이는 등 늘 꽃을 가지고 장난을 쳤고, 마지막으로 늘 그녀의 어리석고 무가치한 아버지, 잘생긴 얼굴과 상냥한 태도로 오릴리어를 유혹한 로렌조 랜들을 연상시켰다.

랜들네는 이방인이었다. 그 집안 사람들은 리버버러에서 태어나지 않았고, 심지어 요크 카운티에서 태어나지도 않았다. 미란다는 많은 사람이 이 신성한 지역의 경계 바깥에서 태어날 수밖에 없음을 어쩔 수 없이 인정하면서도 그들에 대해 결코 호의적인 견해를 가지고 있지 않았다. 한나가 왔더라면 얼마나 좋았을까! 한나는 외가 쪽을 닮았다. 그녀는 "온전한 소여 집안 사람"이었다. (불쌍한 한나! 그것은 사실이었다!)

한나는 맨처음에 말하거나, 가장 마지막에 말하거나, 항상 말하는 대신 누군가 말을 걸 때만 말했다. 열네 살인 한나는 교회 신자였고, 뜨개질을 좋아했으며, 아마도 모든 자잘한 덕목의 귀감일 터였다. 그런데 그런 한나 대신 수레바퀴만 한 큰

벽돌집의 슬픈 숙녀

눈에 검은 머리칼을 지닌 이 집시 아이가 이 집에 와 있는 것이다.

레베카에게 제인 이모는 음지에 비치는 햇빛이었다. 충동적인 이방인 아이가 '벽돌집의 방식'에 익숙해지려고 애쓰던 초기의 몇 주 동안, 제인 이모의 조용조용한 말투와 이해하는 눈빛은 커다란 위안이 되었다. 레베카는 차츰 벽돌집의 방식을 익혀나갔다. 그러나 끊임없이 이 집의 새롭고 까다로운 행동 기준에 스스로를 맞추려 하는 것은 그녀를 실제보다 더 나이 들어 보이게 했다.

미란다가 거실 유리창 너머로 지켜보는 가운데 레베카는 부엌에서 제인 이모 옆에 앉아 바느질을 했다. 때때로 두 사람은 클레마티스(미나리아재비과의 식물)와 인동덩굴이 뜨거운 햇빛을 가려주는 포치에서 일하기도 했다. 레베카에게는 갈색 바둑판무늬 천이 한없이 길게 느껴졌다. 그녀는 열심히 바느질을 했지만, 이따금씩 실을 끊어먹고, 골무를 덤불 속에 빠뜨리고, 손가락을 바늘에 찔리고, 바둑판무늬가 서로 어긋나게 천을 이어 붙이고, 솔기에 주름이 가게 했다. 그렇지만 제인 이모는 인내심을 가지고 가르쳤고, 그 덕에 레베카는 조금씩 요령을 터득하게 되었다. 연필과 붓과 펜을 쥐는 데만 능숙하고 바늘을 쥐는 데는 서툴던 레베카가 바느질을 할 수 있게 된 것이다.

첫 번째 갈색 바둑판무늬 드레스가 완성되자 레베카는 적당한 기회를 봐서 미란다 이모에게 다음번 드레스는 다른 색 천으로 만들어도 되는지 물어보았다.

"이미 갈색 천을 많이 사둔걸? 그걸로 드레스 두 벌은 더 만들 수 있을 거야. 게다가 새로 소매를 만들어 달거나 천을 덧대거나 옷단을 늘릴 때 필요한 여분의 천까지 나오니 얼마나 경제적이니?"

미란다가 말했다.

"알아요. 하지만 왓슨 씨가 같은 가격에 분홍색이나 파란색 천으로 교환해주겠다고 했어요."

"네가 물어보았니?"

"네."

"그건 네가 상관할 바가 아니야."

"엠마 제인이 앞치마 고르는 것을 도와주러 갔다가 그냥 여쭤본 거예요. 그리고 제가 어떤 색깔의 드레스를 입든 이모는 신경 쓰지 않으실 줄 알았어요. 분홍색도 갈색만큼 깨끗하게 입을 수 있어요. 그리고 삶아도 물이 빠지지 않는다고 왓슨 씨가 말했어요."

"왓슨 씨가 세탁에 관한 전문가인 모양이로구나. 나는 아이들이 화려한 색깔의 옷을 입는 것은 좋지 않다고 생각해. 하지만 제인 이모에게도 의견을 물어보마."

　　　　　　　　　　　　　　벽돌집의 슬픈 숙녀

"나는 레베카가 분홍색 드레스나 파란색 드레스를 입는 것도 괜찮다고 생각해. 아이들은 한 가지 색깔의 천만 바느질하면 금세 질리거든. 레베카가 다른 색깔의 옷을 원하는 것도 당연해. 게다가 늘 똑같은 갈색 드레스에 흰색 앞치마를 두르고 있으면 고아원 아이처럼 보일 거야. 갈색 드레스는 레베카에게 어울리지도 않고!"

제인이 말했다.

"겉모습보다 내면이 더 중요한 법이야. 레베카는 외모 때문에 좌절할 일은 없어. 그러니 외모에 관심을 갖게 할 필요가 없지. 이 아이는 지금 공작새처럼 허영심으로 가득 차 있어. 내세울 것도 하나 없으면서 말이야."

"레베카는 어려서 밝고 화사한 것들에 끌리는 것뿐이야. 나도 레베카만 했을 때 그랬던 것 같아."

"레베카만 했을 때 너는 꽤나 어리석었지."

"그랬지, 감사하게도! 나는 지금도 그때처럼 어리석게 살 수 있었으면 해. 밝게 늙어갈 수 있도록 말이야."

마침내 분홍색 바둑판무늬 드레스를 만들게 되었다. 드레스가 완성되자 제인 이모는 예쁜 장식을 만들어 다는 법을 알려줌으로써 레베카를 기쁘게 했다. 가느다란 흰색 리넨 테이프를 세모꼴이 계속 이어지도록 접어서 드레스 가장자리에 붙이도록 한 것이다.

"마침 잘됐어, 레베카, 미란다 이모도 네가 기나긴 겨울밤을 책만 읽으면서 보내는 것을 원치 않을 테니까. 네가 분홍색 스커트 밑단에 흰색 테이프 두 줄을 시침질하면 내가 박음질로 마무리하고 허리와 소매에도 테이프 장식을 달아줄게. 그러면 정말 예쁜 드레스가 될 거야."

레베카는 기쁘기 이를 데 없었다.

"번개처럼 빠르게 시침질을 할게요. 스커트 밑단의 둘레가 1킬로미터는 되겠지만 저는 1킬로미터가 아니라 여기서 밀타운까지의 거리만큼 된다고 해도 얼마든지 테이프 장식을 꿰맬수 있어요. 오! 미란다 이모가 제가 콥 아저씨와 밀타운에 가는 것을 허락해주실까요? 이모도 아시겠지만, 아저씨가 또다시 물어봤거든요. 그런데 한 주 토요일은 제가 딸기를 따야 했고, 다른 주 토요일은 비가 와서 갈 수가 없었어요. 미란다 이모가 진짜로 허락해줄 것 같지는 않아요. 앗, 벌써 4시 29분이에요, 제인 이모. 앨리스 로빈슨이 까치밥나무 밑에서 저를 기다린 지 한참 됐을 거예요. 저, 나가서 놀아도 돼요?"

"그럼! 헛간 뒤편으로 되도록 멀리 가서 놀거라. 너희들이 떠드는 소리가 미란다 이모의 귀에 들리지 않도록. 수전 심프슨과 쌍둥이와 엠마 제인 퍼킨스가 울타리 뒤에 숨어 있는 게 보이는구나."

레베카는 포치에서 달려나가 까치밥나무 밑에 있는 앨리스

로빈슨을 잡아끌었다. 그런 다음 복잡한 신호체계를 사용하여 심프슨네 아이들이 눈치채지 못하게 엠마 제인을 불러내는데 성공했다. 심프슨네 아이들은 너무 어려서 그날 오후에 하기로 한 놀이에 적합하지 않았다. 하지만 심프슨네 마당은 마을에서 가장 매력적인 놀이 장소였기 때문에 심프슨네 아이들은 결코 무시할 수 없는 존재였다. 심프슨네 마당에는 오래된 썰매와 말이 끄는 써레(갈아놓은 논의 바닥을 고르는 데 쓰는 농기구), 드럼통, 등받이가 달아난 긴 의자, 머리판이 달아난 침대틀 따위가 어지럽게 널려 있었다.

심프슨 부인은 집에 있을 때가 거의 없었고, 집에 있어도 마당에서 벌어지는 일에 별로 신경을 쓰지 않았다. 아이들이 즐겨 하는 놀이는 집을 요새로 삼아, 소수의 미군 병사들이 영국군의 포위 공격에 맞서 용감하게 싸우는 것이었다. 미군 이외의 그 누구도 이겨서는 안 되었기 때문에 역할 배분에 신중을 기해야 했다. 시소 심프슨은 대개 영국군 사령관 역할을 맡았는데, 그는 늘 모순되는 명령을 내리고 후방에 머물러 있기를 좋아해서 부하들을 죽음으로 내몰곤 했다. 때때로 그 낡은 집은 미국 건국 초기의 개척자들이 사는 오두막이 되었다. 용감한 개척자들은 인디언들을 물리쳤고, 간혹 인디언들에게 학살을 당하기도 했다. 어떤 경우가 되었든 심프슨네 집은, 리버버러 사람들의 말을 인용하자면 "악마가 그 안에서 경매를 벌

벽돌집의 슬픈 숙녀

인 것 같은" 분위기였다.

　그다음으로 흥미로운 놀이 장소는 '비밀의 장소'였다. 소여네 목장에는 근사한 구덩이와 흙무덤들로 가득한, 집을 짓고 놀기에 안성맞춤인 장소가 있었다. 주변의 나무들에 가려 바깥에서는 잘 들여다보이지도 않고, 여름에는 시원한 나무 그늘 밑에서 놀 수 있는 곳이었다. 버려진 물방앗간에서 이곳으로 나뭇가지를 한아름씩 날라오는 것은 힘들지만 즐거운 일이었다. 게다가 그 일은 주로 저녁 식사 후, 땅거미가 질 무렵에 이루어졌기 때문에 더욱 흥미롭게 느껴졌다. '비밀의 장소'에는 비누 상자에 담아 나무 사이에 감추어둔 온갖 보물들이 있었다. 우엉꽃으로 만든 컵과 접시, 도자기의 깨진 조각, 인형 같은 것들이. 그날 오후에는 레베카 주위에 나뭇가지를 쌓아 올려 건물을 만들기로 했다. 레베카가 샤를로트 코르데(프랑스 혁명 당시 정치가인 장 폴 마라를 살해한 암살자)가 되어 감옥 창살에 기대어 서 있을 수 있도록.

　엠마 제인의 앞치마를 머리에 두르고 감옥 안에 서 있는 것은 멋진 경험이었다. 감옥 창살에 머리를 기대자 쇠창살의 차가운 기운이 느껴지는 듯했고, 레베카의 눈은 더 이상 레베카 랜들의 눈이 아니라 슬픔과 고뇌가 담긴 샤를로트 코르데의 눈이었다.

　"정말 근사하지 않아?"

힘든 일을 도맡아 하다시피 한 엠마 제인이 감탄하며 한숨을 내쉬었다.

"이걸 허물어야 하다니…. 정말 멋진 작품인데 말이야."

앨리스가 말했다.

"너희들이 돌을 몇 개 치우고 위쪽의 나뭇가지들을 내려놓으면 내가 그 위로 넘어갈게. 그리고 이걸 그대로 두었다가 내일 너희들이 그 안으로 들어가는 거야. 탑에 갇힌 두 명의 어린 왕자가 되는 거지. 그러면 내가 너희들을 살해할 거야."

레베카가 말했다.

"어떤 왕자? 어떤 탑?"

앨리스와 엠마 제인이 숨도 쉬지 않고 물었다.

"지금은 말해줄 수 없어. 저녁 먹을 시간이 다 됐으니까."

"너한테 살해당하는 것은 멋질 것 같아. 너는 정말 실감 나게 죽일 테지만 말이야. 아니면 엘리자와 엘리사에게 왕자 역할을 맡겨도 되고."

엠마 제인이 말하자 앨리스가 반대했다.

"그 아이들은 살해당할 때 고함을 지를 거야. 클라라 벨만 빼고 심프슨네 아이들은 모두 놀이할 때 바보처럼 구니까. 게다가 그 아이들한테 이 비밀의 장소를 한번 보여주면 걔네들은 늘 여기 와서 놀 거야. 어쩌면 물건도 훔칠지 모르지. 걔네 아빠가 그런 것처럼."

"아빠가 훔친다고 아이들도 훔치진 않아. 그리고 너희들이 나의 비밀스럽고 특별한 친구가 되려면 그 애들 앞에서 그런 이야기를 하면 안 돼. 사람 면전에 대고 그 사람의 가족에 대해 나쁜 말을 해서는 안 된다고 우리 엄마가 그랬어. 그런 건 누구도 참을 수 없대. 그리고 자기 잘못도 아닌 일로 창피를 주는 건 나쁜 짓이야. 미니 스멜리의 일을 떠올려봐!"

레베카가 말했다.

그것은 불과 며칠 전의 일이었기 때문에 엠마 제인과 앨리스는 별다른 어려움 없이 그 극적인 에피소드를 떠올릴 수 있었다. 미니 스멜리 자신이 돌덩이 같은 심장을 가진 사람의 마음도 움직일 만하게 각색한 이야기를 떠들고 다녔지만, 그 치열한 전투의 승자는 레베카였고, 미니는 복수를 꿈꾸며 분노를 삭여야 했다.

리버버러의 비밀

　심프슨은 말이나 농기구, 다양한 종류의 탈것을 거래 또는 '교환'하는 특이한 방식으로 인해 집을 떠나 있을 때가 많았다. 거래가 성사될 때마다 그는 장·단기적으로 교도소에 들어가 있곤 했다. 가재도구가 없는 가난한 사람이 물건을 교환하려고 할 때는 교환할 무언가가 있어야 하고, 정말 아무것도 가진 게 없는 사람의 경우에는 이웃의 물건을 가져다 교환하려 하게 마련이기 때문이다.

　당시 심프슨은 미망인인 리다웃 부인의 썰매를 조셉 굿윈의 쟁기와 교환한 후라 집을 떠나 있었다. 굿윈은 얼마 전에 노스 에지우드로 이사 가서 도시 사람처럼 말주변이 좋은 심프슨과 만난 적이 없었다. 심프슨은 굿윈의 쟁기를 재빨리 "웨어햄 근처"에 사는 남자의 늙은 말과 교환하였으며(그 남자는 1년간 딸네 집에 가 있을 예정이라서 말이 필요 없었다), 그 비쩍 마른 말을 2주 동안 (이른 아침과 늦은 밤에) 이웃의 목초지에서 풀을 뜯게 하여 살을 찌운 뒤, 그것을 다시 밀타운에 사는 사람의 마차와 교환했다. 리다웃 부인이 썰매가 없어진 것을 알아차린 것은 바로 이 시점이었다. 그녀는 지난 15년간 썰매를 사용한 적이 없고 앞으로 15년간도 썰매를 탈 일이 없을 테지만 그래도 썰매는 재산이었고, 그녀는 재산을 포기할 생각이 없었다. 마을 사람들이 심프슨의 사업에 의혹의 눈길을 보내고 있던 터라, 썰매가 사라진 것을 발견한 순간 리다웃 부인의 생각은 곧바로 애브너 심프슨에게로 향했다.

그러나 거래의 성격이 너무나 복잡하고 사건의 흐름을 따라가기가 너무나 힘들어서(말 주인이 주소를 남기지 않고 서부로 가버린 탓도 있었다) 보안관이 마을 사람들과 리다웃 부인이 만족할 만큼 심프슨의 죄를 입증하는 데는 여러 주가 걸렸다.

애브너 자신은 결백을 주장했다. 그의 말에 따르면, 어느 날 새벽에 언청이 입을 하고 흰색과 검정색이 섞인 양복을 입은 한 빨강머리 남자가 썰매를 가지고 그를 찾아와 그의 집 마당에 있는 사과 착즙기와 바꾸자고 했다. 거래는 성사되었고, 애브너는 그 언청이 입을 한 낯선 남자에게 4달러 75센트를 얹어주었다. 그 수수께끼의 인물은 썰매를 내려놓은 뒤 사과 착즙기를 수레에 싣고 그곳을 떠났으며, 그 이후로 그의 소식을 들은 사람은 아무도 없었다.

애브너가 의분에 차서 외쳤다.

"그 도둑놈을 잡기만 해봐라, 내가 가만 두나…. 감히 훔친 썰매를 가지고 와서 나한테 사기를 쳐?"

보안관이 말했다.

"그자를 잡을 수는 없을 거요, 애브너. 그자가 당신의 사과 착즙기와 돈을 가져갔다지만 당신을 제외한 누구도 그자의 얼굴을 보지 못했고, 당신도 그자를 다시 볼 수 없을 테니 말이오."

애브너의 보다 나은 반쪽이 틀림없는 심프슨 부인은 남의 집 빨래를 해주러 다녔기에, 마을 사람들이 심프슨네 아이들을 먹이고 입히는 데 도움을 주었다. 열네 살의 호리호리한 조지는 이웃 농장에서 일했고, 다른 아이들, 그러니까 새뮤얼과 클라라 벨, 수전, 엘리자, 엘리사는 입고 나갈 옷이 있고 달리 재미있는 일이 없을 때 학교에 갔다.

플레전트 강가의 마을들에는 비밀이 없었다. 마을 주민 중 많은 사람이 힘들게 일했지만, 삶은 아주 조용하고 느릿느릿 흘렀기에 대화를 나눌 시간이 충분했다. 정오에 건초밭의 나무 밑에서, 해질녘에 다리의 난간에 기대어, 저녁 무렵에 가게의 난롯가에서 활발한 토론이 이루어지곤 했다. 이러한 장소들이 주로 남자들에게 토론의 장을 마련해주었다면, 성가대 연습이나 바느질 모임, 독서 모임, 교회 피크닉 같은 것들은 여자들에게 의견을 나눌 기회를 제공했다. 이 모든 게 너무도 당연시되었지만, 이따금 대단히 예민한 사람들이 이 같은 관습에 반기를 들기도 했다.

바느질 일을 하는 딜리어 위크스라고 하는 노처녀가 그 한 예다. 그녀는 병이 들어서 동네의 모든 병원을 전전했으나 점점 쇠약해져만 갔는데, 사촌인 사이러스가 루이스턴에 있는 그의 집에 와서 살림을 맡아달라는 부탁을 해왔다. 딜리어는 루이스턴으로 떠났고, 그 후 1년 만에 건강하고 친절하고 쾌활한 여인이 되었다. 그녀는 리버버러에 잠깐 다니러 왔다가 외지에서 생을 마감할 생각이냐는 질문을 받았다.

딜리어는 솔직한 심정을 토로했다.

"그럴 수만 있다면 그러고 싶어요. 이곳에서 나는 내 사소한 비밀들이 알려지지 않게 하려고 애썼지만, 성공하지 못했어요. 우선 사람들은 내가 목사님과 결혼하고 싶어 한다고 말하고 다녔고, 목사님이 스탠디시에서 아내를 얻자 내가 상심했다고 떠들고 다녔어요. 그 후 5~6년간은 내가 학교 선생님이 되려 한다고 의심했고, 내가 교사가 되는 것을 포기하고 바느질 일을 하게 되자 나를 동정했어요. 아버지가 돌아가셨을 때 나는 상속 문제와 관련한 일을 아무도 모르게 하려고 무진 애를 썼지만, 사람들은 결국 알아내고야 말았어요. 그뿐만이 아니에요. 내겐 열여섯 살 때 애리조나로 떠난 제임스라고 하는 오빠가 있는데, 나는 30년간 제임스가 잘 지내고 있다고 말하고 다녔어요. 그런데 애크시 타르벅스 아주머니의 오지랖 넓은 사촌이 건강상의 이유로 툼스톤에 갔다가 그곳 사람들에게 물어서 제임스를 찾아냈고, 그가 어떻게 지내고 있으며 얼마나 불행한지에 대해 애크시 아주머니에게 죄다 써 보낸 거예요. 사람들은 내가 틀니를 한 것도 알고, 앞머리 부분 가발을 쓴 것도 알고, 과일 행상이 내게 자기의 세 번째 아내가 되어달라고 한 것도 알아요. 이런 일들은 내가 말한 적도 없고, 동네에 알려질 필요도 없는 일들이에요. 하지만 사람들은 늘 추측을 하고 또 그 추측이 늘 들어맞지요.

나는 사람들에게 비밀로 하고, 그들을 속이고, 그들의 관심을 다른 데로 돌리는 데 지쳤어요. 하지만 낮에 현미경 밑에 놓이지 않고 밤에 망원경으로 감시당하지 않는 곳에 도착한 순간, 건강이 좋아지기 시작했죠. 사이러스는 골치 아픈 노인네지만, 내 치아가 보기 좋다고 생각하고 내 헤어스타일이 근사하다고 말해줘요. 루이스턴에는 목사님이나 아버지의 유언, 제임스의 처지, 과일 행상 등에 대해 아는 사람이 아무도 없어요. 설령 안다고 해도 신경 쓰지 않을 거고, 아마 기억도 못 할 거예요. 루이스턴은 모든 게 정신없이 바쁘게 돌아가는 곳이니까요."

미스 딜리어 위크스의 말에 약간의 과장이 섞여 있을 수도 있겠지만, 레베카를 비롯한 리버버러의 모든 아이가 리다웃 부인의 사라진 썰매와 이와 관련한 애브너 심프슨의 의심스러운 행적에 대해 들었으리라는 것은 쉽게 상상할 수 있다.

보통의 시골 학교 아이들에게는 섬세한 면이나 남을 배려하는 마음 따위가 그리 많지 않기에, 학생들 사이에서 심프슨 사건과 관련한 농담이나 짤막한 시가 유행했다. 아이들은 심프슨네 아이들이 없는 데서 수군대곤 했다. 레베카 랜들 역시 다른 아이들과 조금도 다를 바 없는 평범한 아이였기에, 그녀가 왜 그토록 남의 험담을 싫어하고, 뒤에서 수군대는 아이들에게 거리를 두었는지는 알 수 없는 일이었다.

레베카와 동갑인 여자아이들 중에 미니 스멜리라고 하는, 학교 친구들 사이에 별로 인기 없는 아이가 있었다. 그녀는 금발에 눈이 작고 다리가 길고 가늘었으며, 앵무새와 양을 섞어 놓은 것 같은 성격을 지니고 있었다. 미니가 도시락으로 타르트와 케이크를 싸 온 날이면 레베카와 엠마 제인은 늘 그 사실을 알 수 있었는데, 그것은 미니가 친구들을 떠나 자기 혼자 숲속에 가서 점심을 먹고는 새침한 얼굴에 즐거운 미소를 머금고 돌아왔기 때문이다.

미니가 혼자 숲속에서 점심을 먹고 돌아온 어느 날, 레베카가 유혹을 참지 못하고 미니에게 물었다.

"두통은 좀 나아졌니, 미니? 입가에 묻은 딸기잼을 닦아야겠다."

실제로는 잼이 묻어 있지 않았지만 켕기는 데가 있는 미니는 얼굴이 새빨개지면서 손수건을 입가로 가져갔다.

그날 오후에 레베카는 엠마 제인에게 자신이 못된 장난을 친 것을 부끄럽게 여긴다고 고백했다.

레베카가 외쳤다.

"나는 미니가 하는 짓이 마음에 안 들어. 하지만 우리가 그 애를 의심하고 있다는 사실을 알게 한 게 미안해서 그 애에게 산호 조각을 주었어. 내 구슬 지갑에 들어 있던 그 금이 간 산호 조각 말이야."

엠마 제인이 말했다.

"미니는 그걸 받을 자격이 없어. 그 애는 욕심이 많아."

"알아, 하지만 그래야 내 마음이 편할 것 같아. 그리고 나는 그 산호 조각을 2년이나 가지고 있었으니까 괜찮아. 게다가 그건 아름답기는 해도 금이 가서 별로 쓸모가 없는걸."

산호 조각으로 인해 어느 정도 화해가 이루어진 후의 어느 날, 레베카는 여느 때처럼 방과 후에 문법 공부를 하고 지름길

벽돌집의 슬픈 숙녀

로 집으로 돌아가고 있었다. 울타리 너머 저 멀리에 심프슨네 아이들이 이제 막 작은 숲으로 들어가려 하는 게 보였다. 거기에 시소가 없었기 때문에 레베카는 그 아이들과 같이 갈 요량으로 발걸음을 서둘렀다. 심프슨네 아이들은 금방 보이지 않게 되었지만, 레베카가 거의 따라잡았을 때 나무 사이로 미니 스멜리가 소리 높여 노래하는 소리와 어린애의 훌쩍이는 소리가 들려왔다. 클라라 벨과 수전과 쌍둥이가 길을 따라 내달리고 있었고, 미니는 춤을 추며 새소리로 노래하는 중이었다.

"심프슨은 왜 그렇게 썰매를 좋아해요?"
아이들이 묻자 선생님이 재빨리 대답했네.
"심프슨이 왜 그렇게 썰매를 좋아하는지
너희도 알잖니."

누덕누덕 기운 옷을 입고 달아나는 심프슨네 아이들의 모습이 얼핏 눈에 들어왔다가 시야에서 사라졌다. '싸움꾼 쌍둥이'로 알려진 용감한 엘리자가 던진 돌멩이가 숲의 고요를 깨뜨렸지만, 그 돌멩이는 미니의 근처에도 오지 못했다. 목청껏 '전과자!'라고 외치던 미니는 신이 나서 뒤를 돌아보다가 가만히 서서 이글거리는 눈빛으로 그녀를 노려보고 있는 레베카를 발견했다.

벽돌집의 슬픈 숙녀

미니의 얼굴은 보기에 아름답지 않았다. 나쁜 짓을 하다 들킨 겁쟁이는 즐거움을 주는 대상이 아니기 때문이다.

"미니 스멜리! 또다시 심프슨네 아이들에게 그 노래를 하다가 나한테 걸리면 어떻게 될지 알아?"

레베카가 분노에 찬 목소리로 말했다.

"몰라. 알고 싶지도 않고."

미니가 의기양양하게 말했지만, 그녀의 얼굴에는 겁먹은 표정이 역력했다.

"내가 준 산호 조각을 다시 빼앗고, 너를 때려줄 거야."

"그렇게는 못 할걸? 그러면 내가 우리 엄마하고 선생님한테 이를 거니까."

"너희 엄마와 우리 엄마, 그리고 네 모든 친척과 교장 선생님한테 말한다고 해도 상관없어. 온 동네와 요크 카운티 전체와 메인주와 나라 전체에 말한대도 나는 눈 하나 깜짝하지 않아. 내 말 잘 들어. 또다시 그런 짓을 하고 특히 그 '전과자'라는 말을 쓰면, 나는 옳다고 생각될 경우, 어떻게든 너를 혼내줄 거야."

레베카가 열변을 토했다.

그다음 날 아침, 쉬는 시간에 레베카는 미니가 훌다 메저브에게 어제 있었던 일을 이야기하는 것을 보았다. 미니가 귀엣말로 속삭였다.

"레베카가 나를 위협했어. 하지만 나는 그 애가 한 말을 믿지 않아."

마지막 말은 레베카 들으라고 하는 소리였다. 미니는 법과 질서가 작동하는 곳에서는 용감해질 수 있었기 때문이다.

레베카는 자리로 돌아와서 미스 디어본에게 허락을 맡고 미니 스멜리에게 다음과 같은 쪽지를 써 보냈다.

미니 스멜리처럼 야비한 아이도 없다네.

그 애에게 준 선물을 빼앗고

그 애를 늘씬하게 패줘야겠네.

R. 랜들

추신_ 이래도 내 말을 믿지 못하겠니?

이 시의 효과는 확실해서, 그 후로 며칠간 미니는 심프슨네 아이들을 만날 때마다, 비록 그곳이 벽돌집에서 1킬로미터쯤 떨어진 곳일지라도, 몸을 떨며 아무 말도 하지 못했다.

만약 내가 알았다면
만약 우리가 알았다면
가정법의 과거완료형은 세상에서 가장 슬픈 시제예요.
그리고 '만약'은 어떤 날엔 정말 우울한 접속사가 돼요.

3

너는 특별하단다

가장 눈부시고 행복했던 날

삶이 고단할 때마다 떠올려보는 그런 하루를

서랍 속에서 가끔 꺼내볼 수 있다면 얼마나 좋을까요?

분홍 드레스를 입은 소녀

버니언이 『천로역정』에서 한 말을 빌리자면 "전에 없이 끔찍한" 싸움이 있은 바로 다음 주의 금요일, 언덕 위의 작은 학교에서 발표회가 열렸다. 금요일 오후에는 늘 역할극과 노래와 시 낭송을 하는 시간이 있었는데, 이는 진정한 의미에서의 축제라고 할 수는 없었다. 대부분 아이들이 시 낭송을 싫어했기 때문이다. 아이들은 시를 외워야 하는 것을 부담스러워하고 낭송 도중에 암기한 내용을 잊어버릴까 봐 두려워했다. 미스 디어본은 대개 두통을 호소하며 집으로 돌아가 저녁 내내 침대에 누워 있었고, 강당 앞자리에 앉아서 발표회를 지켜보던 어머니들은 아이의 더듬거리는 소리를 들으며 식은땀을 흘렸다. 때로는 외운 내용을 완전히 잊어버린 아이가 울면서 엄마 품에 안겨 밖으로 나가기도 했는데, 이 같은 경험은 발표회에 대한 안 좋은 기억과 두려움을 더해주었다.

레베카의 출현은 이제까지 힘들게 느껴졌던 금요일 오후 시간에 새로운 기운을 불어넣어 주었다. 레베카는 엘리자와 엘리사 심프슨에게 세 편의 시를 재미있게 낭송하는 법을 알려주었고, 혀짤배기소리를 내는 수전에게는 실제로 혀짤배기소리가 나오는 유머러스한 시를 암송하게 했다. 엠마 제인은 레베카와 함께 역할극을 한다는 생각에 기운이 나고 자신감이 생겼다. 그날 아침, 미스 디어본은 발표회가 무척 재미있을 것 같아서 의사 부인과 목사 부인, 학교운영위원회 위원 두 명, 그리고 어머니들 몇 명을 초대했다고 학생들에게 알렸다.

리빙 퍼킨스와 레베카는 각각 칠판을 하나씩 맡아서 장식하게 되었다. 학교에서 가장 그림 솜씨가 좋은 리빙은 칠판에 북아메리카 지도를 그렸고, 보다 덜 사실적인 그림을 빠르게 그리기 좋아하는 레베카는 학생들이 지켜보는 가운데 빨간색과 흰색, 파란색 분필로 미국 국기를 그렸다. 국기의 모든 별이 제자리에 놓였고, 모든 줄무늬가 미풍에 펄럭였다. 그리고 국기 옆에는 미국의 상징인 컬럼비아(미국을 여성으로 의인화한 그림)가 있었는데, 이것은 크레용을 넣어두는 시가 상자 뚜껑에 있는 그림을 보고 베낀 것이다.

미스 디어본은 몹시 기뻐했다.

너는 특별하단다

"학교 전체가 자랑스러워할 만한 그림이네요. 이렇게 멋진 그림을 그린 레베카에게 박수를 쳐줍시다!"

학생들은 힘껏 손뼉을 쳤고, 딕 카터는 손을 흔들며 환호했다.

레베카는 기뻐서 심장이 터질 것 같았다. 까닭 모를 눈물이 나서 자리로 돌아가는 길이 잘 보이지 않았다. 그도 그럴 것이, 그녀의 외롭고 보잘것없는 삶에서 지금의 이 놀랍게 눈부신 순간처럼 박수를 받거나 칭찬을 받아본 적이 한 번도 없었기 때문이다. 고결한 행동이 고결한 행동을 불러오듯 열정은 열정을 낳고, 위트와 재능은 위트와 재능을 불러온다.

앨리스 로빈슨이 국기에 만세 삼창을 하자고 제안했다. 만세 삼창을 할 때 모든 학생의 손 끝이 레베카가 그린 국기를 가리켰다. 딕 카터는 학교를 방문한 손님들이 칠판의 그림을 누가 그렸는지 알아볼 수 있도록 칠판에 리빙 퍼킨스와 레베카 랜들이 서명할 것을 제안했다. 훌다 메저브는 미스 디어본의 허락을 받아 석고 벽에 난 가장 큰 구멍을 나뭇가지로 가리고 물통을 들꽃으로 가득 채웠다. 레베카는 날아갈 듯한 기분으로 조용히 앉아 있었다. 마음속에 감사와 기쁨이 가득해서 역할극의 대사가 잘 기억나지 않을 정도였다. 그녀의 위대한 승리에도 불구하고 레베카는 쉬는 시간에 겸손한 태도를 보였다. 그리하여 전체적으로 우호적인 분위기에서 미니 스멜리와의 화해가 이루어졌고, 미니는 레베카의 지휘하에 단풍나무 가지를 모아 와서 보기 흉한 난로를 가렸다.

미스 디어본은 학교 근처에 사는 아이들이 집에 가서 옷을 갈아입고 올 수 있도록 12시 15분 전에 오전 수업을 끝내주었다. 엠마 제인과 레베카는 흥분해서 거의 쉬지 않고 달리다가 울타리의 나무 층계 앞에서야 달리기를 멈추고 숨을 몰아쉬었다.

"미란다 이모가 가장 좋은 옷을 입을 수 있도록 허락해주실까? 안 그러면 담황색 옥양목 드레스를 입어야 하잖아."

엠마 제인이 물었다.

"제인 이모에게 물어보려고. 오! 분홍 드레스가 완성되었으면 좋을 텐데! 제인 이모가 단추 구멍을 만드는 중인데, 완성되었는지 모르겠어."

레베카가 대답했다.

"나는 엄마한테 말해서 엄마의 석류석 반지를 끼고 오려고. 손가락으로 국기를 가리킬 때 햇빛에 반사되면 정말 아름다울 거야. 안녕! 돌아올 때는 나를 기다리지 마. 나는 마차로 올 수도 있으니까."

레베카가 집에 와보니 옆문이 잠겨 있었고, 평소처럼 열쇠가 계단 밑에 놓여 있었다. 리버버러에서는 모두 계단 밑에 열쇠를 두곤 했다. 문을 열고 식당으로 들어가자 식탁 위에 점심이 차려져 있고, 그 옆에 제인 이모의 쪽지가 놓여 있었다. 미란다 이모와 함께 로빈슨 부인의 마차를 타고 모더레이션에 다녀오겠다는 내용이었다. 레베카는 버터 발린 빵을 한 조각 꿀꺽 삼키고는 앞쪽 계단을 날 듯이 뛰어 올라갔다. 침대 위에 제인 이모가 완성해놓은 분홍 드레스가 놓여 있었다. 이모의 허락 없이 이 옷을 입어도 될까? 발표회가 있으니 새 옷을 입어도 괜찮지 않을까? 아니면, 이모들은 이 옷을 아껴두었다가 주일학교 음악회에 갈 때만 입어야 한다고 생각할까?

레베카는 생각했다.

'그냥 입자. 이모들이 안 계셔서 물어볼 수도 없고, 어쩌면 이모들은 신경 안 쓰실지도 몰라. 어쨌거나 무명 드레스에 불과한걸. 새 옷이 아니고 테이프 장식이 없고 분홍색이 아니었다면 그리 특별할 것도 없는….'

그녀는 두 갈래로 땋아 내린 머리를 풀어서 빗질을 한 후 리본으로 묶었다. 그러고는 새 드레스를 입고 신발을 바꿔 신었다. 가운데 단추 세 개는 잠그지 못했는데, 그것은 엠마 제인에게 잠가달라고 하면 될 것이다.

그때 그녀의 소중한 분홍 양산이 눈에 들어왔다. 드레스와 아주 잘 어울릴 것 같았고, 다른 아이들에게 보여주고 싶기도 했다. 학교에 가져가기에 적절한 물건은 아니지만, 종이에 싸서 가지고 갔다가 아이들에게 보여주고 다시 가져오면 될 것

이다. 레베카는 아래층으로 내려가 응접실의 거울을 들여다보고는 전기에 감전된 듯한 느낌에 사로잡혔다. 이보다 더 아름다운 드레스는 없을 것 같았다. 그 장밋빛 드레스에 가려, 그녀의 반짝이는 눈과 발그레한 뺨과 윤기 나는 머리칼은 보이지도 않았다. 앗, 벌써 1시 20분 전이다. 서두르지 않으면 지각할 것이다. 레베카는 춤을 추듯 옆문을 빠져나와 문가의 덤불에서 분홍색 장미를 한 송이 꺾어 쥐고는 믿기지 않을 만큼 짧은 시간 안에 학교에 도착했다. 교문 앞에서 엠마 제인을 만났는데, 그녀 역시 예쁘게 차려입은 채 숨을 헐떡이고 있었다.

"레베카 랜들! 그림처럼 아름다운걸?"

엠마 제인이 외쳤다.

"내가? 말도 안 돼! 분홍 드레스 때문에 그렇게 보이는 것뿐이야."

레베카가 웃음을 터뜨렸다.

"평소의 네 모습이 아니야. 어딘가 달라. 이 석류석 반지를 좀 봐. 엄마가 비누로 씻어주셨어. 그런데 어떻게 미란다 이모가 새 드레스를 입고 가도록 허락해주신 거야?"

엠마 제인이 물었다.

"이모 두 분 다 외출하고 안 계셔. 왜? 이모들이 알았다면 허락하지 않으셨을 것 같아?"

레베카가 걱정스러운 어조로 대답했다.

"미란다 이모는 늘 안 된다고 하시잖아. 안 그래?"

엠마 제인이 말했다.

"그렇지. 하지만 오늘 오후에 있을 발표회는 아주 특별해. 거의 주일학교 음악회와 같다고."

"맞아. 칠판에 네 이름이 쓰여 있는 데다 아이들이 모두 네가 그린 국기를 가리킬 거잖아. 우리가 할 역할극도 정말 근사하고."

엠마 제인이 동의했다.

그날 오후의 발표회는 성공적이었다. 누구도 울지 않았고, 어떤 학부모도 자식을 부끄러워하지 않았다. 많은 찬사를 받은 미스 디어본은 그 찬사를 온전히 자기 혼자 받아도 되는지, 적어도 부분적으로는 레베카와 함께 받아야 하는 게 아닌지 생각했다. 레베카가 다른 학생들 이상으로 많은 것을 하지는 않았지만, 어찌 된 일인지 그 애는 늘 모든 활동의 전면에 있었다. 나중에 다양한 마을 행사에서도 레베카는 뒷전에 있을 수 없는 아이라는 게 밝혀졌다. 레베카를 몹시 싫어하는 아이라도 레베카가 주제넘게 나선다고 할 수는 없었을 것이다. 레베카는 늘 준비되어 있었고, 기꺼이 돕고자 했다. 그녀는 자신을 드러내려 하지 않았고, 사실 놀라우리만큼 자의식이 없었으며, 다른 사람들이 즐거움을 맛보게 해주고 싶어 했다. 레베카가 있는 곳이 바로 무대의 중심이었다. 레베카의 맑고 고운 음성은 합창단의 다른 모든 사람 위로 떠올랐다. 모두가 그녀를 바라보았고, 그녀의 몸짓과 온 마음을 다해 부르는 노래와 주체할 수 없는 열정에 주목했다.

마침내 발표회가 모두 끝나고 레베카는 벅찬 마음을 안고 집으로 향했다. 그날 저녁에는 공부해야 할 것도 없었고, 다음 날 이모들을 도와 잼을 만들어야 하는 것도 두렵지 않았다. 빛으로 가득 찬 그녀의 영혼에는 두려움이 숨 쉴 공간이 없었다. 구름이 하늘을 가리기 시작했지만 레베카는 양산을 쓸 수 있어서 기쁠 뿐, 비가 올지도 모른다는 생각은 하지 못했다. 마치 구름 위를 걷는 듯하고 자신이 인간 세계에 속하지 않은 듯했다. 그러나 벽돌집 마당에 들어서서 현관에 서 있는 미란다 이모를 본 순간 그녀는 다시 땅으로 내려왔다.

서랍 속의 장미

"저기 오네, 한 시간이나 더 늦게. 조금만 더 늦었더라면 비를 맞았을 거야. 하지만 저 애는 그런 것엔 신경도 안 쓰지."

미란다가 제인에게 말했다.

"게다가 새 드레스를 뻗쳐 입고, 제 아빠가 댄스 교실에서 가르치는 것 같은 스텝으로 걸으며, 온 세상 사람들이 보라는 듯이 양산을 휘젓고 다니는구나. 내가 제일 연장자니까 한마디 해야겠다. 그게 듣기 싫으면 부엌에 가 있도록 해. 레베카, 어서 들어오너라. 네게 할 말이 있다. 왜 허락도 없이 평일에 그 새 드레스를 입은 거지?"

레베카가 대답했다.

"점심 때 여쭤볼 생각이었는데, 집에 안 계셔서 여쭤볼 수

　　　　　　　너는 특별하단다

가 없었어요."

"아니, 넌 그럴 생각이 없었어. 너는 내가 허락하지 않으리라는 걸 알면서도 그 옷을 입은 거야."

"이모가 허락하시지 않을 걸 알았더라면 절대 입지 않았을 거예요. 하지만 허락하실지 허락하지 않으실지 확실하지 않았기 때문에 입어도 괜찮지 않을까 생각했어요. 오늘 진짜 학예회 같은 발표회가 있었던 걸 아셨더라면 아마 이모도 허락해 주셨을 거예요."

"학예회? 그래서 그 양산까지 가지고 가서 너 스스로를 구경거리로 만든 거니?"

미란다가 다그치자 레베카는 고개를 숙였다.

"양산을 들고 간 건 잘못했어요. 하지만 제 평생 이 양산에 어울릴 만한 무언가를 가져보기는 처음이었어요. 양산을 분홍 드레스 옆에 놓고 보니 정말 근사했어요. 발표회에서 엠마 제인과 함께 도시 처녀와 시골 처녀에 관한 역할극을 했는데, 이 분홍 드레스가 도시 처녀에게 잘 어울릴 것 같다는 생각이 들었고, 실제로도 정말 잘 어울렸어요. 드레스에는 얼룩 한 점 묻지 않았어요, 미란다 이모."

"가장 나쁜 건 뒤에서 몰래 일을 꾸미는 너의 그 비밀스럽고 의뭉스러운 태도야. 게다가 네가 한 다른 짓거리들을 좀 보거라! 마치 사탄에 사로잡히기라도 한 것 같구나. 너는 앞쪽 계단으로 네 방에 갔지만 흔적을 지우지는 못했어. 계단에 네 손수건이 떨어져 있더구나. 그리고 네 방 창문의 방충망을 제대로 닫지 않아서 온 집 안에 파리가 들어오게 했어. 점심 먹은 걸 치우지도 않았고. 게다가 옆문을 잠그지 않고 나가는 바람에 12시 반부터 3시 사이에 누구든 이 집에 들어와 물건을 훔쳐갈 수 있었어!"

레베카는 자신이 저지른 잘못들을 들으며 의자에 주저앉았다. 어떻게 그렇게 부주의할 수 있었던가? 그녀가 설명할 수도 없고 변명할 수도 없는 잘못들에 대해 해명하려 하는데 눈에서 눈물이 나기 시작했다.

"오, 죄송해요. 교실을 장식하다가 조금 늦는 바람에 집까지 뛰어왔어요. 시간이 없어서 점심도 제대로 못 먹고 혼자 드레스를 입느라 애를 먹었어요. 솔직히, 아주 솔직히 말씀드리면 마지막 순간에 접시를 치우고 문을 잠가야 한다는 생각이 나기는 했어요. 하지만 시계를 보니 제시간에 학교에 도착하지 못할 것 같았어요. 금요일 오후에, 그것도 목사님 부인과 의사 선생님 부인과 학교운영위원회 위원들이 모두 지켜보는 가운데 지각을 한다고 생각하니 너무 끔찍했어요."

레베카가 더듬거리며 말했다.

"울지 말고 계속하거라. 울어봐야 이미 잘못한 것을 돌이킬 수는 없으니까. 한 번의 올바른 행동이 천 번의 후회보다 나은

너는 특별하단다

법이야. 이모네 집에 살면서 어떻게 하면 문제를 일으키지 않을까를 생각하는 대신 너는 어떻게 하면 우리를 성가시게 할까를 생각하는 것 같구나. 드레스에 단 꽃을 떼고 그 자리에 옷핀을 꽂은 흔적이 남아 있는지 보자. 옷핀 구멍에 녹이 묻어 있을 수도 있어. 다행히 녹이 묻어 있지는 않구나. 하지만 그건 운이 좋았을 뿐이야. 나는 너의 그 꽃과 옷단 장식과 풀어 내린 머리와 젠체하는 태도를 참을 수가 없다. 계집애 같은 네 아빠처럼 그게 뭐냐?"

미란다의 말에 레베카가 고개를 번쩍 치켜들었다.

"미란다 이모, 앞으로는 말 잘 듣는 착한 아이가 될게요. 문을 잠그지 않고 나가는 일도 절대 없을 거예요. 하지만 우리 아빠를 욕하는 건 참을 수가 없어요. 우리 아빠는 완벽하게 좋은 아빠였어요. 아빠를 계집애 같다고 한 건 너무해요!"

"건방지게 말대꾸하지 말거라, 레베카. 네 아빠는 허영심이 강하고 어리석고 무능한 사람이었어. 다른 사람들도 다 나처럼 얘기할 거다. 네 아빠는 네 엄마의 돈을 탕진하고 네 엄마에게 부양해야 할 일곱 명의 아이들을 남겼지."

"착한 아이들 일곱 명을 남긴 것은 대단한 일이에요."

레베카가 흐느끼며 말했다.

"다른 사람들이 그 아이들을 먹이고 입히고 가르쳐야 한다면, 그건 대단한 일이라고 할 수 없다. 자, 이제 네 방으로 가서 잠옷으로 갈아입고 침대에 눕거라. 화장대 위에 크래커와 우유가 있을 테니, 배가 고프면 그것을 먹고. 내일 아침 식사 때까지는 내 귀에 시끄러운 소리가 들리지 않게 해다오. 제인, 뛰어가서 빨랫줄에 걸려 있는 행주를 걷고 헛간 문을 닫고 와. 소나기가 올 것 같아."

제인이 행주를 걷으러 가면서 조용히 말했다.

"이미 한바탕 퍼붓고 간걸. 나는 내 생각을 잘 표현하는 편은 못 되지만, 미란다 언니, 로렌조에 대한 이야기는 하지 말았어야 했어. 로렌조는 로렌조일 뿐, 다른 누군가가 될 수는 없어. 그는 레베카의 아빠이고, 오릴리어는 늘 그가 좋은 남편이라고 말했어."

"죽은 남편들은 대개 다 좋은 남편들이지. 하지만 때로는 진실을 알 필요가 있어. 레베카에게서 아빠의 흔적을 지우지 않는 한, 저 아이는 아무짝에도 쓸모없는 사람이 될 거야. 나는 내가 한 말에 대해 후회하지 않아."

"그런 것 같네. 하지만 언니, 그건 올바른 태도가 아니야. 크리스천으로서 그런 말을 해서는 안 되는 거였어!"

제인이 1년에 한 번 할까 말까 한 용감한 말을 내뱉었다.

그 순간 집 안을 뒤흔든 천둥소리도 제인의 이 말처럼 레베카의 양심을 크게 뒤흔들어놓지는 못했으리라.

그런 점에서 어쩌면 1년에 딱 한 번, 꼭 필요한 말만 하는

너는 특별하단다

것도 나쁘지 않을 듯하다.

레베카는 힘없이 뒤쪽 계단을 올라가 방문을 닫고 떨리는 손으로 옷을 벗었다. 어깨뼈와 허리 사이의 풀기 힘든 단추를 풀 때는 그토록 값비싼 대가를 치르고 입은 고운 옷에 짠 물이 묻지 않도록 조심스럽게 눈가를 훔쳤다. 옷을 잘 펴고 목 부분의 흰색 러플을 세워서 옷장 서랍에 넣으면서 그녀는 삶의 고단함에 또다시 눈물을 흘렸다. 장미가 바닥에 떨어졌다. 그것을 보고 레베카는 '마치 나의 행복했던 하루 같구나!' 하고 생각했다. 그 자리에서 장미의 상징성을 알아차리고, 마치 그날의 모든 슬픈 기억을 묻어버리기라도 하듯 그 장미를 드레스와 함께 옷장 서랍에 넣은 사실보다 더 레베카가 어떤 아이인지를 잘 보여주는 일도 없을 것이다. 그것은 아이의 시적인 본능이었다. 여성적인 감수성이 살짝 엿보이는….

레베카는 머리를 다시 두 갈래로 땋고 가장 좋은 신발(다행히 이것은 미란다 이모의 눈에 띄지 않았다)을 벗으면서 줄곧 벽돌집을 떠나 농장으로 돌아가고 싶다는 생각을 했다. 크게 환영받지는 못할 것이다(그럴 가망은 없었다). 하지만 집안일을 거들고, 그녀 대신 한나를 리버버러로 보내면 될 것이다. 레베카는 창가에 앉아 계획을 세우려고 했다. 창밖으로 언덕 꼭대기에 번개가 치고 빗줄기가 연달아 피뢰침에 내리꽂히는 게 보였다. 그토록 즐거운 마음으로 시작한 하루였는데…. 붉은 해가 떠오를 때 그녀는 창가에 기대어 서서 세상이 너무나 아름답다고 생각했었다. 얼마나 환한 아침이었던가! 살풍경한 교실이 아름답게 바뀌었고, 레베카의 도움으로 심프슨네 쌍둥이가 시를 암송할 수 있게 된 것을 보고 선생님이 몹시 기뻐했다. 레베카에게 칠판을 장식하는 특권이 주어졌고, 그녀는 시가 상자를 보고 컬럼비아를 그린다고 하는 멋진 생각을 떠올릴 수 있었으며, 반 아이들로부터 박수를 받는 황홀한 순간을 경험했다. 그리고 오후 시간은 또 얼마나 근사했던가! 엠마 제인이 그녀에게 "그림처럼 아름답다"고 말한 것부터 시작해서 영광에서 영광으로 이어진 한때가 아니었던가!

레베카는 그날의 발표회를 돌이켜보았다. 특히 엠마 제인과 같이 한 역할극이 생각났다. 레베카는 나뭇가지로 덮인 난로를 시골 처녀가 그 위에 앉아서 양 떼를 지켜보는 이끼 낀 강둑으로 활용하자고 제안했는데, 이는 엠마 제인의 마음을 매우 편안하게 해주어서, 그녀는 다른 어느 때보다 더 대사를 잘 암송했다. 그리고 엠마 제인은 얼마나 너그러웠던가! 그녀는 석류석 반지를 도시 처녀에게 빌려주었다. 양산을 접고 시골 처녀에게 다가가는 도시 처녀의 손에서 반지가 반짝이면 근사해 보일 거라며. 레베카는 농장에서 데려온 조카딸이 학교에서 아주 잘해나가는 것을 알면 미란다 이모가 기뻐하리라고 생각했다. 그러나 어떤 방식으로든 미란다 이모를 기쁘게 하는 것은 불가능했다. 그녀는 다음 날 콥 아저씨의 마차를 타고 메이플우드로 갈 것이다. 거기서 엄마의 사촌인 앤 이모 댁으로 갔다가 농장으로 돌아갈 것이다. 그러나 다시 생각해 보니 이모들이 허락하지 않을 것 같았다. 그렇다면 좋다, 지금 몰래 이 집을 빠져나가서 콥 아저씨네로 가자. 거기서 하룻밤 을 지내고 내일 아침 일찍 이곳을 떠날 것이다.

레베카는 일단 결심이 서면 오래 미루는 타입이 아니었다. 그녀는 가장 낡은 드레스와 모자, 재킷을 걸친 뒤 잠옷과 빗, 칫솔을 보자기에 싸서 창밖으로 던졌다. 그녀의 방 창문은 지 면에서 아주 위험할 정도로 많이 떨어져 있지는 않았다. 설령 많이 떨어져 있다고 해도 그 순간 누구도 그녀를 막지 못했을 것이다. 레베카의 방 창문과 포치 지붕 사이의 중간쯤 되는 곳 에 밧줄걸이가 박혀 있었는데, 아마도 낙수홈통을 청소하러 지붕에 올라간 누군가가 박아놓은 것인 듯했다. 식당에서 들 리는 재봉틀 소리와 부엌에서 나는 고기 써는 소리로 레베카 는 이모들이 어디 있는지 알 수 있었다. 그녀는 창문 밖으로 빠져나와 피뢰침을 타고 밧줄걸이까지 미끄러져 내려온 다음, 포치 지붕 위로 뛰어내렸다. 그러고는 인동덩굴이 늘어져 있 는 격자 울타리를 사다리 삼아 땅으로 내려와서 무작정 빗속 을 달렸다.

제리마이어 콥은 부엌 창가의 식탁에 홀로 앉아 있었다. 엄

마는 병든 이웃을 돌보러 가고 없었다. 콥은 아내를 '엄마'라고 부르곤 했다. 콥 부인에게 자식이라곤 생후 17개월에 죽어서 교회 묘지에 잠들어 있는 "제리마이어 콥과 세라 콥의 사랑하는 딸 세라 앤"밖에 없었지만, 엄마라는 이름으로 불리는 것은 기분 좋은 일이었을 뿐만 아니라 여성으로서 누릴 수 있는 최고의 축복을 상기시켜주었다.

비는 계속해서 내렸고, 아직 다섯 시도 채 안 되었지만 하늘이 어두컴컴했다. 찻잔에서 고개를 든 노인의 눈에 문가에 서 있는 슬픔에 잠긴 아이의 모습이 들어왔다. 레베카는 울어서 눈이 부은 데다 심적 고통으로 얼굴이 수척해져서, 제리 콥은 그녀를 알아보지 못할 뻔했다.

"들어가도 돼요? 콥 아저씨?"

레베카가 물었다.

"아니, 이게 누구야. 나의 꼬마 아가씨 승객이로구나! 이 제리 아저씨를 만나러 와줬어?! 이런, 비에 흠뻑 젖었구나. 난롯가로 오너라. 저녁으로 뭔가 따뜻한 것을 먹을까 해서 불을 피워놓았단다. 엄마가 없어서 외롭기도 했고. 엄마는 세스 스트라우트네 집에 갔다. 모자를 못에 걸고 재킷을 의자 등받이에 걸쳐라. 그리고 난로를 등지고 앉아 몸부터 말리거라."

제리 아저씨가 이렇게 많은 말을 한 적은 없었다. 하지만 아이의 충혈된 눈과 눈물로 얼룩진 뺨을 보자 그는 자세한 내막을 모르면서도 마음이 아팠다.

레베카는 제리 아저씨가 다시 자리에 앉을 때까지 조용히 서 있다가 더 이상 참지 못하고 외쳤다.

"오, 콥 아저씨, 저는 벽돌집에서 나왔어요. 다시 농장으로 돌아가려고요. 오늘 밤 저를 여기서 재워주시고 내일 아침에 마차로 메이플우드에 데려가 주실 수 있을까요? 지금은 마차 삯으로 낼 돈이 없지만, 나중에 어떻게든 벌어서 갚을게요."

"우리 사이에 돈 문제로 입씨름할 필요는 없을 것 같구나. 게다가 같이 드라이브를 하기로 해놓고 여태 못 했잖니. 비록 강 아래쪽이 아니라 위쪽으로 드라이브를 갈 생각이었지만 말이야."

콥이 말했다.

"이제 밀타운을 보러 가기는 다 틀렸어요."

레베카가 흐느끼며 말했다.

"가까이 와서 자세히 이야기해보렴. 여기 이 나무 의자에 앉아서 속 시원하게 다 털어놔 봐."

레베카는 콥의 무릎에 머리를 기대고 그동안의 힘들었던 일들에 대해 이야기했다. 그녀의 격정적이고 단련되어 있지 않은 마음에는 모든 일이 비극적으로 여겨졌다. 하지만 그녀는 과장 없이 진실되게 이야기했다.

무지개 다리를 건너

레베카가 이야기하는 동안 제리 아저씨는 기침을 하고 몸을 적잖이 움직거리면서도 함부로 동정심을 내보이지는 않았다. 그저 속으로 '불쌍한 것 같으니! 이 애를 위해 뭘 해줄 수 있을지 보자' 하고 중얼거릴 뿐이었다.

"저를 메이플우드에 데려다주실 거죠, 콥 아저씨?"

레베카가 호소했다.

"데려다줄 테니 걱정하지 말거라. 이제 뭘 좀 먹어야지. 빵에 토마토잼을 발라 먹으렴. 엄마 의자에 앉아서 내게 뜨거운 차를 한 잔 더 따라주지 않을래?"

콥은 이렇게 대답하며 속으로 어떻게 하는 게 가장 현명할지 생각했다.

제리 콥은 단순해서, 애정이나 연민에 의해 움직이지 않는 한 두뇌가 기민하게 돌아가지 않았다. 하지만 지금은 애정과 연민이 모두 작용하고 있었다. 그는 자신의 어리석음을 한탄하고 앞길을 밝혀줄 영감이 떠오르기를 기도하며 어설프게나마 대화를 이어갔다.

노인의 어조에서 위로를 받은 데다 어른처럼 콥 부인의 자리에 앉아 파란색 도자기 잔에 차를 마시게 된 레베카는 희미한 미소를 지으며 머리를 매만지고 눈물을 닦았다.

"네가 집에 돌아가면 어머니께서 매우 기뻐하시겠구나?"

콥이 물었다.

레베카의 마음속 깊은 곳에 자리한 작은 두려움이 이 질문 앞에서 차츰 커지기 시작했다.

"엄마는 제가 이모들 몰래 집을 나온 것을 좋아하지 않으실 거예요. 제가 미란다 이모를 기쁘게 해드리지 못한 것을 유감스럽게 생각하시겠죠. 하지만 아저씨한테 한 것처럼 엄마한테도 잘 말씀드릴 수 있을 거예요."

"네 어머니는 네 교육을 위해 너를 이곳으로 보내신 것 같던데…. 하지만 뭐, 템퍼런스에서도 학교에는 다닐 수 있으니까."

"템퍼런스에는 두 달간 가르치는 학교밖에 없고, 다른 학교들은 농장에서 너무 멀어요."

너는 특별하단다

"괜찮다. 세상에는 학교 공부 이외에도 할 수 있는 것들이 많으니까."

콥이 애플파이를 집어 들며 말했다.

"그렇—죠. 엄마는 사람이 교육을 받아야 제구실을 한다고 생각하시지만요."

레베카가 차를 마시려고 애쓰며 슬프게 말했다.

"농장에서 다시 가족들과 함께 살면 즐겁게 지낼 수 있겠구나. 거기엔 아이들이 많으니까!"

"너무 많아서 문제예요. 하지만 저 대신 한나 언니를 리버버러로 보내면 될 거예요."

"미란다와 제인이 한나를 받아줄까? 안 받아줄 수도 있어. 네가 집으로 돌아간 것에 화가 나서 말이야. 하지만 그렇다고 그들을 나무랄 수는 없지."

그녀가 벽돌집에 등을 돌렸기 때문에 한나에게 벽돌집의 문이 닫힌다는 것은 레베카에게는 완전히 새로운 생각이었다.

"리버버러의 학교는 어떠냐? 마음에 드냐?"

제리 아저씨가 물었다. 그의 머릿속이 평소와는 다른 속도로, 두려울 만큼 빠르게 돌아가고 있었다.

"오, 학교도 너무 좋고, 선생님도 너무 좋아요."

"미스 디어본을 좋아하는구나, 그렇지? 미스 디어본도 네 칭찬을 했다. 오늘 오후에 엄마가 세스 스트라우트의 약을 사러 나갔다가 다리 위에서 미스 디어본을 만났는데, 학교에 관한 이야기를 나누게 되었지. 엄마는 학생들의 어머니들과 친하니까 말이다. 엄마가 '템퍼런스에서 온 아이는 어떻게 지내고 있어요?' 하고 묻자 미스 디어본은 '학생들이 다 레베카 랜들 같기만 하다면 하루 종일이라도 가르칠 수 있을 것 같아요' 하고 말했단다."

"오, 콥 아저씨, 선생님이 진짜로 그렇게 말씀하셨어요? 저는 늘 열심히 공부해왔지만, 이제부터는 책을 처음부터 끝까지 샅샅이 훑을 거예요."

레베카가 얼굴을 환히 빛내며 말했다. 그녀의 얼굴에 생기가 돌면서 보조개가 파였다.

"리버버러에 있으면 그렇게 하겠다는 거지? 그런데 그 모든 걸 미란다 이모 때문에 포기해야 한다는 게 너무 아깝지 않으냐? 흠, 그렇다고 너를 탓할 수는 없을 것 같구나. 미란다 이모는 꽤나 까다롭고 심술궂으니까 말이다. 미란다 이모와 같이 살려면 인내심이 있어야 하는데 네겐 인내심이 많지 않아, 그렇지?"

"네, 그렇게 많지는 않아요."

레베카가 씁쓸하게 말했다.

"만약 내가 어제 너와 이 이야기를 나눴다면 지금과는 다르게 말했을 거다. 하지만 이제 너무 늦었지. 그리고 이건 네 잘

너는 특별하단다

못만은 아니니까. 하지만 이렇게 생각해볼 수도 있을 것 같구나. 미란다 이모가 너를 먹이고, 입히고, 학교에 보내주고, 또 나중에 웨어햄에 있는 학교에도 보내려면 많은 돈이 든다고. 미란다 이모는 같이 지내기 힘들고, 마치 벽돌을 집어 던지듯 네 머리에 은혜를 집어 던지지만, 그래도 은혜임에는 틀림이 없지. 그리고 착한 행동으로 그 은혜에 보답하는 게 네가 해야 할 일이고. 그래도 제인은 미란다보다는 같이 지내기가 한결 수월하지? 아니면 제인도 미란다만큼이나 까다로우냐?"

"오, 제인 이모랑은 아주 잘 지내고 있어요. 제인 이모는 마음씨가 곱고 친절해서, 저는 늘 제인 이모를 더 좋아했어요. 제인 이모도 저를 좋아하는 것 같고요. 한번은 제 머리를 빗겨주신 적도 있는걸요. 제인 이모한테는 하루 종일 꾸지람을 들어도 괜찮아요. 제인 이모는 저를 이해하니까요. 하지만 미란다 이모에 맞서서 제 편을 들어주지는 않아요. 제인 이모도 저만큼이나 미란다 이모를 무서워하거든요."

"내일 아침에 네가 떠난 것을 알면 제인이 몹시 슬퍼하겠구나. 하지만 마음 쓸 것 없다. 어쩔 수 없는 일이니까. 제인도 미란다 때문에 힘들다면 너와 함께 지내는 것을 매우 좋아할 테지. 요 전날 저녁에 기도회가 끝나고 엄마가 제인과 이야기를 나눌 일이 있었는데, 그때 제인이 이렇게 말했다더구나. '세라, 당신은 벽돌집에서 지금 어떤 일이 일어나고 있는지 모르실 거예요. 요즘 제가 바느질 교실을 열었답니다. 제 제자가 드레스를 세 벌이나 만들었는데, 여기에 대해 어떻게 생각하세요? 오, 다시 젊어지는 기분이에요. 레베카를 데리고 소풍이라도 갈까 봐요.' 엄마가 그러는데, 제인이 그렇게 젊고 행복해 보일 수가 없었다는구나."

작은 부엌 안에 침묵이 감돌았다. 침묵을 깨는 것은 커다란 벽시계의 째깍거리는 소리와 레베카의 심장 뛰는 소리뿐이었다. 하지만 레베카에게는 그녀의 심장 소리 때문에 시계 소리가 잘 들리지 않았다. 비가 그치고, 갑자기 방 안이 붉은빛으로 가득 찼다. 창밖으로 보이는 무지개가 마치 빛나는 다리 같았다. '다리는 가기 힘든 곳을 갈 수 있게 해준다' 하고 레베카는 생각했다. 그리고 콥 아저씨는 그녀의 문젯거리들 위로 다리를 놓아주고, 그녀에게 그 다리를 건널 힘을 주는 듯했다.

노인이 파이프에 담배를 채우며 말했다.

"비가 그쳤구나. 공기도 깨끗해지고 땅도 말끔하게 씻겼어. 내일 마차를 타고 메이플우드로 향할 때 모든 게 반짝거리겠는걸."

레베카는 찻잔을 한쪽 옆으로 밀어놓고 자리에서 일어나 조용히 모자와 재킷을 걸쳤다. 그녀가 말했다.

"저, 떠나지 않기로 했어요. 콥 아저씨. 이곳에 있으면서 벽돌을 받으려고요. 벽돌을 받되, 다시 던지지는 않을 거예요.

미란다 이모가 저를 다시 받아줄지는 모르겠지만, 용기가 생긴 지금 돌아가는 게 좋겠어요. 같이 가주시지 않을래요, 콥 아저씨?"

노인이 기분 좋게 외쳤다.

"이 일이 해결될 때까지 내 곁에 있으마. 오늘은 너도 너무 지쳤고 미란다도 네 얘기를 들어줄 기분이 아닐 테니, 우리 이렇게 하자. 일단 나랑 같이 마차를 타고 벽돌집으로 가는 거야. 내가 옆문으로 가서 초인종을 누를 때 너는 마차의 한쪽 구석에 앉아 있거라. 그런 다음, 내가 미란다와 제인을 헛간으로 불러내 다음 주에 날라다 주기로 한 장작에 관한 이야기를 나눌 테니 그때 마차에서 빠져나와 네 방으로 올라가거라. 정문이 잠겨 있지는 않겠지?"

"이 시간에는 잠겨 있지 않을 거예요. 보통 미란다 이모가 주무시기 전까지는 열려 있어요. 하지만 오, 잠겨 있으면 어떻게 하죠?"

"흠, 잠겨 있지 않을 게다. 그리고 만약 잠겨 있으면 사실대로 이야기해야겠지. 사실을 곧이곧대로 말하기보다는 조용히 해결하는 게 더 좋은 일도 있다는 게 내 생각이지만 말이다. 너는 집을 나온 게 아니다. 집을 나오는 문제에 대해 상의하려고 나를 찾아왔을 뿐이야. 그리고 우리는 집을 나오지 않는 쪽으로 결론지었다. 내 생각에, 네가 저지른 진짜 잘못은 자아

너는 특별하단다

할 시간에 창문을 넘어온 거야. 하지만 그건 그리 큰 죄는 아니고, 여기에 대해서는 다가오는 일요일에, 그러니까 제인 이모가 은혜로 충만해 있을 때 말이다, 제인 이모에게 얘기하면 되지 않을까 싶다. 그러면 제인 이모가 언제 미란다 이모에게 말하면 좋을지 알려줄 거야. 사람들을 속이는 것은 좋지 않지만, 괴로운 마음을 꼭 고백해야 할 필요는 없단다. 찬송가에 나오는 대로 주님께 기도하면 되는 거야. 그리고 더 이상 마음에 담아두지 않는 거지.

이제 가자. 네 짐보따리 챙기는 것 잊지 말고. 우리가 처음 만났을 때 네가 한 말이 기억나는구나. '잠옷을 챙겨갈 땐, 엄마, 그게 바로 여행이라는 거예요.' 하고 말했었지. 그때는 네가 잠옷을 가지고 우리 집에 오리라고는 생각지도 못했는데…. 마차 안으로 들어가 한쪽 구석에 앉아 있거라. 사람들이 집 나간 어린 소녀를 보지 못하도록 말이야."

그날 밤, 이모들 모르게 위층으로 올라가 어둠 속에서 옷을 갈아입고 침대에 누웠을 때 레베카는 비록 온몸이 아프고 욱신거리기는 했지만, 일종의 평화가 온몸을 감싸는 것을 느꼈다. 가엾은 엄마를 괴롭게 하고 이모들을 화나게 하는 어리석은 짓을 저지르지 않아서 다행이었다.

마음이 녹은 레베카는 어떻게 해서든 미란다 이모에게 인정받기로, 그리고 사랑하는 아빠에 대해 이모가 경멸조로 한 말을 잊기로 결심했다. 그녀는 이제껏 아빠에 대한 비난을 들어본 적이 없었다. 오릴리어는 자신이 겪은 슬픔과 실망감을 자식들에게 말하지 않았기 때문이다.

미란다 소여는 불편한 마음으로 그날 밤을 보냈다. 상처 입고 괴로워하는 어린 레베카가 그 사실을 알았더라면 조금은 위안이 되었으리라. 미란다는 레베카에게 모질게 군 것을 속으로 후회하고 있었는데, 그것은 부분적으로는 제인이 그 문제와 관련하여 고결하고 도덕적인 위치를 차지했기 때문이다. 미란다는 제인에게 인정받지 못하는 것을 못견뎌했다. 비록 자신의 그런 연약함을 고백하는 일은 결코 없겠지만 말이다.

별빛을 받으며 집으로 돌아가는 콥은 평화를 지키려고 한 자신의 시도가 성공한 것에 만족했다. 그는 레베카를 떠올렸다. 그의 무릎에 기댄 머리와 그의 손을 적시던 눈물, 일을 바로잡고자 할 때의 그 사랑스럽고 합리적인 마음과 자신의 의무를 깨달았을 때의 빠른 결심, 사랑과 이해를 갈구하는 마음을.

그는 속으로 외쳤다.

'전능하신 주님! 어떻게 저런 아이를 괴롭히고 학대할 수 있을까요! 물론 정확하게는 학대가 아닌 것을 압니다. 혹은 코끼리처럼 무딘 아이들에게는 학대가 아닐 테지요. 하지만

너는 특별하단다

저 반딧불이같이 작고 가녀린 아이에게는 심한 말이 채찍과도 같습니다. 미란다 소여에게도 엄마와 저처럼 기억해야 할 작은 묘비가 있었더라면 미란다가 훨씬 나은 사람이 되었을 텐데요.'

토요일 저녁에 미란다 소여가 제인에게 말했다.

"레베카처럼 금세 태도가 좋아진 아이는 본 적이 없어. 역시 내가 야단을 친 게 효과가 있었던 거야. 앞으로 한 달은 얌전히 잘 지낼 것 같구나."

"언니가 기뻐하니 다행이네. 하지만 언니가 원하는 건 밝게 웃는 아이가 아니라 겁에 질려서 잔뜩 움츠러든 아이야. 내겐 레베카가 마치 7년 전쟁을 겪은 것처럼 보여. 오늘 아침에 아래층으로 내려온 레베카를 보니 하룻밤 사이에 폭삭 늙었더라고. 언니는 내 조언을 받아들일 때가 거의 없지만, 내일 오후에 레베카와 엠마 제인을 데리고 강변을 산책한 뒤 엠마 제인을 집으로 초대해서 맛있는 저녁을 먹이면 어떨까 해. 그리고 수요일에 콥 씨 부부와 함께 밀타운에 가게 해주면 레베카가 조금 기운이 나지 않을까? 입맛도 돌아오고 말이야. 수요일엔 미스 디어본이 언니 결혼식에 참석해야 해서 학교가 쉬는 데다 콥 씨 부부와 퍼킨스 씨네 가족이 농산물 박람회에 가고 싶어 하거든."

나는 강물처럼 살고 싶어,
더없이 평화롭고, 더없이 잔잔하고 고요하며
더없이 유쾌하고 평온하게.

내면의 힘

레베카는 최근에 읽은 책 때문에 로마와 베니스가 단순히 경치에 있어서는 밀타운보다 나을 수도 있다고 생각하게 되었지만, 그것만 빼면 밀타운은 그녀의 반짝이는 상상력이 채색한 그대로였다. 일단 밀타운을 보고 나자 레베카의 상상력은 포틀랜드로 내달렸다. 섬과 항구가 있고 두 개의 기념비가 있는 포틀랜드는 밀타운보다 훨씬 더 아름다울 것이기 때문이다. 그녀는 포틀랜드가 인간의 상상력에 호소하는 면 때문이 아니라 그 안에서 활발하게 이루어지는 상업 활동으로 인해 지상의 많은 도시 중에서도 중요한 위치를 차지하게 되리라고 느꼈다.

어떤 두 아이도 그 특별한 수요일에 레베카와 엠마 제인이

한 것보다 더 많이 보고, 더 많이 걷고, 더 많이 먹고, 더 많이 질문할 수는 없었을 것이다.

그날 저녁에 콥 부인이 남편에게 말했다.

"레베카는 최고의 말벗이었어요. 잠시도 지루할 틈이 없었다니까요. 게다가 예의도 바르고. 뭘 사달라고 하는 법도 없고 뭐든 받으면 감사해할 줄 알더라구요. 「톰 아저씨의 오두막」 연극을 상연하던 텐트 안으로 들어갈 때의 레베카의 얼굴 봤어요? 우리가 아이스크림을 먹으려고 앉았을 때 레베카가 그 책에 대해 이야기하는 것은요? 저자인 해리엇 비처 스토도 그보다 더 잘 말하지는 못했을 거예요."

콥은 '엄마'가 레베카에 대해 자신과 같은 의견임을 알고 기뻐했다.

"맞아. 잘은 몰라도 레베카는 특별한 사람이 될 거야. 가수나 작가, 아니면 코니시에 사는 미스 파크스 같은 여의사가 되지 않을까?"

"여의사들은 늘 동종요법(인체에 질병 증상과 유사한 증상을 유발시켜 치료하는 대체 의학의 일종)으로 치료하죠?"

구식 치료법에 익숙한 콥 부인이 물었다.

"아니야, 엄마. 미스 파크스는 동종요법으로 치료하지 않아. 게다가 전국을 돌며 진료하지."

"레베카가 여의사가 될 것 같지는 않아요. 그 애는 말을 잘

하니까 강연이나 시 낭송 같은 것을 하게 되지 않을까요? 추수 감사절 만찬 때 여기에 온 포틀랜드의 웅변가처럼요."

콥 부인이 생각에 잠겨서 말했다.

"레베카는 시를 쓰게 될 거야. 책에 나오는 시를 읽는 것보다 그 애가 직접 쓰는 게 더 빠를걸."

콥이 확신을 가지고 말했다.

"너무 평범하게 생겼다는 것 한 가지가 아쉽네요."

콥 부인이 촛불을 끄며 말했다.

"평범하게 생겼다구, 엄마? 레베카의 눈을 좀 봐. 그 애의 머리칼과 미소와 보조개를 좀 봐! 레베카가 이 근방에서 가장 예쁘다고 하는 앨리스 로빈슨보다 얼마나 더 빛나는지 보라고. 나는 미란다가 레베카를 우리 집에 더 자주 올 수 있게 해 줬으면 좋겠어. 그러면 레베카도 여기 와서 속상한 마음을 달랠 수 있고, 그 덕에 벽돌집 사람들 모두가 보다 잘 지낼 수 있을 테니까 말이야. 비록 30년도 더 전이기는 하지만 우리는 아이를 키워보았으니 레베카를 보다 잘 이해할 수 있을 거야."

콥 부부의 칭찬에도 불구하고 이 시기에 레베카는 글을 잘 쓰지 못했다. 미스 디어본은 레베카에게 다양한 주제에 관한 글을 쓰게 했다. 구름 사진과 에이브러햄 링컨, 자연, 박애, 노예제도, 방종, 기쁨과 의무, 고독 같은 것들에 대해. 그러나 레베카에게는 이런 주제가 마음에 들지 않는 듯했다.

너는 특별하단다

"말하듯이 쓰면 돼, 레베카."

미스 디어본은 마음속 깊은 곳에서는 자신도 이 주제들에 관한 좋은 글을 쓸 수 없다는 것을 알면서도 이렇게 말했다.

"하지만 저는 자연이나 노예제도에 대해서는 말하지 않는 걸요. 말할 거리가 없는데 어떻게 써요?"

"쓰려고 하다 보면 할 말이 생길 거야. 네가 최근에 쓴 글, 그 고독에 관한 글 말이야, 거기에는 흥미로운 게 별로 없었어. 너무 평범하고 일상적이잖아. 그리고 '당신'이나 '당신의' 같은 말이 너무 많이 나와. 좋은 글이 되려면 가끔은 '당신' 대신 일반인을 가리키는 '사람'이라는 말을 쓰는 게 좋아. '사람은 좋아하는 책을 편다'나 '고독할 때 사람의 생각은 큰 위안이 된다'처럼 말이야."

"지난주에 '기쁨과 의무'에 대해 그랬던 것처럼 이번 주에도 '고독'에 대해 떠오르는 게 별로 없었어요."

레베카가 푸념했다.

"너는 기쁨과 의무에 대해 너무 우스꽝스럽게 쓰려고 했어. 그러니 좋은 글이 안 나오지."

미스 디어본이 나무라듯이 말했다.

"우리가 쓴 글을 다른 아이들 앞에서 낭독하게 하실 줄은 몰랐어요."

레베카는 그때의 일을 떠올리며 민망한 웃음을 지었다.

'기쁨과 의무'는 상급반 학생들이 5분 동안 써야 하는 글의 주제였다.

레베카는 열심히 노력했지만 글이 써지지 않았다. 그녀가 낭독할 차례가 되자 레베카는 아무것도 쓰지 못했음을 고백해야 했다.

"그래도 두 줄은 썼잖니, 레베카. 석판에 쓰여 있는걸?"

미스 디어본이 말했다.

"안 읽으면 안 될까요? 별로 잘 쓰지 못했어요."

레베카가 호소했다.

"잘 썼든 못 썼든, 많이 썼든 조금 썼든 누구나 자기가 쓴 글을 읽어야 해. 예외는 없어."

레베카는 어쩔 수 없이 자리에서 일어나 웃음을 참으며 나지막한 목소리로 두 줄을 읽었다.

기쁨과 의무가 충돌할 때는
의무를 걷어차야 한다.

딕 카터의 머리가 책상 아래로 사라졌고, 리빙 퍼킨스는 웃느라 숨을 못 쉴 지경이었다.

미스 디어본도 웃음을 터뜨렸다.

"레베카, 방과 후에 남아서 다시 쓰도록 해. 네가 쓴 시에는 의무를 사랑해야 하는 착한 아이가 할 만한 생각이 담겨 있지 않아."

"그건 제 생각이 아니었어요. 겨우 한 줄을 썼는데 선생님이 시간이 다 됐다고 종을 치려고 하셔서 서두르다가 그렇게 된 거예요. '충돌'이라는 말을 쓴 직후라 '부수다', '깨뜨리다', '걷어차다' 같은 말밖에 생각이 안 났어요. 그럼 시를 이렇게 고칠게요."

기쁨과 의무가 충돌할 때는
기쁨을 걷어차야 한다.

"한결 낫구나. '걷어차야 한다'는 말은 시에 어울리는 예쁜 표현은 아니지만 말이야."

미스 디어본이 대답했다.

레베카는 미스 디어본의 충고에 따라 고독에 관한 글을 다시 썼다. 하지만 그 결과는 교사와 학생 모두에게 만족스럽지 않았다. 다음은 레베카가 고쳐 쓴 글이다.

고독

사람이 마음에 위안이 되는 아름다운 생각을 하고 있을 때 사람은 혼자라고 할 수 없다. 사람이 혼자 있는 것은 사실이지만, 사람은 생각을 한다. 사람은 좋아하는 책을 펴서 사람이 좋아하는 이야기를 읽고, 사람의 이모나 남동생과 이야기한다. 또한 사람의 고양이와 장난을 치거나 사람의 앨범을 보기도 한다. 사람에게는 해야 할 일도 있다. 사람이 그 일을 좋아한다면 그 일은 사람에게 얼마나 큰 기쁨이 될 것인가. 자질구레한 모든 집안일은 사람을 외롭지 않게 한다. 사람이 저녁 식사를 위해 불을 피우려고 땔감을 주워올 때, 혹은 소젖을 짜기에 앞서 우유 통을 씻을 때 사람은 혼자 남겨졌다고 느낄까? 사람은 그렇게 생각하지 않을 것이다.

레베카 로웨나 랜들

방과 후에 이 글을 소리 내어 읽으며 레베카는 한숨을 쉬었다.

"정말 끔찍해요. 늘 '사람'이라는 단어를 집어넣으니까 책을 읽을 때처럼 들리지 않고 너무 우스워 보여요."

"네가 너무 이상한 것들에 대해 써서 그래. 대체 땔감을 주워오는 일 같이 평범한 것들에 대해서는 왜 쓴 거지?"

"바로 앞 문장에서 집안일에 대해 말했고, 땔감을 주워오는 일은 제가 하는 집안일 중 하나이니까요. 그런데 저녁밥을 '저녁 식사'라고 쓴 것은 멋지지 않아요? '남겨졌다'는 말도 근사하고요."

"그 부분은 아주 좋아. 마음에 안 드는 건 고양이와 땔감, 우유 통 같은 거야."

레베카가 한숨을 쉬었다.

"알겠어요. 그런 것들은 뺄게요. 소도 빼야 할까요?"

까다로운 미스 디어본이 말했다.

"그래, 작문에 소가 나오는 건 좋지 않아."

밀타운 여행에는 작지만 비극적인 결과가 따랐다. 미니 스멜리의 엄마가 미란다 소여에게 레베카가 "욕을 하고 해로운 말을 한다"며 아이를 보다 잘 돌보는 게 좋겠다고 말했기 때문이다. 그날 오후에 레베카가 뭔가 끔찍한 말을 했고, 그 말을 들은 엠마 제인과 리빙 퍼킨스가 네 발로 레베카의 뒤를 쫓아다녔다는 것이다.

이 일로 추궁을 당하자 레베카는 분개하며 부인했고, 제인 이모는 그녀의 말을 믿어주었다.

제인이 말했다.

"기억을 더듬어봐, 레베카, 미니가 네가 한 어떤 말을 들었는지. 화만 내지 말고 잘 생각해보라니까. 엠마 제인과 리빙이 네 뒤를 쫓아다닌 게 언제고, 그때 너희들은 뭘 하고 있었지?"

레베카는 문득 깨달아지는 바가 있었다.

"오, 알겠어요. 이모도 아시겠지만, 오늘 오전 내내 비가 왔 잖아요. 그래서 길거리에 물웅덩이가 많이 생겼어요. 저는 엠 마 제인과 리빙과 함께 길을 가고 있었어요. 빗물이 도랑으로 흘러 들어가는 게 보였는데, 그것을 보자 밀타운에서 본 「톰 아저씨의 오두막」의 한 장면이 생각났어요. 아기를 데리고 달 아나던 엘리자가 사냥개에게 쫓기면서 미시시피강의 얼음 조 각들을 건너뛰는 장면이요. 그때 우리는 연극이 끝난 후에도 웃음을 멈출 수가 없었어요. 무대가 너무 좁아서 엘리자가 달 아날 때 무대 위를 빙빙 돌아야 했고, 그래서 개가 엘리자의 뒤를 쫓는 건지 엘리자가 개의 뒤를 쫓는 건지 알 수 없게 돼버 렸기 때문이에요.

저는 리빙도 그 장면을 기억하고 있으리라는 것을 알았기 때문에 비옷을 벗어서 책을 둘둘 말은 다음, 그것을 아기라고 하고 '하느님 맙소사! 강이잖아!' 하고 외쳤어요. 연극에 나오 는 엘리자처럼요. 그런 다음 물웅덩이 사이 사이를 건너뛰었 는데, 리빙과 엠마 제인이 사냥개처럼 저를 뒤쫓는 거예요. 놀 이를 놀이로 보지 못하다니 역시 미니 스멜리다워요. 그리고 엘리자가 '하느님 맙소사! 강이잖아!' 하고 말했을 때, 그건 욕 이 아니라 오히려 기도에 가까운 거였어요."

그러자 미란다가 말했다.

"길 한복판에서 기도를 하면 안 되지. 욕은 말할 것도 없고.

하지만 그보다 더 나쁜 짓은 아니었다니 다행이다. 너는 타고난 말썽꾼이야. 제멋대로인 네 혀를 제어하는 법을 배우지 않는 한 언제까지나 말썽꾼일 것 같아서 걱정이구나."

레베카가 저녁 식탁을 차리러 가며 중얼거렸다.

"때로는 미니의 혀를 제어할 수 있었으면 좋겠어요."

미란다가 안경을 벗고 바느질감을 내려놓으며 말했다.

"정말 특이한 아이야! 너는 저 애가 조금 이상하다고 생각지 않니, 제인?"

생각에 잠긴 제인이 걱정스러운 얼굴로 말했다.

"저 애는 우리하고는 조금 다른 것 같아. 어떻게 다른지는 좀 더 자란 후에야 알겠지만 말이야. 저 애는 자기 안에 가지고 있는 것들 대부분을 잘 발전시켜왔어. 그런데 우리가 저 애를 제대로 돌보지 못하고 있는 게 아닌가 하는 느낌이 가끔 들어."

미란다가 말했다.

"말도 안 되는 소리! 너는 어떨지 몰라도 나는 이 세상에 태어난 어떤 아이라도 잘 돌볼 수 있다고 느껴!"

제인이 미소 띤 얼굴로 말을 받았다.

"그렇겠지. 하지만 그렇게 느낀다고 실제로 그렇게 되는 건 아니야."

제인에게는 자기 마음을 자유롭게 표현하는 습관이 점점 자라가고 있었다. 그것도 놀라울 정도로 크게.

자신에게 벌주기

    한 스파르타 소년에 관한 이야기를 읽은 레베카가 스스로 벌하는 것이 유익하다는 확신이 들 때는 자신에게 약간의 벌을 주기로 마음먹은 때가 이즈음이었다. 이 같은 결심을 하게 된 데는 조금 슬픈 사연이 있다.

    레베카는 가장 좋은 옷을 입고 차를 마시러 콥 아저씨네 집으로 가는 중이었다. 그런데 다리를 건널 때 문득 강의 아름다움에 사로잡혔고, 그래서 새로 페인트칠을 한 난간에 기대 댐 밑으로 떨어져 내리는 강물을 바라보았다. 그녀는 난간 상부에 팔꿈치를 괴고 상체를 앞으로 기울인 채 몽상에 잠겼다.

    댐 안의 강물은 유리처럼 맑아서, 수면 위로 푸른 하늘과 강가의 초목이 비쳤다. 황금빛으로 빛나는 강물이 지칠 줄 모

르고 떨어져 내리며 하얀 거품 속으로 사라지는 모습은 장관
이었다. 강물은 낮에는 햇빛 속에 반짝이고, 여름밤에는 달빛
아래 은은히 빛나고, 11월의 하늘 아래 차가운 잿빛으로 흐르
고, 7월의 가뭄에는 댐 안에서 물방울만 뚝뚝 떨어지고, 물살
이 불은 4월에는 급류가 되어 흘렀다. 얼마나 많은 젊은이가
떨어져 내리는 강물의 신비롭고 장엄한 모습을 바라보았던가.
그리고 얼마나 많은 젊은이가 그 다리 난간에 기대어 미래를
꿈꾸었던가.

레베카는 다리를 건널 때마다 난간에 기대 경이감에 사로
잡히기도 하고 생각에 잠기기도 했다. 그날 그 특별한 순간에
는 시를 마무리하던 중이었다.

두 소녀가 메인주의
강가를 산책했네.
한 소녀의 이름은 레베카이고
다른 소녀의 이름은 엠마 제인이었다네.
엠마 제인이라는 이름의 소녀가 말했네.
"내 삶이 이 강물 같았으면 좋겠어.
더없이 조용하고 더없이 잔잔하며
모든 고통으로부터 자유로운 삶이었으면…."

"나는 차라리 거대한 폭포수의

작은 물방울이 되고 싶어!

조용한 호수 같은 삶을 선택하진 않겠어.

그런 삶은 내게 전혀 어울리지 않으니까!"

(방금 한 말은 피부색이 더 어두운

소녀가 한 말이라네.

두 소녀는 친구일 뿐,

친척은 아니었네.)

그러나 오! 안타깝게도 우리는

원하는 것을 얻지 못할 수 있다네.

조용한 삶이 내게 오고

폭포수 같은 삶이 엠마 제인에게 올 수 있다네.

"'폭포수 같은 삶이 엠마 제인에게 올 수 있다네'라는 구절이 마음에 안 들어. 하지만 어떻게 바꿔야 할지 모르겠네. 오, 페인트 냄새! 오, 내 옷에 페인트가 묻었네! 오, 내 가장 좋은 드레스가 온통 페인트 범벅이야! 오, 미란다 이모에게 뭐라고 말하지?!"

레베카는 자책의 눈물을 흘리며 언덕을 달려 올라갔다. 도움의 손길이 주어지기를 바라고 또 바라면서.

한눈에 상황을 파악한 콥 부인은 자신이 거의 모든 천의 거의 모든 얼룩을 뺄 수 있다고 말했다. 제리 아저씨도 엄마는 어떤 얼룩도 뺄 수 있다고 장담했다. 때로는 얼룩과 함께 천 색깔도 흐릿해지지만 그래도 확실하게 뺄 수 있다고 말이다.

레베카가 콥 부인의 푸른 실내복을 입고 식탁에 앉아 있는 동안 콥 부인은 페인트가 묻은 옷을 송진에 담가두었다.

"페인트가 묻은 것 때문에 입맛까지 잃으면 안 되지. 크림 비스킷과 꿀을 좀 먹어보렴. 송진이 듣지 않으면 재봉용 초크나 마그네슘, 미지근한 맥주를 사용해볼게. 그래도 안 되면 아빠가 스트라우트네로 뛰어가서, 마티가 웨딩드레스에 묻은 건포도 파이 얼룩을 제거하려고 밀타운에서 가져온 것을 빌려올 거야."

콥 부인이 말했다.

"다리에 '칠 주의'라는 팻말이 잔뜩 걸려 있을 텐데 어떻게 페인트를 묻혀올 수 있는지 이해가 안 되는구나."

제리 아저씨가 레베카에게 꿀을 건네주면서 농담조로 말했다.

"팻말을 보지 못했어요. 폭포를 바라보느라고 그랬던 것 같아요."

레베카가 슬프게 말했다.

"폭포는 세상이 시작될 때부터 있었고 세상이 끝날 때까지 있을 거야. 그걸 보려고 그렇게 무리할 필요는 없었는데…. 아이들은 정말 어쩔 수가 없다니까."

콥이 아내에게 눈을 찡긋해 보이며 말했다.

저녁 식사가 끝나자 레베카는 설거지를 하겠다고 나섰고, 콥 부인은 힘주어 드레스의 페인트 자국을 문질러댔다. 레베카는 설거지를 하다 말고 콥 부인 쪽으로 가서 걱정스러운 얼굴로 대야 안을 들여다보곤 했다. 제리 아저씨도 간간이 한마디씩 보탰다.

콥 부인이 말했다.

"다리 난간에 몸을 완전히 기댄 모양이로구나. 페인트가 팔꿈치와 어깨, 허리뿐만 아니라 앞에 다 묻어 있는 걸 보니."

옷 상태가 나아지자 레베카는 기운이 났다. 그녀는 옷이 마르도록 두고, 거실로 갔다.

"종이 한 장만 주시겠어요? 다리에서 생각한 시를 종이에 옮겨 적으려고요."

레베카가 말했다.

콥 부인은 바느질 바구니 옆에 앉았고, 제리 아저씨는 실뭉치가 든 가방을 가지고 와서 엉클어진 실을 풀었다(이것은 그가 저녁에 하는 취미 활동이었다).

레베카는 곧 시를 썼다. 생각을 가다듬어 적다 보니 시가 조금 더 나아졌다.

두 가지 소원

레베카 로웨나 랜들

두 소녀가 메인주의
강가를 산책했네.
피부색이 더 어두운 소녀가 레베카이고
피부색이 더 밝은 소녀는 엠마 제인이었네.
피부색이 더 밝은 소녀가 말했네.
"나는 강물처럼 살고 싶어.
더없이 평화롭고, 더없이 잔잔하고 고요하며
더없이 유쾌하고 평온하게."

"나는 차라리 거대한 폭포수의
작은 물방울이 되고 싶어.
잔잔한 호수 같은 삶은 결코 선택하지 않겠어.
그런 삶은 내게 아무런 기쁨도 안겨주지 못하니까."
(방금 한 말은 피부색이 더 어두운
소녀가 한 말이었네.
두 소녀는 친구일 뿐,
자매나 친척은 아니었네.)

그러나 오! 안타까워라! 우리는
원하는 것을 얻지 못할 수 있다네.
조용한 삶이 내게 오고
폭포수 같은 삶이 엠마 제인에게 올 수 있다네.

레베카가 소리 내어 읽자 콥 부부는 더없이 아름다울 뿐만
아니라 참으로 놀라운 시라고 생각했다.

"포틀랜드의 콩그레스 거리에 살았던 시인이 네 시를 들었
다면 깜짝 놀랐을 거야. 이건 그 시인이 쓴 시만큼이나 좋구
나. 그 왜 '인생 찬가'라는 시 말이다."

콥 부인이 말했다.

"여길 보세요, 제리 아저씨 그리고 세라 아주머니, 다른 연,
특히 마지막 연을 한번 써보시겠어요? 마지막 연에는 대개 생
각이 담겨 있어요."

"크랭크를 돌려서 글이 나오기만 한다면 많이 쓸수록 더 좋겠
지. 하지만 마지막 연을 이보다 더 잘 쓸 수는 없을 것 같은데."

콥이 말했다.

"이건 끔찍해요! '내게'라는 말을 쓰지 말았어야 해요. 이건
시니까요. 누구도 강가에 서 있는 사람이 나라는 걸 알아서는
안 돼요. '레베카'나 '피부색이 더 짙은 소녀'여야 해요. 그리고
'폭포수 같은 삶이 엠마 제인에게 올 수 있다네'라는 구절이 영

마음에 안 들어요. 때로는 시를 쓰지 말아야겠다는 생각이 들어요. 적절한 말이 떠오르지 않을 때요. 그런데 또 어떤 때는 저절로 떠오르기도 해요. 이렇게 고치면 좀 나을까요?

　그러나 오! 안타까워라!
　우리는 기도한 것을 받지 못할 수 있다네.
　격렬한 삶을 살고 싶은 사람에게
　조용한 삶이 찾아올 수 있다네.

더 좋은지, 나쁜지 잘 모르겠어요. 이제 마지막 연이 남았어요!"
몇 분 뒤에 레베카는 고개를 들고 상기된 얼굴로 말했다.
"식은 죽 먹기였어요. 들어보세요!"
그녀는 비감한 목소리로 천천히 읽었다.

　우리의 운명이 밝든 어둡든
　웃음으로 가득하든, 눈물로 가득하든
　하느님이 그렇게 계획하셨다는 생각은
　그 세월을 견디게 하네.

콥과 그의 아내는 감탄의 눈빛을 주고받았다. 사실 제리 아저씨는 얼굴을 창문 쪽으로 돌리고 몰래 눈가를 훔쳐야 했다.

"대체 어떻게 한 거니?"

콥 부인이 외쳤다.

"오, 쉬워요. 교회에서 부르는 찬송가들이 대개 이런 내용이거든요. 웨어햄 전문학교에서 한 달에 한 번 발행하는 학교 신문이 있는데요, 딕 카터가 그러는데, 편집자는 항상 남학생이지만 여학생도 글을 실을 수 있대요. 제 글도 거기 실을 수 있을 거라고 했어요."

레베카가 대답하자 제리 아저씨가 외쳤다.

"실을 수 있다고! 네 글로 신문을 가득 채운다고 해도 놀라울 게 없지. 너는 어떤 남학생 편집자보다 더 잘 쓸 거야. 한 손을 뒤로 묶고 써도 말이야."

"이 시를 우리 집 가족 성경에 끼워두어도 될까?"

콥 부인이 물었다.

"오! 그러고 싶으세요? 물론 되고 말고요! 제가 보라색 잉크로 예쁘게 다시 써드릴게요. 하지만 잠깐 제 옷이 어떻게 됐는지 보고요."

콥 부부는 레베카를 따라 부엌으로 왔다. 드레스는 다 말랐다. 세라 아주머니의 수고로 조금 나아지긴 했지만, 너무 많이 비벼서 물이 빠지고 무늬가 흐릿해졌으며 군데군데 거무스름한 줄이 생겼다. 콥 부인은 마지막 수단으로 다림질을 한 후 상태가 어떤지 보려고 레베카에게 입어보라고 말했다.

얼룩은 눈이 침침한 사람도 알아볼 수 있을 만큼 잘 보였다. 레베카는 한번 살펴보더니 현관의 못에 걸려 있는 모자를 내리며 말했다.

"이제 그만 가볼게요. 안녕히 계세요! 야단을 맞아야 한다면 빨리 맞는 편이 나아요."

제리 아저씨가 언덕을 내려가는 레베카를 눈으로 뒤쫓으며 한숨을 내쉬었다.

"가엾은 것 같으니! 레베카가 주위를 잘 살피고 다니기를 바라지만, 만약 저 아이가 우리 아이였다면 야단치기에 앞서 먼저 아이가 집안 전체에 페인트를 묻히게 두었을 텐데. 그 시를 다시 읽어봐, 엄마."

콥은 파이프에 불을 붙이며 말을 이었다.

"남학생 편집자가 꽁지가 빠지게 숲속으로 달아나고 레베카가 그의 회전의자에 앉는 모습이 눈에 선해. 편집이 정확히 뭔지 모르겠지만, 레베카가 알겠지. 레베카는 그 애가 편집하려는 가치 있는 모든 글을 편집하게 될 거야.

하느님이 그렇게 계획하셨다는 생각은
그 세월을 견디게 하네.

엄마! 이건 마치 복음서의 한 구절 같아. 레베카가 어떻게 이런 생각을 했을까?"

"그 애 나이에 이런 걸 생각했을 리가 없어요. 아마 대충 그러리라고 짐작했겠죠. 어떤 것들은 듣지 않고도 저절로 알게 되잖아요."

레베카는 군인처럼 의연한 태도로 꾸지람을 들었다. 미란다는 레베카가 저지른 여러 가지 잘못을 지적하면서 무엇보다도 그렇게 부주의한 아이는 나중에 침을 질질 흘리는 바보가된다고 말했다. 그리고 잘못에 대한 벌로 앨리스 로빈슨의 생일 파티에 가는 것을 금지하고, 얼룩진 드레스를 닳아서 해질 때까지 입으라고 했다. 다행히 여섯 달 뒤에 제인 이모가 얼룩을 가릴 수 있도록 주름 장식이 달린 앞치마를 만들어주었다.

자신에게 내려진 판결을 듣고 북쪽 방으로 올라간 레베카는 생각에 잠겼다. 그녀가 결코 되고 싶지 않은 한 가지가 있다면 바로 바보, 특히 침을 질질 흘리는 바보였다. 레베카는 어리석은 잘못을 저질러서 이모를 화나게 할 때마다 스스로에게 벌을 주기로 결심했다. 앨리스 로빈슨의 생일 파티에 가지 못하게 되어 속상하거나 하지는 않았다. 레베카는 엠마 제인에게 앨리스의 생일 파티가 마치 묘지로 피크닉을 가는 것과도 같을 거라고 말했다. 앨리스네 집이 묘지에서 가까웠기 때

　　　　　　　　　　　　너는 특별하단다

문이다. 게다가 앨리스네 집에 갈 때 아이들은 보통 뒷문으로 들어가야 했고 또 집 안에 머무는 동안 신문지 위에 서 있어야 했다. 그래서 친구들은 앨리스에게 되도록 헛간에서 만나자고 말하곤 했다. 로빈슨 부인은 '대단히 깔끔'할 뿐만 아니라 '대단히 알뜰'해서 그 집에 가봐야 페퍼민트 과자와 우물물 한 잔을 대접받는 게 고작일 터였다.

레베카는 맨살에 거칠거칠한 마미단(말 털로 짠 모직 천) 옷을 입는 것과 신발에 돌멩이를 넣고 다니는 것 중에 어떤 것이 스스로에게 주는 벌로 더 적합할지 고민하다가 둘 다 포기했다. 마미단 옷은 구할 수가 없었고, 돌멩이는 집안일을 하고 학교까지 2킬로미터 가까이 걸어야 하는 사람에게는 너무 불편할 뿐만 아니라 눈 밝은 미란다 이모에게 들킬 게 뻔했기 때문이다.

'순교'를 위한 레베카의 첫 번째 시도는 그다지 성공적이지 못했다. 즐길 거리가 별로 없었던 레베카는 주일학교 음악회를 매우 좋아했는데, 스스로에게 주는 벌로 음악회에 가지 않기로 했다. 그 결과, 그녀가 숨어서 일러주는 대로 시를 암송하던 어린아이 두 명이 울음을 터뜨렸다(레베카는 어린아이들이 암송해야 할 시구를 그들보다 더 잘 알았다). 레베카가 속한 반 아이들은 돌아가며 성경의 한 장(章)을 읽어야 했는데, 그 안에 발음하기 힘든 단어가 많이 나와서 많은 아이가 자기 차례에 읽어야 할 구절을 미리 찾아서 읽는 연습을 하느라 힘든 오후를 보냈다. 그들은 레베카의 부재로 인해 모든 게 잘못되었음을 알아차리지 못하고 여부스 족속, 아모리 족속, 기르가스 족속, 히위 족속, 브리스 족속 같은 단어들을 읽지 못해 애를 먹었다.

그렇다면 스스로를 벌하는 것은 자선과 마찬가지로 집 안에서 시작되어야 하지만 자선과는 달리 집 안에서 끝나야 한다. 레베카는 창가에 앉아 멍하니 방 안을 둘러보았다. 무언가를 포기해야 했지만 포기할 만한 게 거의 없었다. 그녀의 소중한 분홍 양산을 제외하고는 거의… 그렇다, 분홍 양산이면 될 것이다. 양산을 다락에 숨겨두는 것으로는 부족했다. 마음이 약해진 순간, 다시 꺼내 들 게 분명했기 때문이다.

하지만 양산을 부서뜨릴 용기는 없었다. 레베카의 시선은 양산에서 옆마당의 사과나무로, 그리고 다시 우물로 옮겨갔다. 그렇다, 양산을 우물 속 깊이 던져 넣으면 되리라. 늘 그렇듯 결심이 서자 곧바로 실행에 들어갔다. 레베카는 어둠 속에서 아래층으로 내려와 정문 밖으로 나왔다. 희생 제물을 바칠 제단으로 가서 우물 뚜껑을 들어 올리고는 몸을 한 번 부르르 떤 뒤 양산을 힘껏 우물 속으로 던졌다. 그만두고 싶은 순간에는 아기를 갠지스 강의 악어 떼에게 던진 이교도 어머니들을 떠올렸다.

레베카는 마음의 짐을 털어낸 사람들이 그렇듯 푹 자고 상쾌한 기분으로 일어났다. 하지만 아침 식사가 끝난 이후에 물을 긷는 데 큰 어려움이 따랐다. 레베카는 가벼운 발걸음으로 학교에 갔다. 아비자 플래그가 불려와서 우물 안을 들여다보고는 문제의 원인이 된 물건을 발견했다. 그리고 뉴잉글랜드 사람다운 기지를 발휘하여 그것을 제거하는 데 성공했다. 양산의 상아 손잡이가 도르래 사슬에 끼였는데, 물을 길으려 할 때 양산이 구부러지면서 양산 살이 우물 벽에 박혀 주변의 나무 뿌리와 엉킨 게 문제였다. 아무리 솜씨가 좋은 사람이라도 악의 도움을 받지 않은 한 이렇게까지 잘 해낼 수는 없었겠지만, 덕을 추구하는 불운한 아이는 손목을 한 번 돌리는 것만으로도 이렇게 할 수가 있는 것이다.

레베카가 학교에서 돌아온 다음의 장면에는 베일을 씌워두려 한다. 이 글을 읽는 당신이 레베카보다 나이도 훨씬 더 많고 말도 훨씬 더 잘할지라도 막상 레베카의 입장이 되어 자신이 아끼는 분홍 양산을 미란다 소여의 우물에 던져 넣기까지의 심적 과정을 설명하려고 하면 기가 죽을 것이다. 마치 입을 일자로 다물고 알 수 없다는 듯한 눈빛으로 바라보는 사람에게 자기 희생에 대해 이야기하는 듯한 기분이 될 것이다. 상식과 정의와 논리가 모두 미란다의 편에 있었다. 궁지에 몰린 레베카가 어쩔 수 없이 양산을 희생한 이유를 이야기하자 미란다는 이렇게 말했다.

　"레베카, 너도 이제 어린아이가 아니니 네게 회초리를 대지는 않겠다. 하지만 벌이 충분치 않다고 생각될 때는 내게 말하거라. 내가 또 다른 벌을 생각해낼 테니. 나는 어떤 사람들처럼 똑똑하지는 않지만, 그 정도는 할 수 있다. 그리고 그것이 무엇이 되었든 그 벌로 인해 온 가족이 힘들어져서는 안 돼. 온 가족이 상아 가루와 나무 조각과 분홍색 천 쪼가리가 섞인 물을 마시는 일이 있어서는 안 된다."

너는 **특별**하단다

난 폭포 같은 삶을,

내 친구는 조용한 강물 같은 삶은 원했지만

우리에게 정반대의 삶이 기다리고 있을지도 몰라요.

내겐 조용한 강물이,

친구에겐 폭포가.

4

위대한 비누팔이 소녀

"비누를 좀 사시지 않겠어요?
'흰 눈'과 '붉은 장미'라는 상표의 비누랍니다.
예쁜 상자에 여섯 개가 들어 있는데,
흰색 비누는 20센트이고, 붉은색 비누는 25센트예요.
환자가 먹어도 좋을 만큼 순수한 원료로 만들었답니다."

'흰 눈'과 '붉은 장미'

    추수감사절이 코앞으로 다가왔을 무렵, 심프슨네 집안은 위기 상황이라고 할 만한 순간에 도달했다. 극심한 가난과 불확실성 속에서 나고 자란 탓에 궁핍한 생활에 익숙한 아이들조차 불안감을 느낄 정도였다.

    리버버러 주민들은 심프슨네 사람들을 고향으로 돌려보내기 위해 최선을 다하는 중이었다. 심프슨네 아이들이 독립할 나이가 될 때까지 그들을 먹이고 거처를 마련해주어야 할 곳은 그들이 사는 곳이 아니라 태어난 곳이어야 한다는 생각에서였다. 심프슨 부인은 늘 그렇듯 최선을 다했지만, 그럼에도 집에는 늘 먹을 것이 부족했고 입을 것은 더 부족했다. 끼니때가 되면 아이들은 이웃집 부엌문 앞에 쪼그리고 앉아 있음으로써 허기를 면했다. 비록 환영을 받지는 못했지만, 마음씨 좋은 주부들에게서 약간의 음식을 얻어먹을 수 있었던 것이다.

그러나 삶은 꽤나 지루하고 따분했다. 춥고 음산한 11월이 되자 다른 집에서는 칠면조를 굽고 누런 호박과 옥수수를 창고에 저장하는 모습을 보면서 심프슨네 아이들은 뭔가 돈이 별로 안 들면서도 재미있는 일이 없을까 생각하다가 비누를 팔아서 부상을 타기로 했다. 그들은 초가을에 이웃에게 비누를 팔아서 유모차를 장만한 경험이 있었다. 그 유모차는 연결 부위가 약하기는 했지만 덜덜거리며 시골길을 잘 달렸다. 아버지로부터 물려받은 게 분명한 사업 수완을 발휘하여 심프슨네 아이들은 이제 인근 마을로까지 판매처를 확대하고자 했다.

익셀시어 비누 회사에서는 전국에 흩어져 있는 어린 판매 대리인들에게 아주 적은 보수를 지불했지만, 비누를 일정량 이상 팔면 주는 부상의 사진이 인쇄되어 있는 카탈로그가 그들의 상상력에 불을 지폈다. 클라라 벨과 수전 심프슨이 레베카에게 이 문제를 상의하였고, 레베카는 자신과 엠마 제인 퍼킨스의 도움을 약속하며 기꺼이 이 일에 뛰어들었다. 그들이 탈 수 있는 부상은 책꽂이와 벨벳 안락의자, 연회용 램프 세 가지였다. 물론 심프슨네 아이들에게는 책이 없었고, 심프슨네 일곱 식구에게 유용하게 사용될 수도 있는 안락의자는 어

위대한 비누팔이 소녀

쩐 일인지 처음부터 고려 대상에서 빠졌다. 심프슨네 아이들은 연회용 램프를 탈 생각에 기뻐했으며, 곧 이 램프는 그들에게 음식이나 의복보다 더 소중한 것이 되었다. 엠마 제인도 레베카도 심프슨네 아이들이 연회용 램프를 그토록 원한다는 사실에서 어떤 부조리한 점도 인식하지 못했다. 그들은 날마다 연회용 램프의 사진을 들여다보며 다가오는 겨울에는 저녁에 그 램프를 밝힐 수 있게 되기를 바랐다. 카탈로그에 나오는 램프는 높이가 2.5미터는 돼 보여서, 엠마 제인은 클라라 벨에게 천장까지의 높이를 재보라고 말했다. 하지만 카탈로그 가장자리에 쓰여 있는 문구를 자세히 보니 램프는 그에 어울리는 적절한 탁자 위에 올려놓았을 때의 높이가 75센티미터였다. 그리고 재질이 금처럼 보이지만 실은 광택을 낸 놋쇠였다. 램프에 딸려 나오는 주름진 크레이프 등갓(겉면에 오글오글한 잔주름을 잡은 직물로 만들어진 등갓, 비누를 100개 이상 팔면 딸려 나왔다)은 열두 가지 색상 중 하나를 고를 수 있었다.

시소는 이 일에 참여하지 않았다. 클라라 벨은 판매 대리인으로서 꽤 성공적이었지만 수전은 그다지 많이 팔지 못했고, 전적으로 믿고 맡기기에는 조금 어린 쌍둥이는 한 번에 여섯 개씩만, 그것도 비누의 개당 가격과 열두 개들이 상자의 가격과 그보다 더 큰 상자의 가격이 적혀 있는 설명서를 가지고 다니며 팔아야 했다.

레베카와 엠마 제인은 한 방향으로 3, 4킬로미터를 다니며 '흰 눈'과 '붉은 장미' 브랜드의 비누를 팔아보기로 했다. '흰 눈'은 세탁용이고 '붉은 장미'는 세안용이었다.

이 일을 위한 준비 과정은 무척이나 즐거웠다. 두 사람은 엠마 제인네 다락방에서 장시간 회의를 했다. 그들은 비누를 팔 때 무슨 말을 해야 할지 고민하다가 비누 회사의 카탈로그를 참고해서 적절한 문구를 생각해냈다. 게다가 밀타운에서 본 약장사에 관한 기억도 큰 도움이 되었다. 그 약장사의 말과 태도, 판매 방식은 한번 보고 들으면 결코 잊을 수 없는 종류의 것이었다. 엠마 제인은 레베카를 상대로 연습하고, 레베카는 엠마 제인을 상대로 연습했다.

"비누를 좀 사시지 않겠어요? '흰 눈'과 '붉은 장미'라는 상표의 비누랍니다. 예쁜 상자에 여섯 개가 들어 있는데, 흰색 비누는 20센트이고, 붉은색 비누는 25센트예요. 환자가 먹어도 좋을 만큼 순수한 원료로 만들었답니다."

엠마 제인이 연습을 하다 말고 말했다.

"오, 레베카, 이 말은 하지 말자! 나 자신이 정말 바보처럼 느껴져."

레베카가 나무랐다.

"이렇게 별것도 아닌 일로 자신이 바보 같다고 느끼니까 어떤 때는 네가 바보가 틀림없다는 생각이 들어. 나는 그렇게 쉽

　　　　　　　　　　　　위대한 비누팔이 소녀

게 바보 같다는 느낌이 들지 않아. 하지만 네가 싫다면 그 부분은 빼기로 하자. 자, 이제 계속해봐."

"'흰 눈'은 이제까지 나온 세탁비누 중에 가장 효과가 좋은 비누입니다. 빨랫감을 통에 담근 뒤 때가 찌든 부분에 비누칠을 해서 가볍게 문질러주세요. 그리고 해가 질 때부터 해가 뜰 때까지 물에 담가두면 어린애도 힘들이지 않고 빨 수 있답니다."

"어린애가 아니라 어린아이야."

레베카가 카탈로그를 보며 고쳐주었다.

"그게 그거야."

엠마 제인이 말했다.

"물론 그렇지. 하지만 카탈로그에는 어린애가 아니라 어린아이 또는 유아라고 쓰여 있어. 그럼 차라리 유아라고 할까?"

"아니, 유아는 어린애보다 더 별로야. 그건 그렇고 레베카, 카탈로그에 쓰여 있는 대로 한번 해보지 않을래? 비누를 팔기에 앞서 엘리자와 엘리사에게 이 비누로 빨래를 해보게 하는 거야."

"어떤 비누로든 어린아이가 빨래를 하는 건 상상이 안 돼. 하지만 카탈로그에 그렇게 쓰여 있으니까 사실일 거야. 그렇지 않으면 어떻게 그런 문구를 인쇄했겠어. 그러니 여기에 대해서는 신경 쓰지 말자. 오! 정말 재미있을 것 같지 않아? 엠마 제인? 모르는 사람들에게도 떨지 않고 환자니 어린아이니 하는 이야기를 다 할 수 있을 것 같아. 심지어 '엄청난 만족감을 느끼실 겁니다'라는 마지막 문장까지도."

이 대화는 금요일 오후에 엠마 제인의 집에서 이루어졌다. 이모들이 오랜 친구의 장례식에 참석하러 포틀랜드에 갔기 때문에 레베카는 기쁘게도 일요일까지 엠마 제인의 집에 머물게 되었다. 토요일은 공휴일이라서 레베카와 엠마 제인은 늙은 백마가 끄는 마차를 타고 5킬로미터쯤 떨어진 노스 리버버러로 가서 엠마 제인의 사촌들과 함께 점심 식사를 하고 네 시까지 돌아오기로 했다.

레베카와 엠마 제인이 노스 리버버러로 오가는 길에 몇몇 집에 들러 비누를 팔아도 되는지 물었을 때 퍼킨스 부인은 처음에는 안 된다고 말했다. 하지만 그녀는 관대한 엄마인 데다 사실 엠마 제인이 이런 색다른 놀이를 즐기는 것에 대해 별로 반대하지 않았으므로, 그녀가 주저한 것은 주로 까다로운 미란다 소여의 조카, 레베카 때문이었다. 그러나 이 일이 심프슨네 아이들을 돕기 위한 것이라는 말에 설득당해 결국 허락해주었다.

두 아이는 왓슨네 가게에 가서 클라라 벨 심프슨 앞으로 외상을 달고 비누가 담긴 커다란 상자 몇 개를 가져다 마차 뒤에 실었다. 어떤 두 사람도 레베카와 그녀의 동행보다 더 행복하게 그 시골길을 달리지는 못했을 것이다. 날씨가 봄날처럼 따뜻해서 추수감사절이 코앞으로 다가온 게 믿기지 않을 정도였다. 그날은 주황색과 황갈색, 노란색과 주홍색, 갈색과 심홍색의 날이었다. 아직 잎사귀가 많이 남아 있는 떡갈나무와 단풍나무가 빨간색과 갈색, 황금색의 고운 자태를 뽐냈다. 공기는 톡 쏘는 사이다 같았고, 들판에는 헛간과 방앗간과 시장으로 갈 준비가 된 누런 곡식 더미가 쌓여 있었다. 말은 스무 살의 나이를 잊은 채 상쾌한 공기를 들이마시며 망아지처럼 겅중거렸다. 멀리 노코미스산의 푸른빛이 선명했다. 레베카는 마차 안에서 벌떡 일어나 삶의 기쁨을 노래했다.

크고 넓고 아름답고 경이로운 세상아!
경이로운 강물이 네 허리를 휘감고
경이로운 초목이 네 가슴 위에 자라는구나.
세상아, 너는 참 아름다운 옷을 입었다!

둔감한 엠마 제인이 레베카에게 이토록 친근하고 사랑스럽고 믿을 만하고 진실해 보인 적이 없었고, 엠마 제인에게 레베카가 이토록 반짝거리고 매혹적으로 보인 적이 없었다. 함께 마차를 타고 여행을 하는 데서 오는 친밀감과 자유, 그리고 새로운 일을 시작하는 데서 오는 즐거움이 더해졌기 때문일 것이다.

예쁜 잎사귀 하나가 마차 안으로 날아 들어왔다.

"잎사귀 색이 현기증이 날 만큼 아름답지 않아?"

레베카가 물었다.

"아니, 전혀."

엠마 제인이 한참 생각한 후에 대답했다.

"'현기증이 날 만큼'이라는 말이 내 마음을 나타내주는 정확한 표현은 아니지만, 그래도 가장 거기에 가까운 말이야. 나는 색깔을 먹고, 마시고, 그 안에서 자고 싶어. 만약 네가 나무가 될 수 있다면 어떤 나무가 되고 싶어?"

엠마 제인은 레베카 덕에 귀가 뚫리고, 눈이 뜨이고, 혀가 자유로워져서 '게임'을 할 수 있게 된, 이런 경험을 한 적이 많았다.

"나는 꽃이 핀 사과나무가 되겠어. 우리 집 돼지우리 옆의 그 분홍색 꽃이 핀 나무 말이야."

레베카는 웃음을 터뜨렸다. 엠마 제인의 대답에는 늘 예기치 못한 면이 있었다. 레베카가 채찍으로 가리키며 말했다.

"나는 저기 연못가의 빨간색으로 물든 단풍나무가 되겠어. 그러면 너희 집의 그 사과나무보다 훨씬 더 많은 것을 볼 수 있을 거야. 숲의 나머지 부분을 모두 볼 수 있을 거고, 아름다운 거울에 내 빨간색 드레스를 비춰볼 수 있을 거고, 겨울에 갈색 나무들이 거꾸로 자라는 모습을 볼 수 있을 거야. 내가 자라면

위대한 비누팔이 소녀

이 잎사귀와 같은 루비 색깔의 드레스를 사겠어. 드레스 자락이 길게 끌리고 가장자리에 주름 장식이 달린 것으로. 저 나무 밑둥과 같은 갈색의 장식띠를 두르고… 그리고 녹색은 어디에 넣으면 좋을까? 옷가게에서 녹색 페티코트를 팔까? 드레스 밑으로 언뜻언뜻 녹색 페티코트가 비쳤으면 좋겠어. 빨간색 단풍나무가 되기 전의 내 잎사귀가 어떠했는지 보여줄 수 있도록 말이야."

"그건 너무 소박한 것 같은데. 나는 흰색 새틴 드레스에 분홍색 장식띠를 매고, 분홍색 양말과 구릿빛 슬리퍼를 신고, 스팽글이 달린 부채를 들겠어."

엠마 제인이 말했다.

알라딘의 마술

한 시간 동안의 판매 경험은 아이들의 사기를 살짝 저하시
켰다. 레베카와 엠마 제인은 그들이 고른 희생자의 집에 갈 때
혼자서 갔다. 두 사람이 같이 있으면 진지한 자세로 임할 수
없으리라는 것을 잘 알고 있었기 때문이다. 하지만 집 앞까지
는 같이 가서, 한 사람은 대문 앞에서 말고삐를 쥐고 있고 다
른 사람은 비누 샘플을 가지고 들어가서 잠재 고객과 대화를
나눴다. 엠마 제인은 낱개로 세 개를 팔았고, 레베카는 작은
상자로 세 상자를 팔았다. 두 사람 다 이것을 순전히 상황 탓
으로 여겼지만, 애초에 두 사람이 사람들을 설득하는 능력에
는 차이가 있었기 때문이다. 엠마 제인이 만난 주부들은 비누
를 사려 하지 않았고, 그녀에게서 비누의 장점에 대한 설명을

위대한 비누팔이 소녀

듣고 난 후에도 여전히 비누를 사려 하지 않았다. 그러나 레베카가 만난 사람들은 현재 비누가 필요하거나 장차 필요하리라는 것을 기억해냈다. 주목할 만한 점은 가엾은 엠마 제인이 아무리 애를 써도 안 되는 것을 운 좋은 레베카는 거의 아무런 노력도 들이지 않고 성취했다는 것이다.

엠마 제인이 대문 앞에 마차를 세우면서 말했다.

"다행히 이번엔 네 차례야, 레베카. 나는 조금 전의 일로 아직도 떨려." (조금 전에 엠마 제인이 비누를 팔러 갔을 때 한 아주머니가 이층 창문 바깥으로 고개를 내밀고 "저리 가거라. 그 상자 안에 뭐가 들었든 나는 사지 않을 테니" 하고 소리쳤다.) "여기에 누가 사는지 모르겠지만 정문에 블라인드가 내려져 있네. 만약 집에 아무도 없으면 이다음 집이 네 차례가 되는 거야."

레베카는 진입로를 따라 올라가 옆문 쪽으로 갔다. 거기에는 포치가 있었고, 어떤 잘생긴 젊은 남자가(아니, 중년 남자였던가?) 포치의 흔들의자에 앉아 옥수수 껍질을 벗기는 중이었다. 레베카는 그의 나이를 짐작할 수 없었지만, 어쨌거나 그에게서는 도회적인 분위기가 풍겼다. 말끔하게 면도한 얼굴과 잘 다듬은 콧수염, 몸에 잘 맞는 옷 등이 그랬다. 이 의외의 인물과의 만남에 레베카는 조금 당황했지만, 그녀가 방문한 목적을 설명하지 않을 수 없었다.

"이 댁 주부님을 뵈러 왔는데요."

레베카가 말했다.

"지금은 내가 이 집 주부란다. 무슨 일로 왔지?"

그 낯선 사람이 묘한 미소를 띠고 말했다.

"저… 그러니까… 혹시 비누가 필요하신가요?"

"그래 보이니?"

예상치 못한 대답에 레베카의 얼굴에 보조개가 파였다.

"그런 뜻이 아니었어요. 저는 비누를 팔러 왔어요. 요즘 시중에 나와 있는 비누 중 가장 효과가 좋은 비누를 보여드릴게요. 그러니까 그게…"

"오! 들어본 것 같구나. 순수한 식물성 유지로 만든 비누지, 아마?"

신사가 상냥하게 말했다.

"네, 가장 순수한 원료로 만든 비누예요."

"산 성분이 들어 있지 않고?"

"조금도요."

"아이들도 힘들이지 않고 세탁할 수 있고 말이지?"

"어린아이도요."

레베카가 수정해주었다.

"오! 어린아이라고? 아이의 연령이 해마다 낮아지는구나."

상품의 장점을 모두 아는 고객을 만난 것은 엄청난 행운이었다. 레베카는 보조개가 점점 더 깊이 파였다. 새로운 친구의 권유에 그녀는 포치 가장자리에 놓인 의자에 앉았다. '붉은 장미'가 담긴 예쁜 상자가 개봉되고 '붉은 장미'와 '흰 눈'의 가격이 공개되었다. 그 순간 레베카는 대문 밖에 있는 파트너의 존재는 완전히 잊은 채 눈앞의 신사를 평생 알고 지내온 것처럼 그와 대화를 나눴다.

"오늘은 내가 집을 보고 있지만 나는 이곳에 살지 않는단다. 여기는 숙모님 댁인데, 숙모님은 포틀랜드에 가셨다. 나는 어린 시절을 여기서 보냈기 때문에 이곳을 매우 좋아한단다."

쾌활한 신사가 설명했다.

"어린 시절에 살던 농장을 대신할 만한 것은 아무것도 없지요."

레베카의 말에 남자가 옥수수를 내려놓고 레베카를 바라보았다.

"그러니까 너는 어린 시절이 지나갔다고 생각하는구나, 꼬마 아가씨?"

"오래전의 일처럼 느껴져요. 하지만 지금도 기억이 나요."

레베카가 진지하게 대답했다.

"나도 어린 시절이 기억난다. 그때는 참 힘들었지."

"저도 그랬어요. 아저씨는 어떤 점이 힘들었어요?"

"주로 음식과 옷이 부족했지."

"오! 저는 신발이 없고, 읽을 책이 부족하고, 돌봐야 할 동

　　　　　　　　위대한 비누팔이 소녀

생들이 너무 많았어요. 하지만 지금은 행복하신가요? 아닌
가요?"

레베카는 긴가민가하며 물었다. 남자는 잘생기고 부유해
보였지만, 눈이 피곤해 보이고 말을 하지 않을 때는 입이 슬퍼
보인다는 것을 어떤 아이라도 알 수 있었기 때문이다.

"나는 잘 지내고 있단다. 그런데 내가 오늘 비누를 얼마나
사면 될까?"

남자가 미소 지으며 말했다.

"이 댁에 비누가 얼마나 있는데요? 그리고 얼마나 필요한
데요?"

배려심이 깊고 경험이 부족한 판매 대리인이 말했다.

"오, 그건 잘 모르겠는데. 하지만 비누는 오래 두고 써도 되
지 않을까?"

"그건 확실히 모르겠어요. 설명서를 읽어볼게요. 틀림없이
거기 쓰여 있을 거예요."

레베카는 호주머니에서 설명서를 꺼냈다.

"돈을 벌어서 어디에 쓰려고 그러지?"

"우리를 위해 쓰려는 건 아니에요. 대문 바깥의 마차에서
기다리고 있는 제 친구는 대단히 부유한 대장장이의 딸이라서
돈이 필요 없어요. 저는 가난하긴 해도 벽돌집에서 이모들이
랑 같이 살고 있고, 이모들은 당연히 제가 집집마다 돌아다니

며 물건을 파는 것을 원치 않으시고요. 우리는 친구들이 부상을 탈 수 있게 도와주려는 거예요."

레베카는 이전의 고객들에게는 상황을 설명할 생각을 하지 못했지만, 지금은 자기도 모르는 사이에 심프슨 가족과 그들의 가난, 그들의 기쁨 없는 삶과 그 삶을 밝혀줄 연회용 램프의 필요성에 대해 설명하고 있었다.

남자는 웃으며 '부유한 대장장이의 딸'을 보려고 일어섰다.

"거기에 대해서는 설명하지 않아도 돼. 그들이 램프를 원한다면, 그리고 특히 네가 그들에게 램프가 생기기를 원한다면 그들은 램프를 가져야겠지. 연회용 램프 없이 사는 게 어떤 건지는 나도 잘 안다. 이제 카탈로그를 보며 생각해보자. 램프를 타려면 비누를 얼마나 팔아야 하지?"

"이번 달과 다음 달에 200개 이상 팔면 크리스마스 무렵에는 램프를 받을 수 있어요. 그리고 여름에는 등갓을 받을 수 있고요. 하지만 저는 오늘 이후로는 별로 도움이 못 될 것 같아요. 제가 비누를 팔러 다니는 것을 미란다 이모가 허락하지 않으실 테니까요."

"그렇구나. 하지만 괜찮아. 내가 비누 300개를 살 테니까. 그러면 심프슨 가족이 램프와 등갓을 모두 받을 수 있겠지."

레베카는 포치 가장자리의 의자에 앉아 있었는데, 이 말을 듣고 벌떡 일어나다가 균형을 잃고 넘어져 라일락 덤불 사이

위대한 비누팔이 소녀

로 사라졌다. 다행히 멀리 구르지는 않아서 남자가 그녀를 일으켜 세우고 흙을 털어주었다.

"다량의 주문을 받았을 때 놀라선 안 돼. 그렇게 아마추어처럼 굴지 말고 '350개를 주문하실 순 없나요?' 하고 말했어야지."

"오, 그런 말을 할 수는 없어요! 그렇게 많이 사는 건 옳지 않은 것 같아요. 그 많은 비누를 다 쓰실 수 있겠어요?"

넘어진 것 때문에 부끄러워서 얼굴이 홍당무가 된 레베카가 말했다.

"다 쓰지 못하면 두었다가 다른 데 쓰지."

유쾌한 박애주의자가 말했다.

"아저씨 숙모님이 이 비누를 마음에 들어 하시지 않으면 어떡해요?"

레베카가 긴장해서 물었다.

"우리 숙모님은 늘 내가 좋아하는 것을 좋아하신단다."

"우리 이모는 안 그래요!"

레베카가 외쳤다.

"그렇다면 네 이모님에게 뭔가 문제가 있는 거야!"

"아니면 제게 문제가 있든가요."

레베카가 웃으며 말했다.

"이름이 뭐지, 꼬마 아가씨?"

"레베카 로웨나 랜들이요."

"뭐? 이름이 둘이나 돼? 엄마가 아주 후하시구나."

"두 가지 이름 중 어느 하나도 포기하실 수 없었대요."

"내 이름을 알고 싶니?"

"이미 알 것 같아요. 『아라비안 나이트』에 나오는 알라딘이 틀림없어요. 오, 달려가서 엠마 제인에게 말해도 될까요? 기다리느라 지쳤을 텐데, 이 소식을 들으면 매우 기뻐할 거예요!"

남자가 고개를 끄덕였다. 레베카는 진입로를 달려 내려가 마차로 다가가면서 외쳤다.

"오, 엠마 제인! 엠마 제인! 비누가 다 팔렸어!"

알라딘이 웃는 얼굴로 따라 나와서 이 놀랍고 믿기지 않는 말을 뒷받침해주었다. 그는 마차 뒤에 실려 있는 비누 상자를 모두 옮긴 뒤 카탈로그를 받아들고 그날 밤에 부상과 관련하여 익셀시어 비누 회사에 편지를 쓰겠다고 약속했다.

"너희들이 비밀을 지킬 수 있다면, 추수감사절에 심프슨 가족이 깜짝 선물을 받게 될 거야. 어때, 비밀을 지킬 수 있겠니?"

남자가 아이들의 발에 낡은 무릎덮개를 덮어주며 말했다.

아이들은 기쁜 마음으로 동의했다. 두 사람이 감사하다는 말을 합창할 때 레베카의 눈에 기쁨의 눈물이 고였다.

알라딘이 웃으며 모자를 들어 올려 보였다.

"오, 천만에! 나도 몇 년 전에 집집마다 돌아다니며 물건을 팔아본 적이 있단다. 이 일이 잘됐으면 좋겠구나. 안녕, 레베카 로웨나! 또 무언가를 팔 일이 생기면 언제든지 연락하렴."

"꼭 그렇게 할게요. 안녕히 계세요, 알라딘 씨!"

레베카가 손을 흔들면서 외쳤다.

"오, 레베카! 저 사람이 우리를 향해 모자를 살짝 들어 올려 보였어. 열세 살도 채 안 된 우리에게. 성인이 되려면 아직도 5년이나 남았는데 말이야."

엠마 제인이 놀라서 속삭였다.

"괜찮아. 우리는 지금도 어른이 되어가는 중이니까."

레베카가 대답했다.

"게다가 우리에게 무릎덮개까지 덮어주었어. 오! 정말 근사하지 않아? 비누를 전부 다 사준 것도 그렇고, 정말 친절한 사람 같아. 겨우 하루 일하고 램프와 등갓까지 얻게 되다니! 그건 그렇고 오늘 분홍 드레스를 입고 오길 잘했지? 비록 우리 엄마 때문에 플란넬 페티코트를 입어야 했지만. 너는 분홍색이나 빨간색 옷이 잘 받아. 갈색 옷은 별로 안 어울려!"

"알아. 나도 너처럼 모든 색이 다 잘 어울렸으면 좋겠어!"

레베카는 한숨을 쉬며 부러운 눈으로 엠마 제인의 통통한 장밋빛 뺨과 파란 눈, 예쁘장한 코와 붉은 입술을 바라보았다.

"신경 쓰지 마! 모두들 네가 매우 총명하고 똑똑하다고 말

나무가 될 수 있다면,
연못가의 빨간 단풍나무가 되고 싶어요
아름다운 수면의 거울에 빨간 드레스도 비춰보고
겨울에는 나무가 거꾸로 자라는 것을 볼 수 있을 테니까요.

해. 그리고 엄마가 그러는데, 너는 나이 들수록 더 예뻐질 거래. 안 믿어지겠지만 나는 아기 때 정말 못생겼었어. 빨강머리가 갈색으로 바뀌기 시작한 1, 2년 전까지만 해도 못생겼었고. 그런데 저 친절한 사람은 이름이 뭐야?"

"물어볼 생각을 못 했어! 미란다 이모가 알았다면 나답다고 말했을 거야. 나는 그 사람을 알라딘이라고 불렀어. 우리에게 램프를 주었으니까. 알라딘의 요술 램프 이야기 알지?"

"오, 레베카! 어떻게 너는 처음 본 사람을 별명으로 부를 수 있었어?"

"정확히 말해서 알라딘은 별명이 아니야. 그리고 어쨌든 그 사람은 알라딘이라는 이름을 마음에 들어 하는 것 같았어."

두 소녀는 초인적인 노력으로 입을 굳게 다물고 있음으로써 이 놀라운 소식을 비밀로 하는 데 성공했다. 비록 그들이 어딘가 이상하고 정상이 아니라는 것은 누구라도 알 수 있었지만 말이다.

추수감사절에 램프가 든 커다란 상자가 도착했다. 시소가 램프를 꺼내서 설치했는데, 그는 갑자기 누이동생들의 사업 능력을 존경하게 되었다. 레베카는 램프가 도착했다는 소식을 들었지만, 근사한 램프의 빨간색 크레이프 등갓을 통해 비치는 주황색 불빛을 보기 위해 날이 어두워질 때까지 기다렸다.

램프가 있는 파티

　1시에 시작된 벽돌집의 추수감사절 점심 식사에는 손님이 있었다. 바로 노스 리버버러와 셰이커 빌리지 사이에 사는 버넘 자매로, 그들은 25년 넘게 해마다 추수감사절을 소여네 집에서 지냈다. 레베카는 설거지를 마친 뒤 조용히 앉아서 책을 읽다가 5시가 다 되어 심프슨네 집에 가도 되는지 물었다.

　"추수감사절에 심프슨네 아이들과 뭘 하려고? 한 번만이라도 조용히 앉아서 어른들의 유익한 대화를 들을 수는 없겠니? 너는 잠시도 가만히 있지를 못하는구나."

　미란다가 말했다.

　"심프슨네 집에 새 램프가 생겨서 엠마 제인과 함께 보러 가기로 했어요. 램프를 켜면 파티 분위기가 날 거예요."

레베카가 대답했다.

"그 집에 램프가 무슨 필요라니? 그걸 살 돈은 또 어디서 났고? 애브너가 집에 있다면 보나마나 다른 물건과 교환하려 할 게다."

"그 집 아이들이 비누를 팔아서 부상으로 탄 거예요. 램프를 타려고 1년간 일했거든요. 이모가 포틀랜드에 가셨던 토요일 오후에 엠마 제인과 제가 그 아이들을 도와서 비누를 판 건 이모도 아시잖아요."

"램프 이야기는 처음 듣는 것 같은데? 그럼 한 시간만 놀다 오너라. 그 이상은 안 돼. 6시만 되면 한밤중처럼 캄캄하다는 것을 잊지 마라. 사과를 좀 가지고 갈래? 그런데 새 드레스의 주머니에 뭘 넣었기에 주머니가 그렇게 처졌지?"

"저녁 식탁에 올라온 호두와 건포도예요. 이모가 제 접시에 놓아주신 거요."

가장 순수한 의도에서 비롯된 행동조차도 미란다 이모에게 들키지 않은 적이 없는 레베카가 대답했다.

"왜 안 먹었니?"

"배가 불러서요. 그리고 이걸 심프슨네 집에 가져가면 파티가 더 즐거울 거라고 생각했어요."

손님들 앞에서 꾸지람을 듣는 게 거북했던 레베카가 더듬거리며 대답하자 제인 이모가 끼어들었다.

"그건 네 몫이니까 그것으로 무엇을 하든 그건 네 자유야. 심프슨네 아이들에게 주고 싶으면 그렇게 해도 돼. 하루 종일 우리의 선의에 대해서만 생각하고 이웃에게 아무것도 베풀지 않은 채 추수감사절을 보내서는 안 되지."

레베카가 나가자 버넘 자매는 고개를 끄덕이며 그토록 짧은 시간에 그토록 많이 좋아진 아이는 본 적이 없다고 말했다.

"같이 살아보면 아시겠지만, 아직 좋아져야 할 부분이 많답니다. 저 아이는 동네의 온갖 일에 참견하고 다닐 뿐만 아니라 대체로 그 일에 앞장을 서지요. 이제껏 들어본 온갖 어리석은 일 중에서도 이 램프 사건만큼 어리석은 일은 들어본 적이 없어요. 정말이지 심프슨네 아이들답네요. 그 아이들이 뭔가를 팔 수 있을 만큼 머리가 좋다고는 생각해본 적이 없지만요."

미란다가 대답했다.

"그 아이들 중 한 명은 머리가 좋은 게 틀림없어요. 노스 리버버러에 사는 래드네 집에 비누를 팔러 온 소녀는 사람의 마음을 끄는 놀라운 아이라고 애덤 래드가 말했다더군요."

미스 엘런 버넘이 말했다.

"아마 클라라 벨일 거예요. 하지만 그 아이는 놀랍다고 할 수 없는데…. 애덤이 집에 돌아왔나요?"

미란다가 말했다.

"네, 며칠간 머물러 왔대요. 사람들 말로는 그가 돈을 엄청나게 벌었다고 하더군요. 그리고 늘 모든 이웃에게 줄 선물을 가져온대요. 이번에는 래드 부인에게 밍크코트를 선물했다는군요. 예전엔 맨발에 옷 한 벌로 지내던 시절도 있었는데 말이죠. 그렇게 돈이 많고 늘 아이들을 몰고 다닐 정도로 아이를 좋아하는데 결혼을 안 한 게 이상하지요."

미스 엘런 버넘이 대답했다.

"하지만 서른은 안 되었을 테니 아직 희망이 있네요."

제인이 웃으며 말했다.

"애덤 정도면 서른이 아니라 백서른 살이 되어도 리버버러에서 아내를 얻을 수 있을 거예요."

미란다가 말했다.

"애덤의 숙모가 그러는데, 애덤이 비누를 팔러 온 소녀의 매력에 푹 빠져 그 애에게 크리스마스 선물을 보내겠다고 했대요."

미스 엘런이 말했다.

"이상하네요. 클라라 벨은 사팔뜨기에 빨강머리인데 어디가 그렇게 마음에 들었을까요? 하지만 그 애에게 크리스마스 선물을 주는 데 대해서는 전혀 불만이 없답니다. 애덤 래드가 많이 줄수록 마을 사람들이 적게 줘도 될 테니까요."

미란다가 말했다.

"심프슨네 아이들 중에 여자아이가 또 있나요? 그 아이가 사팔뜨기일 리가 없거든요. 래드 부인은 애덤이 그 애의 아름다운 눈에 대해 말했다고 했어요. 애덤이 비누 300개를 산 것은 그 애의 눈 때문이었대요. 래드 부인은 비누를 헛간에 쌓아 두었다고 하더군요."

"300개나! 하여간 리버버러에는 그런 부류가 끊이질 않네요."

미란다가 외쳤다.

"그게 무슨 말씀이세요?"

미스 리디아가 예의 바르게 물었다.

"어리석은 사람들 말이에요."

미란다가 짧게 대답하고 화제를 바꿨다. 15분간 마음 졸이고 있던 제인에게는 무척 반가운 일이었다. 리버버러에서 사람의 마음을 끄는 놀라운 아이가 레베카 말고 또 누가 있겠는가? 그토록 아름다운 눈을 지닌 아이가 레베카 말고 또 누가 있겠는가? 그리고 마지막으로, 누군가에게 비누 300개를 사게 할 수 있는 아이가 레베카 말고 또 누가 있겠는가?

그사이에 그 '놀라운' 아이는 저녁 어스름이 짙어가는 길을 달려 올라가고 있었다. 하지만 얼마 못 가 그녀 쪽으로 뛰어오는 발소리가 들렸다. 엠마 제인이었다.

"문제가 생겼어."

엠마 제인이 숨을 헐떡이며 말했다.

"설마 램프가 깨진 건 아니지?"

레베카가 외쳤다.

"아니야! 오, 아니야! 그건 아니야! 램프는 밀짚에 싸여서 왔기 때문에 아무 이상이 없어. 심프슨네 집에 갔었는데, 네가 비누 300개를 팔아서 램프를 탔다는 얘기는 아직 하지 않았어. 우리가 같이 있을 때 네가 말하는 게 좋을 것 같아서."

"내가 아니라 우리가 비누 300개를 판 거지."

레베카가 정정해주었다.

"아니, 네가 한 거야. 레베카 랜들. 나는 그냥 대문 앞에서 말고삐를 쥐고 있었을 뿐인걸."

"그래. 하지만 우리를 노스 리버버러로 데려다준 말이 누구네 말이지? 그리고 그때가 마침 내 차례여서 내가 간 것뿐이야. 네가 갔어도 비누 300개를 팔아서 램프를 탔을 거야. 그런데 문제가 생겼다는 게 무슨 말이야?"

"심프슨네 집에 등유와 심지가 없어. 그 집 아이들은 연회용 램프는 다른 도구 없이도 저절로 불이 켜진다고 생각했나봐. 시소가 심지를 빌리러 의사 선생님 댁에 갔어. 그리고 엄마가 등유 0.5리터를 주셨는데, 그 이상은 안 된대. 우리가 램프의 유지 비용을 미처 생각하지 못했어, 레베카."

"그렇구나, 하지만 파티가 끝날 때까지는 여기에 대해 걱정하

지 말자. 내가 호두와 건포도 한 줌과 사과 몇 개를 가져왔어."

"나는 페퍼민트 과자와 단풍나무 설탕을 가져왔는데. 심프슨네는 추수감사절답게 풍성한 점심 식사를 했어. 의사 선생님이 고구마와 크랜베리와 순무를 보냈고, 우리 아빠가 돼지 갈비 바비큐를 보냈고, 콥 부인이 닭고기와 다진 고기를 보냈거든."

5시 30분경에 심프슨네 창문을 들여다본 사람이 있다면 그는 파티가 한창인 광경을 볼 수 있었을 것이다. 심프슨 부인은 부엌 불을 끄고 아기를 데리고 와서 아이들과 함께 시간을 보냈다. 마치 램프가 파티를 열고 손님을 맞이하는 듯했다. 아이들은 집에 있는 작은 탁자를 가져다가 방 한쪽 구석에 놓고, 그 위에 그토록 갖고 싶어 했던 소중한 램프를 올려놓았다.

램프는 광고에 나온 것만큼 아름다웠지만 크기는 절반가량밖에 안 되었다. 놋쇠가 황금처럼 반짝거렸고, 빨간색 등갓은 거대한 루비처럼 빛났다. 바닥으로 넓게 퍼진 램프 빛 속에 심프슨네 가족이 경외감에 싸인 채 조용히 앉아 있고, 그들 뒤로 엠마 제인과 레베카가 서로 손을 잡고 서 있었다. 그들은 대화할 필요를 못 느꼈다. 그러기에는 그 순간이 너무도 황홀했기 때문이다. 램프는 파티에 품격을 더해주었고, 피아노나 관현악단 없이도 그 존재 자체만으로도 그들을 충분히 즐겁게 해주었다.

클라라 벨이 말했다.

"아빠도 이걸 보셨으면 좋았을 텐데."

수전이 중얼거렸다.

"아빠가 보셨으면 다른 물건과 교환하려고 하실걸."

레베카는 약속한 시간이 되자 마지못해 자리에서 일어나야 했다.

클라라 벨이 말했다.

"너와 엠마 제인이 집에 도착했다고 생각될 때 램프를 끌게. 그리고 오! 너희 둘 다 우리 집 창문의 불빛이 보이는 곳에 살아서 정말 기뻐. 매일 밤 한 시간씩만 켜면 지금 있는 기름으로 얼마나 오랫동안 램프를 켤 수 있을까?"

시소가 헛간에서 나오며 말했다.

"등유가 없어서 램프를 끌 필요는 없어. 저기에 잔뜩 있으니까. 텁 씨가 노스 리버버러에서 가져오셨는데, 누군가가 우편으로 주문했대."

레베카가 엠마 제인의 팔을 움켜쥐었고, 엠마 제인도 기쁨에 겨워 레베카의 팔을 움켜쥐었다. 레베카는 엠마 제인과 함께 대문 쪽으로 뛰어가면서 속삭였다.

"틀림없이 알라딘 씨일 거야."

시소가 따라 나와서 바래다주겠다고 했지만 레베카는 단호

위대한 비누팔이 소녀

하게 거절했다. 시소도 굳이 배웅하겠다고 우기지는 않았지만, 대신 레베카의 꿈을 꾸려고 침대에 누웠다. 꿈속에서 레베카는 두 눈에서 번개가 나오고 한 손에 불꽃이 이는 검을 쥐고 있었다.

레베카는 즐거운 기분으로 집에 도착해서 식당으로 들어갔다. 버넘 자매는 가고 없었고, 두 이모는 뜨개질을 하고 있었다.

"마치 천상의 파티 같았어요."

레베카가 모자와 망토를 벗으며 말했다.

"다시 가서 문을 잘 잠갔는지 보고 오너라."

미란다가 늘 그렇듯 엄격하게 말했다.

문이 잠긴 것을 확인하고 돌아온 레베카가 흥분을 주체하지 못하고 말을 계속했다.

"마치 천상의 파티 같았어요. 그리고 오! 제인 이모, 미란다 이모, 부엌 창문으로 내다보면 연회용 램프의 불빛이 보일 거예요. 마치 심프슨네 집이 불타는 것처럼 환할 거예요."

"그리고 오래지 않아 이런 어리석은 일에 대한 나의 인내심이 바닥날 것 같구나."

미란다가 말했다.

제인은 레베카를 따라 부엌으로 갔다. 멀리 보이는 희미한 불빛은 눈부시게 환하다고 할 수는 없었지만, 그녀는 되도록 열정적인 반응을 보이려고 애썼다.

"레베카, 노스 리버버러에서 래드 씨에게 비누 300개를 판 사람이 누구지?"

"누구라고요?"

레베카가 외쳤다.

"래드 씨. 노스 리버버러에 사는….'"

"그게 그 사람의 진짜 이름이에요?"

레베카가 놀라서 물었다.

'그렇다면 내 추측이 그리 나쁘지는 않았어.'

레베카는 속으로 생각하며 혼자 웃었다.

"애덤 래드에게 비누를 판 사람이 누구냐고 물었어."

제인이 다시 말했다.

'애덤 래드! 그렇다면 그 사람은 A. 래드인 거네. 정말 재미있는걸!'

"대답해, 래베카."

"오! 죄송해요, 제인 이모. 잠깐 다른 생각을 하고 있었어요. 엠마 제인과 제가 래드 씨에게 비누를 팔았어요."

"그에게 비누를 사달라고 졸랐니? 억지로 사게 했어?"

"제인 이모, 제가 어떻게 다 큰 성인 남자에게 원하지도 않는 물건을 억지로 사게 하겠어요? 래드 씨가 숙모님에게 선물한다고 산 거예요."

"미란다 이모가 뭐라 하지 않았으면 좋겠지만, 레베카, 미란다 이모가 얼마나 까다로운지는 너도 알잖니. 나는 네가 미란다 이모의 허락 없이 엉뚱한 일을 벌이지 않았으면 해. 네가 하는 일은 정말 엉뚱하니까 말이야."

제인이 여전히 미심쩍어하며 말했다.

"이번에는 잘못된 게 있을 리가 없어요. 엠마 제인은 친척들과 제리 콥 아저씨에게 비누를 팔았고, 저는 제재소 근처의 셋집에 새로 이사 온 사람들한테 갔다가 래드 씨네 집으로 갔어요. 래드 씨는 우리가 가지고 간 비누를 모두 사주었고, 램프가 도착할 때까지 그 사실을 비밀로 하겠다고 약속하게 했어요. 그날 이후로 저는 마치 제 안에 연회용 램프의 불이 환히 켜진 것처럼 신이 나서 돌아다녔지요."

레베카는 이마 위로 흘러내린 머리칼이 물결치듯 했고, 눈이 반짝반짝 빛났으며, 뺨이 발그레했다. 그녀의 얼굴에는 열정뿐만 아니라 섬세함이 엿보였으며, 그녀에게는 산사나무꽃의 싱그러움과 젊은 떡갈나무의 굳건함 같은 게 있었다. 하지만 그녀가 "자연이 너무 높게 던져 올렸으나 고통으로 인해 너무 낮게 가라앉은 영혼"이라는 것은 누구라도 쉽게 알아볼 수 있었다.

제인 이모가 한숨을 쉬었다.

"맞아, 네 안에는 불타오르는 램프가 있는 것 같아. 레베카!

215

레베카! 네가 모든 걸 좀 더 쉽고 편안하게 받아들였으면 좋겠어. 때로는 네가 너무 걱정돼."

내 안에 램프의 불이 환하게 켜질 때는
바로 열정이 타오르는 순간이랍니다.
가슴 깊은 곳에 산사나무 꽃의 싱그러움과
떡갈나무의 굳건함이 있기 때문이에요.

5

천국의 방문자들

찻주전자가 김을 내뿜으며 노래하고 있었고, 주전자의 널찍한
주둥이에는 '레베카의 선물'이라고 적힌 쪽지가 붙어 있었다.
나무 쟁반에 감자 샐러드와 콘비프가 담겨 있었고, 나이프에도
'레베카의 아침 인사'라고 적힌 쪽지가 붙어 있었다.

변화를 만드는 소녀

날은 쏜살같이 흘러서 여름이 가을로 녹아들고 가을은 겨울에 자리를 내주었다. 최근에 벽돌집에서의 삶은 좀 더 평온해졌다. 레베카가 놀 때도 좀 더 조용히 놀고 일할 때도 좀 더 조심성 있게 하려고 진심으로 노력했기 때문이다. 또한 그녀는 부드러운 대답이 상대방의 화를 가라앉힌다는 것을 서서히 배워가고 있었다.

미란다는 전처럼 화를 많이 내지 않았지만, 그것은 화낼 일이 있어도 그때마다 일일이 화를 내지는 않았다고 말하기 위해서였다.

그러나 친구 초대를 좋아하는 레베카의 성격 때문에 미란다가 크게 화를 낸 적이 한 번 있었다. 레베카의 이 같은 성격은 나중에 보다 극적이고 예상치 못한 사건의 원인이 되었다.

어느 금요일 오후에 레베카가 미란다 이모에게 자기 몫의 빵과 우유의 절반을 위층에 있는 친구에게 가져다줘도 되는지 물었다.

"위층에 어떤 친구가 있는데?"

미란다 이모가 물었다.

"심프슨네 아기요. 이모만 허락하시면 일요일까지 데리고 있으려고요. 심프슨 부인은 허락하셨어요. 아기를 데리고 내려와서 보여드릴까요? 엠마 제인이 아기 때 입던 옷을 입고 있는데, 정말 사랑스러워요."

"아래층으로 데려오는 건 상관없다만 나한테 보이지는 말거라! 나 모르게 조용히 데려온 것처럼 조용히 데리고 나가서 아기 어머니에게 돌려주도록 해. 대체 일요일까지 남의 아기를 데리고 있겠다는 생각은 어디서 나온 거냐?"

"이모는 아기가 없는 집에서 사는 데 너무 익숙해져서 그런 집에 사는 게 얼마나 따분한지 모르실 거예요. 농장에 살 때는 늘 놀아주고 안아줄 아기들이 있어서 좋았어요. 너무 많기는 했지만, 아예 한 명도 없는 것보다는 훨씬 나았죠. 음, 아기를 데려다주고 올게요. 아기가 몹시 슬퍼하고 심프슨 부인도 실망하겠지만요. 심프슨 부인은 밀타운에 갈 계획이었거든요."

"그렇다면 계획을 취소하면 되겠구나."

"제가 그 집에 가서 아기를 돌보면 안 될까요? 사실 토요일에 집안일도 같이 하려고 아기를 데려온 거거든요."

"아기를 데려와서 일을 더 만들지 않아도 할 일이 차고 넘친다. 자, 말대답 그만하고 아기에게 저녁을 먹인 후 집에 데려다주거라."

"이모는 앞쪽 계단을 이용하는 것을 싫어하시니까 제가 이 방을 지나는 길에 아기를 보여드리면 어때요? 금발에 푸른 눈의 아기예요! 심프슨 부인 말로는 아빠를 닮았대요."

미란다는 심술궂은 미소를 띠며 아기가 아빠를 닮을 수는 없을 거라고, 아빠처럼 뭘 훔치고 싶어도 이미 아빠가 다 훔친 뒤일 테니 어떻게 훔치겠느냐고 말했다.

레베카는 위로를 받고자 위층에서 이불과 베갯잇을 정리하고 있는 제인 이모에게 갔다.

"제인 이모, 제가 심프슨네 아기를 데려왔어요. 아기가 있으면 따분한 일요일이 조금 덜 따분할 것 같아서요. 하지만 미란다 이모가 아기를 돌려보내래요. 다음 주 일요일에는 엠마 제인이, 그다음 주 일요일에는 앨리스 로빈슨이 아기를 돌보기로 돼 있어요. 제가 아기를 돌본 경험이 많으니까 심프슨 부인이 저에게 가장 먼저 아기를 맡긴 거예요. 제 방에 오셔서 침대에 누워 있는 아기를 좀 보세요, 제인 이모. 정말 사랑스럽지 않아요? 어떤 아기들처럼 마르고 잘 보채는 타입이 아니

223

라 통통하고 잘 웃는 타입이에요. 저는 하루에 두 번 옷을 갈아입힐 생각이었어요. 아, 제가 할 수 있는 일이 모두 적혀 있는 책이 있으면 얼마나 좋을까요? 그러면 실망할 일이 줄어들 텐데요."

레베카가 말했다.

"그런 책은 없을 것 같구나, 레베카. 네가 원하는 것을 미리 상상할 수 있는 사람은 아무도 없을 테니까. 그런데 이 무거운 아기를 안고 가려고?"

제인 이모가 말했다.

"아니요, 비누를 나를 때 썼던 작은 수레에 태우고 가려고요. 아가야, 이리 오렴! 입에서 손가락을 빼고 언니랑 같이 집에 가자꾸나."

레베카는 아기를 안고 의자에 앉은 다음, 아무렇지도 않게 아기를 거꾸로 들었다. 그녀는 아기의 허리끈에서 구부러진 옷핀을 발견하고는 비웃듯이 그것을 빼서 집어던진 후 화장대로 가서(아기는 여전히 거꾸로 들려 있었다) 커다란 옷핀을 찾아 아기의 짤막한 플란넬 페티코트와 셔츠를 연결했다. 아기는 엎드려 있을 때나 거꾸로 들려 있을 때나 자신이 전문가의 손에 맡겨져 있음을 아는 듯 평온한 미소를 지었다. 그 광경을 지켜보던 제인 이모가 크게 감탄했다.

"세상에, 레베카! 너는 진짜 아기를 잘 돌보는구나!"

천국의 방문자들

제인이 외쳤다.

"당연하죠. 저는 아기를 세 명 반이나 키운걸요."

레베카가 아기에게 양말을 신기면서 명랑하게 대답했다.

"나는 네가 인형을 더 좋아할 줄 알았지."

"인형도 좋아하지만, 인형은 감정이 없잖아요. 인형 놀이를
할 때는 인형이 화가 났거나, 아프거나, 나를 좋아하거나 아니
면 싫어하는 척을 해야 해요. 아기들은 조금 성가시기는 해도
훨씬 더 재미있어요."

제인이 가느다란 금반지를 낀 손을 내밀자 아기가 통통한
손으로 그녀의 손가락을 꼭 쥐었다.

"약지에 반지를 끼고 계시네요, 제인 이모? 결혼하려고 하
신 적이 있어요?"

"그랬지, 오래전에."

"그런데요, 제인 이모?"

"그 사람이 죽었어. 결혼하기 얼마 전에."

"아!"

레베카의 눈가가 촉촉해졌다.

"군인이었는데, 총상으로 죽었어. 남부의 병원에서."

"오! 제인 이모! 이모에게서 멀리 떨어진 곳에서요?"

"아니, 내가 곁에 있었어."

"젊은 분이었어요?"

"응, 젊고 용감하고 잘생겼었지. 그 사람은 카터 씨 동생 톰이야."

"오! 두 분이 함께 계셨다니 다행이에요! 그분도 기뻐하셨죠, 제인 이모?"

제인은 잊고 지낸 지난 세월을 돌아보았다. 톰이 기뻐하던 모습이 떠올랐다. 그의 희미한 미소와 피곤한 눈에서 흐르던 눈물, 그녀를 향해 내민 팔, '오, 제인! 사랑하는 제인! 정말 보고 싶었어, 제인!'이라고 말하던 그의 힘없는 목소리. 그것은 정말 견디기 힘든 장면이었다! 제인은 이제껏 그 누구에게도 톰에 관한 이야기를 해본 적이 없었다. 누구도 이해하지 못할 터였기 때문이다. 그런데 그런 그녀가 이제 눈물이 글썽한 눈을 감춘 채 옆에 있는 아이의 어깨에 기대 "정말 힘들었어, 레베카!"라고 말하고 있었다.

심프슨네 아기는 레베카의 무릎에 누워 고개를 뒤로 젖히고 만족스러운 듯 손가락을 빨고 있었다. 레베카는 이모의 잿빛 머리칼에 뺨을 대고 등을 토닥이며 말했다.

"정말 안됐어요, 제인 이모!"

레베카의 눈빛이 부드러워지고, 가슴이 한 뼘 더 자라고, 직관과 감정이 더 깊어졌다. 그녀의 가슴이 다른 가슴을 들여다보고, 다른 가슴이 뛰는 것을 느끼고, 다른 가슴이 내는 한숨 소리를 들었다. 모든 가슴은 이렇게 해서 성숙해간다.

이런 일화는 딕 카터와 리빙 퍼킨스와 홀다 메저브가 웨어햄으로 떠나고, 추운 날씨 탓에 저학년 아이들이 학교에 나오지 않아서 더욱 조용해진 일상에 활기를 불어넣어 주었다.

그러나 레베카 같은 아이에게는 삶이 전적으로 지루하지만은 않았다. 그녀는 대단히 적응을 잘하고, 대단히 유연하며, 대단히 수용적이었다. 어딜 가든 친구를 사귀고, 어느 곳에서든 아는 사람을 만났다.

고기 장수와 생선 장수가 오면 접시를 들고 헛간으로 달려가는 사람도 레베카였고, 과일 행상이나 땜장이의 가족사를 아는 사람도 레베카였고, 이웃 마을에서 아이들과 함께 저녁을 먹거나 밤을 보내달라는 부탁을 받는 사람도 레베카였다. 그러나 겉보기에는 많은 사람과 다양한 종류의 우정을 맺고 있는 것처럼 보이지만 레베카의 가슴 한구석에는 늘 채워지지 않는 허전함이 있었다. 그녀는 엠마 제인을 사랑했지만, 그것은 성격이 잘 맞아서라기보다는 가까운 곳에 살고 또 같은 학교에 다니기 때문에 자연스럽게 생겨난 우정이었다. 레베카는 엠마 제인의 상냥하고 충실하고 헌신적인 면을 높이 샀지만, 그 이상의 지적인 교류를 원했다. 그러나 엠마 제인은 나이가 들면서 조금 나아지기는 했어도 여전히 미성숙했다.

홀다 메저브는 재미있는 것들에 대한 본능적인 사랑과 결혼해서 각각 밀타운과 포틀랜드에 사는 언니들을 방문하면서 얻은 세상에 대한 폭넓은 지식이 매력적이었지만, 날카롭고 동정심이 부족한 면은 마음을 끌기보다는 오히려 멀어지게 했다. 딕 카터와는 적어도 교과목에 대한 지적인 토론이 가능했다. 딕은 야망이 있는 소년으로, 미래에 대한 계획에 대해 레베카와 자유롭게 이야기를 나눴다. 그러나 레베카가 자신의 미래에 대해 이야기하려고 하면 딕의 관심은 눈에 띄게 줄어들었다. 엠마 제인과 훌다와 딕은 하나같이 이상의 세계를 들여다보지 않는 듯했고, 이 점이 그들과 레베카 사이에 간격을 만들어냈다.

제리 아저씨와 세라 아주머니는 매우 만족스러우면서도 위험의 소지가 있는 또 다른 종류의 우정을 나누는 친구들이었다. 레베카의 방문은 그들에게 늘 큰 기쁨을 주었다. 노부부는 레베카가 들려주는 재미있는 이야기와 인생 전반에 관한 그녀의 흥미로운 논평에 감탄했고, 그녀가 하는 아주 사소한 말에도 그것이 마치 예언자의 말이기라도 한 것처럼 거기에 매달렸다. 그리고 레베카는 비록 상대가 콥 부부처럼 평범한 노인들일지라도 그들을 감탄시키는 것에서 자신이 위험한 즐거움을 느낀다는 것을 인정했다. 언덕 위에 레베카의 모습이 보일 때마다 세라 아주머니는 식료품 저장실이나 지하실로 뛰어가서 젤리 타르트나 케이크를 가지고 나왔다. 제리 아저씨는 부엌 창문으로 레베카가 오는지 살피곤 했는데, 아무리 추운 날에도 깨끗한 흰색 셔츠를 입는 제리 아저씨의 여윈 체구를 보면 레베카는 늘 가슴이 따뜻해졌다. 가을에는 종종 제리 아저씨와 함께 감자를 캐거나 콩깍지를 벗겼고, 제리 아저씨 대신 젊은 사람이 역마차를 모는 겨울에는 저녁 무렵에 제리 아저씨가 소젖을 짜는 것을 구경하곤 했다. 제리 아저씨는 리버버러에서 레베카가 전적으로 신뢰하는 유일한 사람이었다. 레베카는 제리 아저씨에게 그녀의 바람과 꿈, 막연한 야망 등 마음속에 있는 모든 것을 털어놓았다. 벽돌집에서는 피아노로 음계를 연습했지만 제리 아저씨의 집에 있는 오르간 앞에서는 즉흥 연주를 하며 새처럼 노래했다. 그럴 때면 음악을 잘 모르는 콥 부부는 그녀의 즉흥 연주에 감탄해 마지않았다.

이곳에서 레베카는 행복했고, 이곳에서 레베카는 사랑받았으며, 이곳에서 레베카는 자기 자신이 될 수 있었다. 그러나 레베카는 그녀를 사랑할 뿐만 아니라 이해하는 누군가가 있지 않을까 하는 생각을 했다. 그녀의 언어를 사용하고, 그녀의 꿈을 이해하며, 그녀의 동경에 반응하는 그런 사람이! 어쩌면 웨어햄이라는 보다 큰 세상에는 그녀처럼 생각하고 꿈꾸는 사람이 있을지도 모른다.

사실 제인은 레베카를 미란다보다 훨씬 더 잘 이해하는 것은 아니었다. 두 자매의 차이점이라면 제인은 당혹해하면서도 레베카에게 끌렸고, 레베카의 엉뚱한 행동이 이해가 안 될 때도 그 이면에 있는 레베카의 선의를 믿었다는 것이다. 벽돌집에서 가장 많이 변화된 사람은 제인이었지만, 그녀의 변화는 대단히 내면적이고 종교적인 성질의 것이어서 겉으로는 잘 드러나지 않았다. 이제 제인에게는 전에 없던 삶의 동기가 생겼다. 식구가 세 명이 되었기 때문에 아침 식사도 부엌이 아니라 식당에서 하게 되었고, 음식도 신경 써야 할 아이가 없을 때보다 훨씬 더 풍성해졌다. 그리고 레베카의 등교로 인해 아침이 활기차졌다. 아침마다 도시락을 싸고, 우산과 비옷과 고무 덧신을 챙기고, 아이가 집을 나서기 전에 마지막 당부의 말을 하고, 자신도 모르는 사이에 창가에서 손을 흔들게 되었기 때문이다.

제인은 레베카가 살이 오르고 혈색이 좋아진 것에 자부심을 느꼈으며, 퍼킨스 부인이 엠마 제인의 피부에 대해 장황하게 이야기할 때면 레베카의 머리 길이와 윤기 흐르는 고운 머릿결에 대해 언급하곤 했다. 레베카의 드레스를 빨간색으로 할지 갈색으로 할지가 문제가 되었을 때 제인은 전적으로 레베카의 편을 들었고, 레베카의 검은색 펠트 모자에 새 모양의 빨간 장식을 다는 문제를 놓고 언니와 입씨름을 벌였다. 밤에 고개를 숙이고 공부하는 레베카를 보면서 느끼는 제인의 조용한 즐거움은 누구도 짐작할 수 없었고, 미란다가 기도 모임에 간 조용한 저녁에 「히아와타」나 「바버라 프리치」, 「불어라, 나

팔아」.「시내」같은 시를 소리 내어 읽는 레베카를 보면서 느끼는 제인의 기쁨은 누구도 상상하지 못했다. 제인의 평범한 삶이 이 신선한 영혼에서 뿜어내는 이슬을 맞고 활짝 피어났고, 그녀의 지루하고 답답한 일상이 늘 '천상의 불꽃'을 뿜어내는 듯한 어린 조카의 존재로 인해 활기차졌다.

미스 로스 같은 화가가 되겠다는 레베카의 생각은 점차 희미해졌다. 그림을 배우는 데는 큰 어려움이 따랐기 때문이다. 미란다 이모는 그림을 그려서 돈을 벌 수도 없는데 그림은 배워서 어디에 쓰겠느냐는 주의였다. 그 당시 리버버러에서는 유쾌한 분위기의 다색 석판화나 위엄이 느껴지는 동판화가 높은 평가를 받고 '손으로 그린 그림'은 별로 대접을 받지 못했다. 그러나 레베카가 교회에서 오르간을 연주하는 미스 모튼에게서 약간의 음악 수업을 받는 데는 일말의 희망이 있었다. 그것은 전적으로 모튼 부인이 딸의 1년 치 레슨비로 건초 시렁을 받을 것인지 여부에 달려 있었는데, 모튼 부인은 건초밭을 파느냐 마느냐로 고민 중이었다. 미란다는 다른 모든 취미 활동과 마찬가지로 음악도 쓸데없고 어리석은 오락으로 여겼지만, 제인이 현금이 아닌 물건으로 수업료를 충당하기만 한다면 레베카가 레슨을 받고 하루에 한 시간씩 피아노 연습을 하는 것을 허락하기로 했다.

서니브룩 농장의 소식도 희망적이었다. 앤 이모의 남편이 죽어서 레베카가 가장 좋아하는 동생인 존이 그 집에 가서 허드렛일을 해주게 되었다. 존은 말과 소를 돌보고 헛간을 정리하는 대가로 좋은 교육을 받게 되었으며, 여기에 더해 죽은 의사의 30, 40권쯤 되는 의학 도서를 마음껏 볼 수 있게 되었다. 존은 시골 의사가 되어 레베카와 함께 사는 게 꿈이었다. 그런데 그 꿈이 이제 현실적으로 너무도 가깝게 다가와 그는 자신이 말을 타고 눈길을 헤치며 왕진을 가는 모습이나, 그보다는 덜 극적이고 덜 매력적이기는 하지만 의사가 된 자신과 검정색 실크 드레스를 입은 미스 레베카 랜들 사이에 왕진 가방을 내려놓고 마차로 시골길을 달리는 모습을 상상할 수 있었다.

한나는 이제 머리를 곱슬곱슬하게 꾸미고 복사뼈까지 내려오는 긴 드레스를 입었다. 마크는 쇄골뼈가 부러졌는데 점차 회복되고 있었고, 막내 미라는 갈수록 예뻐졌다. 템퍼런스와 플럼빌을 잇는 철도가 랜들 농장 근처를 지나게 될 거라는 소문도 있었는데, 그렇게 되면 농장의 땅값이 오를 터였다. 랜들 부인은 가정 경제가 나아질 수 있다는 가능성을 생각하지 않기로 했다. 생계를 위해 해가 뜰 때부터 질 때까지 일하는 것에 만족하며 그녀는 삶이 힘들고 우울한 어머니들이 그렇듯 그녀 자신의 현재가 아니라 자식들의 미래를 위해 살았다.

흐린 날과 갠 날

레베카는 심프슨네 집에서 있었던 추수감사절 파티 이후의 한두 해를 돌이켜보았다. 조용했던 몇 달 사이에 특별한 사건이 몇 가지 있었다.

첫 번째 특별한 사건은 크리스마스 날에 일어났다. 나무에 눈부신 펜던트처럼 고드름이 달려 있고 눈의 표면이 연푸른 색으로 반짝이는, 수정처럼 맑고 상쾌한 아침이었다. 사방이 흰 눈으로 덮인 가운데 심프슨네 빨간 헛간이 두드러져 보였다. 지난 몇 주 동안 레베카는 서니브룩 농장의 일곱 식구에게 보낼 선물을 준비하느라 바쁘게 지냈다. 힘들게 모은 50센트로는 선물을 마련하는 데 어려움이 있었지만, 결국 선물 마련에 성공해서 이틀 전에 그 소중한 선물 꾸러미를 보낼 수

천국의 방문자들

있었다.

미란다는 레베카에게 근사한 회색 다람쥐 머프(양손을 따뜻하게 하는 모피로 만든 외짝 토시 같은 것)와 목도리를 사주었다. 그러나 미란다의 선물은 레베카의 다른 옷들과 잘 어울리지 않았다. 반면에 제인은 어린잎처럼 고운 초록빛의 아름다운 캐시미어 드레스를 만들어주었다. 디자인은 단순하지만 색상이 눈을 즐겁게 해주는 드레스였다. 게다가 엄마가 보내준 레이스 칼라와 콥 부인이 준 주황색 장갑과 엠마 제인이 준 손수건도 있었다.

레베카는 두 이모를 위해 조그맣게 'M' 자를 수놓은 찻주전자용 보온 커버와 'J' 자를 수놓은 프릴 달린 예쁜 바늘꽂이를 만들었다. 따라서 전체적으로 볼 때 그날은 분명히 성공적이었다. 그런데 또 다른 일이 일어났다.

아침 식사 시간에 문을 두드리는 소리가 들려서 레베카가 나가보니 한 소년이 레베카 랜들이 여기 사느냐고 물었다. 레베카가 그렇다고 대답하자 그 소년은 그녀의 이름이 적혀 있는 꾸러미를 건네주었다. 레베카는 꿈을 꾸는 듯한 기분으로 그것을 들고 식당으로 왔다.

"선물이 틀림없어요. 그런데 누가 보냈는지 모르겠어요."

레베카가 멍하니 꾸러미를 바라보며 말했다.

"열어보면 알겠지."

미란다가 말했다.

꾸러미를 열어보니 그 안에 조금 더 작은 꾸러미 두 개가 들어 있었다. 레베카가 떨리는 손으로 자기 이름이 적혀 있는 꾸러미를 열어보았다. 이런 경우 누구라도 손이 떨렸을 것이다. 꾸러미 안에 케이스가 들어 있어서 뚜껑을 열어보니 분홍색 산호로 된 목걸이가 나왔다. 목걸이 끝에 장미꽃 봉오리 같은 산호 십자가가 달려 있었고, 그 밑에는 "메리 크리스마스, —알라딘으로부터"라고 쓰여 있는 카드가 놓여 있었다.

두 이모가 벌떡 일어났다.

"세상에! 누가 보냈다니?"

"래드 씨요."

레베카가 조그만 목소리로 대답했다.

"애덤 래드? 애덤일 거라고는 생각도 못 했네! 언니, 애덤이 레베카에게 크리스마스 선물을 보낼 거라던 엘런 버넘의 말, 기억 나? 하지만 애덤이 그걸 기억하고 있을 줄은 몰랐어. 다른 꾸러미는 뭐니?"

제인이 말했다.

다른 꾸러미는 파란색 에나멜 로켓(사진 따위를 넣어 목걸이에 다는 작은 갑)이 달린 은목걸이로, 엠마 제인에게 보내는 것이었다. 애덤이 두 사람을 다 기억하고 있다는 사실이 감동을 더해주었다. 편지도 있었다.

레베카 로웨나에게

    나는 크리스마스에 선물을 주는 것은 불필요하고 쓸데 없는 짓이라고 생각했단다. 하지만 이런 물건을 주면 사람들이 좋아하더구나. 내가 선물을 잘못 고른 게 아니기를 바란다. 오늘 오후에 이 목걸이를 하고 있어 주겠니? 오후에 리버버러로 가서 너와 네 친구를 새로 산 썰매에 태워주려고 하는데, 그때 목걸이를 한 모습을 보고 싶구나. 숙모님이 너에게 산 비누를 마음에 들어 하셨단다.

진실한 친구
애덤 래드

    제인이 외쳤다.

    "이렇게 친절할 수가! 리디아 버넘의 말처럼 애덤은 정말 아이들을 좋아하는구나. 이제 아침을 먹으렴, 레베카. 얼른 먹고 설거지가 끝나면 엠마 제인네 집으로 달려가서 선물을 전해줘야지. 얘야, 왜 그러니?"

    레베카의 여러 감정들은 늘 서로 이웃해 있는 칸에 저장되어 있어서 끊임없이 뒤섞이는 듯했다. 이 순간, 레베카는 말로 형용할 수 없을 만큼 기쁘면서도 빵을 삼킬 수 없을 정도로 목이 메었고 간간이 눈물이 뺨을 타고 흘러내렸다.

래드는 약속한 대로 리버버러로 와서 두 이모를 만나고, 만난 지 5분 만에 마치 서로 오래 알고 지낸 사이처럼 그들을 잘 이해하게 되었다. 레베카는 벽난로 근처의 발판에 앉아 있었는데, 자신의 화사한 옷차림과 미란다 이모의 존재가 너무도 의식이 된 나머지 한마디도 하지 못했다. 그날은 그녀의 "아름다운 날들" 중 하나였다. 행복감과 들뜬 마음, 초록빛 캐시미어 드레스와 분홍색 산호 목걸이가 작은 갈색 굴뚝새를 공작새로 바꿔놓았고, 그런 그녀의 모습을 애덤 래드는 만족스러운 눈빛으로 바라보았다.

썰매를 타는 동안 레베카는 말문이 열려 수다쟁이처럼 이런저런 이야기를 늘어놓았고, 그렇게 해서 근사한 크리스마스가 끝났다. 그 후로 여러 날 밤을 레베카는 그 소중한 산호 목걸이를 베개 밑에 두고 잤다. 목걸이가 잘 있는지 확인하기 위해 한 손을 목걸이에 가져다 댄 채로.

또 다른 특별한 사건은 심프슨네가 리버버러를 떠난 것이다. 시소를 안 보게 된 것은 좋은 일이었지만 한꺼번에 놀이 친구 몇 명을 잃게 되어 타격이 컸다. 레베카는 어쩔 수 없이 로빈슨네 아기를 데리고 놀아야 했다. 그나마 로빈슨네 아기가 리버버러의 아기들 중 가장 큰 아기였기 때문이다. 시소가 이사 가기 전날 저녁에 벽돌집에 찾아와서 레베카에게 "네가 자-자-자란 후에 연락해도 될까?" 하고 진지하게 물었지만,

레베카는 "안 돼" 하고 대답하면서 황급히 문을 닫아버렸다.

심프슨은 아내와 아이들을 데리고 그들이 태어난 곳, 그러나 결코 두 팔 벌려 환영하지는 않는 곳으로 옮겨갔다. 온 마을 사람들이 심프슨네 가족이 이사하는 것을 지켜보았지만, 그토록 경계를 했음에도 불구하고 교회의 설교단 의자 하나와 등유 램프 몇 개, 그리고 작은 난로 하나가 사라졌다. 그것들은 심프슨네가 옛집에서 새집으로 옮겨가는 길목 어딘가에서 다른 물건과 교환되었다. 레베카와 엠마 제인은 애브너 심프슨이 이사 갈 때 지나친 어떤 마을의 한 야심적인 젊은 목사가 새 교회의 응접실에 둘 멋진 램프를 구했다는 소식을 듣고 한동안 슬픔에 잠겼다. 그 목사는 낡은 자전거를 주고 램프를 얻었기 때문에 그 거래에 돈이 오가지는 않았다. 이 모든 일에서 유일하게 유쾌한 요소는 소중한 램프를 잃고 슬퍼하는 아이들을 달랠 수 없었던 심프슨이 자전거를 타고 사라져 여러 날 동안 돌아오지 않았다는 것이다.

그해는 레베카가 어린나무처럼 키가 쑥쑥 자란 해이기도 했다. 레베카는 열 살 이후로 1센티미터도 자라지 않는 듯했지만 한번 자라기 시작하자 무섭게 성장해서, 제인은 몇 달간 드레스의 치맛단과 소매와 허리를 늘리느라 바빴다. 하지만 검약한 뉴잉글랜드 여인이 온갖 솜씨를 발휘해도 치마 길이를 늘리는 데는 한계가 있어서, 결국 그녀는 그 드레스들을 서너

브룩 농장으로 보내 제니가 물려 입도록 했다.

특별한 사건이 또 하나 있었는데, 그것은 랜들 집안의 아기, 미라가 죽어서 서니브룩 농장의 버드나무 밑에 묻힌 것이다. 레베카는 2주간 농장에 가 있었다. 태어날 때부터 쭉 그녀가 돌봐왔던 미라의 죽음 앞에서 그녀는 새롭고 많은 생각을 하게 되었다. 때때로 죽음의 신비는 삶에서 보다 큰 신비를 일깨워주기에.

그것은 슬픈 귀향이었다. 미라의 죽음과, 레베카의 특별한 동지인 존의 부재, 어머니의 슬픔, 외따로 떨어져 있는 작은 집, 어려운 집안 형편 등은 레베카처럼 아름다움과 조화에 민감한 아이를 한없이 우울하게 했다.

한나는 레베카가 없는 동안 어른이 돼 있었다. 한나에게는 늘 아이답지 않은 분위기가 있었는데, 이제는 제인 이모보다 더 나이 들어 보이며, 더 차분하고 더 안정되어 보였다. 한나는 비록 개성은 없었지만 예뻤다. 예쁘고 유능했다.

레베카는 예전에 자주 다니던 장소들, 그녀 혼자만 알고 있거나 존에게도 알려준 그 모든 비밀의 장소들을 둘러보았다. 수정란풀이 자라는 곳과 아주 크고, 아주 파란 용담이 자라는 소택지(늪과 연못으로 둘러싸인 습한 땅), 찌르레기 둥지가 있는 사탕단풍나무, 들쥐가 사는 산울타리, 흰 독버섯이 마법처럼 솟아나곤 하는 이끼 낀 나무 그루터기, 노송의 뿌리에 난 두꺼

비가 드나드는 구멍. 이 모든 것이 그녀의 어린 시절을 나타내주는 이정표였다. 레베카는 아주 먼 곳을 지나온 듯한 느낌으로 그것들을 바라보았다. 존 다음으로 그녀의 좋은 벗이 되어준 사랑스러운 개울은 겨울에는 춥고 우울하게 느껴졌다. 햇빛에 반짝이며 깔깔대던 개울물은 이제 볼 수 없었다. 여름에는 개울물이 즐겁게 춤을 추며 하얀 조약돌 위를 지나 조용히 사색에 잠길 수 있는 깊은 곳으로 흘러들곤 했지만 지금은 수의 같은 흰 눈에 싸여 조용히 누워 있었다. 레베카는 개울가에 무릎을 꿇고 앉아서 얼음장 위에 귀를 가져다 댔다. 그러자 개울의 아주 깊은 곳에서 희미한 물소리가 들려오는 듯했다.

그렇다, 모든 게 괜찮았다! 봄이 오면 개울은 다시 노래할 것이다. 어쩌면 미라도 어디에선가 노래하고 있을지 모른다. 어디에서 어떻게 노래하고 있을까? 레베카는 혼자 산책하는 동안 한 가지 것에 대해 생각하고 또 생각했다. 한나에게는 기회가 없었다. 한나는 집안일과 농장일로부터 자유로웠던 적이 한 번도 없었다. 반면에 그녀, 레베카는 모든 특권을 누려왔다. 벽돌집에서의 삶은 결코 꽃길이라고 할 수는 없었지만, 공부를 하고 책을 읽을 수 있을 뿐만 아니라 다른 아이들과 함께 놀 수도 있었다. 리버버러가 곧 세상은 아니었지만 적어도 세상을 엿볼 수 있는 작은 구멍은 되었으며, 작은 구멍이라도 있는 것은 아무것도 없는 것보다 훨씬 더 나았다. 레베카가 자신이 원하는 것들을 희생하기로 마음먹기까지는 적지 않은 눈물을 흘려야 했다. 벽돌집으로 돌아갈 날이 얼마 남지 않은 어느 날 아침, 레베카는 용감하게 말을 꺼냈다.

"한나 언니, 이번 학기가 끝나면 내가 집에 있을 테니 언니가 벽돌집으로 가. 미란다 이모는 늘 언니가 오기를 바랐어. 그러니 다음 번에는 언니가 가는 게 맞아."

양말을 깁고 있던 한나는 실을 바늘에 꿰며 말했다.

"고맙지만 사양할게. 내가 없으면 엄마가 힘드실 거야. 그리고 나는 학교에 다니고 싶지 않아. 읽고, 쓰고, 계산할 수 있으면 그것으로 충분해. 교사가 되어 학생들을 가르치는 건 죽기보다 싫어. 윌 멜빌이 어머니의 재봉틀을 빌려주겠다고 하니까 제인 이모가 보내준 모슬린 천으로 흰색 페티코트를 만들다 보면 겨울이 금방 지나갈 거야. 그리고 새해가 되면 템퍼런스에 노래 교실과 사교 모임이 열릴 테니 즐거운 시간을 보낼 수 있을 거야. 나는 외롭지 않아, 레베카. 그리고 이곳을 사랑해."

한나는 얼굴을 붉히며 말을 마쳤다.

레베카는 한나가 진실을 말한다는 것을 알 수 있었지만, 그녀가 얼굴을 붉힌 이유는 한두 해가 더 지나기 전까지는 알 수 없었다.

우리 집으로 오세요

　사람들에게 깊은 인상을 심어준 또 다른 특별한 사건이 있었다. 바로 시리아에서 돌아온 선교사, 에이머스 버치 목사 부부가 리버버러를 방문한 사건이었다.

　자선 협회에서 버치 선교사 부부를 위한 모임을 연 것은 3월의 어느 수요일로, 그해는 레베카가 리버버러의 학교를 졸업하고 웨어햄에 있는 학교에 진학한 해였다. 그날은 사나운 바람이 부는 추운 날이었다. 땅에 눈이 쌓여 있었고 하늘이 흐릿한 게, 눈이 조금 더 내릴 것 같았다. 미란다와 제인은 둘 다 감기에 걸려서 모임에 가지 않기로 했다. 하지만 협회 간부인 미란다는 자기 의무를 게을리하는 것 같아서 걱정이 되었다. 그녀는 아침 식탁에서 사람들을 충분히 불편하게 만들고 자신이 아플 때 제인도 같이 아프다고 하는 일이 없었으면 좋겠다고 말한 뒤 그들을 대신하여 레베카가 모임에 참석하는 게 좋겠다고 결정했다.

미란다가 말했다.

"아무도 안 가는 것보다 너라도 가는 게 낫겠다, 레베카. 네가 오후 수업에 빠질 수 있도록 제인 이모가 편지를 써줄 거야. 그러니 고무 덧신을 신고 학교에 갔다가 모임에 다녀오너라. 내 기억이 맞다면 버치 목사님은 네 할아버지랑 잘 아는 사이였고, 선교사로 지원한 당시에 이 집에 묵은 적도 있어. 어쩌면 목사님이 우리를 찾을지도 모르니 네가 가족을 대표해서 모임에 참석하고 그분께 경의를 표하거라. 그리고 행동거지를 조심해야 한다. 기도할 때는 고개를 숙이고, 찬양을 할 때는 찬송가를 모두 따라 부르되 너무 큰 소리로 부르지는 않도록 해. 스트라우트네 아이가 차도가 있는지 물어보고, 모두에게 우리가 지독한 감기에 걸렸다고 전하렴. 그리고 모임이 시작되기 전에 기회를 봐서 손수건으로 멜로디언의 먼지를 닦거라. 헌금 순서가 있을지 모르니까 응접실의 성냥갑에서 25 센트를 꺼내 가고."

레베카는 기꺼이 모임에 참석하기로 했다. 그녀에게는 선교사를 위한 모임조차 흥미로웠던 데다 가족을 대표한다고 생각하니 꿈만 같았기 때문이다.

모임은 주일학교 교실에서 이루어졌다. 레베카가 교실에 들어갔을 때는 이미 버치 목사가 단상에 올라가 있었지만, 그곳에 모인 사람은 열두어 명밖에 안 되었다. 어른들 틈에서 혼자만 어린아이인 레베카는 친숙한 얼굴을 찾아 교실을 둘러보다가 앞줄 한구석에 로빈슨 부인이 앉아 있는 것을 발견하고 그 옆으로 가서 앉았다.

"이모 두 분 다 지독한 감기에 걸리셔서 제가 가족 대표로 왔어요."

레베카가 작은 목소리로 말했다.

"단상 위에 남편과 함께 서 있는 사람이 버치 부인이야. 정말 까무잡잡하지 않니? 영혼을 구원하려면 피부색 따위는 포기해야 하나 보다. 그런데 유덕시 모튼이 늦네. 빨리 와야 할 텐데. 안 그러면 밀리켄 부인이 찬송가의 음을 너무 높이 잡을 거야. 밀리켄 부인이 목청을 가다듬기 전에 네가 먼저 음을 잡으면 안 될까?"

로빈슨 부인이 속삭였다.

버치 부인은 작고 가녀린 여인으로, 검은 머리에 넓은 이마와 인내심이 엿보이는 입을 가지고 있었다. 닳아빠진 검정색 실크 드레스를 입은 그녀의 눈이 몹시 지쳐 보여서 레베카는 그녀에게 연민을 느꼈다.

"버치 목사님 부부는 매우 가난하단다. 하지만 사람들이 뭐라도 선물하면 그것을 이교도들에게 주려고 하실 거야. 파슨스필드에 있는 교회 신도들이 돈을 모아서 지금 버치 목사님이 차고 있는 저 금시계를 선물해주었는데, 만약 이교도들에게 시계가 필요했다면 그 시계도 주셨을걸. 하지만 이교도들은 해를 보고 시간을 짐작하니까 시계가 필요 없지. 유덕시가안 오네. 레베카, 제발 부탁이니 찬양할 때 네가 밀리켄 부인보다 먼저 음을 아주 낮게 잡아서 노래하렴."

로빈슨 부인이 속삭였다.

예배가 시작되었다. 기도가 끝나자 버치 목사는 멘던이 지은 찬송가를 불렀다.

하느님의 교회여, 일어나 빛을 발하라.
신성한 진리의 빛으로 밝게 타오르라.
그대의 빛이 이방 나라들에 널리 퍼지도록.

열방과 왕들이 그대의 빛을 보고
그대를 사랑하고 찬미하리라.
그들이 하늘을 가로지르는 구름처럼,
창가로 날아오는 비둘기처럼 나아오리라.

"혹시 반주를 맡아주실 분이 계신가요?"

버치 목사가 물었다.

사람들은 서로 얼굴만 쳐다볼 뿐, 아무도 손을 들지 않았다. 그때 한쪽 구석에서 "레베카, 네가 하지 그러니?" 하고 말하는 목소리가 들려왔다. 콥 부인이었다. 어둠 속에서도 멘던의 곡을 연주할 수 있었던 레베카는 군소리 없이 멜로디언이 있는 곳으로 갔다. 이모들이 옆에 없어서 자의식을 느끼지 않은 게 도움이 되었다.

그다음에 이어진 설교는 흔히 들을 수 있는 내용이었다. 버치 목사는 복음 전파를 위해 힘써야 함을 강조하면서 어둠 속에 있는 사람들을 개인적으로 만날 수 없는 모든 사람이 낯선 이방 땅에서 복음을 전하는 선교사들을 자유롭게 후원할 것을 호소하였다. 그는 거기서 더 나아가 외국 생활에 관한 이야기, 이를테면 그 나라 사람들의 태도라든가 관습, 언어 같은 것들과 심지어 자신의 집안 이야기, 즉 그의 헌신적인 조력자와 시리아 하늘 아래에서 태어난 자녀들에 관한 이야기까지 잘 버무려서 재미있으면서도 진지한 설교를 들려주었다.

레베카는 다른 세상에 관한 이야기에 푹 빠져들었다. 리버버러는 그녀의 의식에서 멀어져갔다. 주일학교 교실은 로빈슨 부인의 빨간색 체크 무늬 숄과 밀리켄 집사의 가발, 낡은 장의자, 찢어진 찬송가 책, 벽에 걸려 있는 지도와 성경 구절 등과 함께 사라지고 시리아의 푸른 하늘과 반짝이는 별들, 흰 터번과 다채로운 색상이 눈에 아른거렸다. 버치 목사가 말하지는 않았어도 그곳에는 모스크와 사원과 첨탑과 대추야자가 있을 것이다. 시리아의 하늘 아래에서 태어난 버치 목사의 자녀들은 얼마나 근사한 이야기를 알고 있을 것인가! 그때 레베카에게 「예수님이 온 세상을 다스리시네」를 연주해달라는 요청이 들어왔다.

헌금 바구니가 돌고, 버치 목사가 기도를 했다. 그 후 눈을 뜨고 마지막 찬송가를 부를 때 버치 목사는 거기 모인 몇 명 안 되는 사람들과 헌금 바구니 안에 있는 동전 몇 닢을 보고 그의 사명이 단지 교회를 짓는 데 필요한 기금을 모으는 것만이 아니라 이 모든 외딴 마을들에 복음 전파에 대한 열정을 불러일으키는 것임을 떠올렸다.

"오늘 저녁에 저희를 초대해주실 자매님이 계시다면 저희 부부는 내일까지 그 댁에 머물면서 작은 모임을 열도록 하겠습니다. 그 모임에서 제 아내와 아이들 중 한 명이 원주민의 옷을 입어 보여드리고 시리아의 공예품들을 보여드리는 한편 우리 부부의 자녀교육법에 대해 설명해드리겠습니다. 질문과 대화가 가능한 이 모임을 통해 여러분은 교회 예배에서는 좀처럼 접하기 어려운 것들을 보실 수 있을 겁니다. 그래서 다시 한번 말씀드리는데, 여러분 중에 이 작은 모임을 원하시는 분이 있다면 우리는 기꺼이 그 댁에 머물면서 하느님의 일에 대해 더 많이 말씀드리고자 합니다.”

교실 안에 침묵이 드리워졌다. 그곳에 모인 모든 '자매님들'에게는 버치 목사 부부를 초대할 수 없는 그럴듯한 이유가 있었다. 어떤 사람은 여분의 방이 없었고, 어떤 사람은 식료품 저장실이 비어 있었으며, 어떤 사람은 가족 중에 환자가 있었고, 어떤 사람은 “믿지 않는 자와 멍에를 같이”한 까닭에 목사 부부를 초대할 수 없었다. 버치 부인이 긴장한 듯 가느다란 손가락으로 검정색 실크 드레스를 만지작거렸다.

'아무도 말을 안 하다니!'

레베카의 가슴이 연민으로 가득 찼다.

로빈슨 부인이 레베카의 귀에 대고 속삭였다.

“선교사들은 늘 벽돌집에서 묵곤 했지. 네 할아버지는 당신이 살아 계시는 동안 선교사들이 다른 데서 묵게 하지 않으셨어.”

이것은 1년 내내 닫혀 있는 네 개의 손님방을 떠올리며 미란다의 인색함을 꼬집어서 한 말이었지만, 레베카는 목사 부부를 초대하라는 뜻으로 받아들였다. 그것이 집안의 관습이었다면 어쩌면 이모들은 그녀가 올바른 일을 하기를 바랄 것이다. 그런 이유에서가 아니라면 그녀를 왜 가족 대표로 보냈겠는가? 그리하여 레베카는 기쁜 마음으로 자리에서 일어나, 그녀를 마을의 다른 아이들과 구별해주는 특이한 태도와 예쁜 목소리로 말했다.

"제 이모인 미스 미란다와 미스 제인 소여는 목사님 내외분이 벽돌집에 방문해주시기를 바랄 겁니다. 할아버지가 살아 계실 때는 선교사님들이 늘 벽돌집에 묵으셨으니까요. 이모들은 제게 그분들을 대신하여 목사님께 경의를 표하라고 하셨어요."

'경의'가 이런 식으로 거창하게 표현되리라는 것을 알았더라면 이모들은 기절을 했을 것이다. 그러나 청중에게는 깊은 인상을 심어주어서, 사람들은 미란다 소여가 이렇게 갑자기 마음을 바꾼 것을 보면 그녀가 천국의 대저택으로 가는 대단히 빠른 길을 택한 것이라고 결론지었다.

버치 목사는 정중하게 고개 숙여 초대를 받아들이고 밀리켄 집사에게 기도를 부탁했다.

만약 영원하신 하느님이 지치실 수 있다면, 그분은 40년간 거의 같은 기도를 드려온 밀리켄 집사의 기도를 듣는 것을 오래전에 그만두셨을 것이다. 밀리켄 집사의 기도가 끝나자 퍼킨스 부인의 기도가 이어졌다. 그녀는 몇 가지를 간구하는 진지한 기도를 드렸지만, 그것은 성경 구절을 이리저리 꿰어맞춘 살짝 틀에 박힌 기도였다. 레베카는 퍼킨스 부인이 왜 아주 평화로운 시기에도 늘 "전쟁의 하느님, 우리가 크리스천 군병답게 어려움을 헤치고 나아갈 때 우리와 함께하소서"라는 말

로 기도를 끝맺는지 모르겠다고 생각해왔지만, 오늘은 모든 게 진실한 울림을 띠고 다가왔다. 레베카는 경건한 마음이 되었고, 버치 목사가 말한 많은 것들에 묘한 감동을 받았다. 레베카가 고개를 들자 버치 목사가 그녀를 똑바로 바라보며 말했다.

"우리 어린 자매님이 마치는 기도를 해주시겠습니까?"

레베카는 심장이 멎는 듯했다. 침묵 속에서 콥 부인의 흥분한 숨소리가 또렷이 들려왔다. 버치 목사의 요청에는 특별할 게 없었다. 그는 시골 교회들을 돌아다니면서 아홉 살이나 열 살 때 '종교 체험'을 하고 교회에 등록한 어린 신자들을 많이 보아왔다. 레베카는 열세 살이었고, 멜로디언으로 찬송가 반주를 했고, 찬양을 인도했고, 꽤 근사하게 이모들의 초대를 전했다. 그래서 그는 레베카가 교회의 대들보라고 생각하고 그녀에게 기도를 부탁한 것이다.

곤경에 처한 레베카는 보기에 딱할 정도였다. 그녀가 어떻게 거절할 수 있겠는가! 어떻게 자신이 '교인'이 아니라고 말할 수 있겠는가! 어떻게 이 모든 나이 지긋한 부인들 앞에서 기도할 수 있겠는가! 화형대에 선 존 로저스도 이 순간의 레베카만큼 고통스럽지는 않았으리라. 레베카는 집사들은 서서 기도하고 여자들은 앉아서 기도한다는 사실을 잊어버리고 자리에서 일어났다. 그녀의 마음은 버치 목사가 스크린 위에 띄워놓은 그림 속의 미로 같았다. 물론 그녀는 일반적인 기도 문구를 알고 있었다. 수요일 저녁 예배에 익숙한 어떤 뉴잉글랜드 아이가 기도 문구를 모르겠는가? 레베카는 떨리는 목소리로 천천히 기도하기 시작했다.

하늘에 계신 우리 아버지, … 당신은 메인주에서 하느님이신 것과 마찬가지로 시리아에서도 하느님이십니다. 오늘 시리아에는 하늘이 푸르고, 태양이 붉게 타오르고, 노란 별들이 뜨고 … 아름드리 나무의 잎사귀들이 산들바람에 흔들리지만, 이곳에는 발밑에 눈이 쌓여 있습니다. … 하지만 하느님이 여행하시기에 너무 먼 곳은 없으며, 따라서 하느님은 시리아 사람들과 함께 계신 것처럼 이곳의 우리와도 함께 계십니다. … 그리고 우리의 생각은 "창가로 날아오는 비둘기처럼" 당신께로 들어 올려집니다.

우리 모두가 선교사가 되어 사람들에게 선해지는 법을 가르칠 수는 없습니다. … 우리 중 일부는 아직 자기 자신도 선해지는 법을 배우지 못했습니다. 그러나 아버지의 나라가 임하시고 아버지의 뜻이 하늘에서 이루어진 것같이 땅에서도 이루어지려면 모든 사람이 선해지려고 노력하고 모두가 서로 도와야 할 것입니다. … 늙고 지친 사람들과 젊고 강한 사람들 … 시리아의 하늘 아래에서 태어났다는 목사님의 어린 자녀들에게는 당신을 위해 해야 할 낯설면서도 흥미로운 일들이 있습니다. 그리고 우리 중 몇몇은 먼 나라에 가서 이교도들을 위해 놀라운 일을 하고, 나무와 돌로 만든 우상을 부드럽게 몰아낼 것입니다. 하지만 어쩌면 집에 머물면서 우리에게 주어진 일을 해야 할 수도 있습니다. … 때로는 싫어하는 일도요.

… 하지만 이것이 바로 찬송가에서 말하는, 매일 아침에 드리는 희생 제사에서 올라오는 달콤한 향기일 것입니다. … 하느님은 이런 방식으로 우리에게 온유해지는 법과 인내하는 법을 가르치시며, 하느님이 그렇게 의도하셨다는 생각은 우리가 두려움을 떨치고 이 세월을 견딜 수 있게 도와줍니다. 아멘.

레베카의 기도는 다양한 찬송가에 등장하는 구절들과 버치 목사가 설교할 때 사용한 이미지들을 이어놓은 것에 불과했지만, 그녀에게는 이것들을 새롭게 연결함으로써 독특한 효과를 내는 그녀만의 방식이 있었다. 어떤 사람들의 말에는 화자의 특성이 전혀 드러나지 않지만, 레베카의 말에는 화자의 특성이 고스란히 드러났다.

기도를 마친 레베카는 정신없는 가운데 의자라고 생각되는 곳에 앉았다. 버치 목사의 축도가 이어졌다. 사방이 빙빙 도는 듯한 느낌이 사라진 1, 2분 뒤에 레베카는 버치 부인에게 다가갔다. 그러자 버치 부인은 레베카에게 다정하게 입맞춤하며 말했다.

"얘야, 너희 집에 머물게 되어 얼마나 기쁜지 모르겠구나. 5시 반에 가면 너무 늦을까? 지금이 3시인데, 아이들과 짐가방을 찾으러 역에 다녀와야 하거든. 다시 돌아가야 할지 아니면 이곳에 머물게 될지 몰라서 역에 맡겨놓았단다."

레베카는 5시 반이 벽돌집의 식사 시간이라고 말한 뒤 마차로 집에 데려다주겠다는 콥 부인의 제안을 받아들였다. 레베카의 붉게 달아오른 얼굴과 떨리는 입술을 본 세라 아주머니는 집에 가는 길에 거의 아무 말도 하지 않았다. 그러나 레베카는 차가운 바람과 말없이 곁을 지키는 세라 아주머니의 존재로 인해 제정신을 되찾고 활기차게 벽돌집으로 들어갔다. 할 말이 너무 많아서 옆문에서 고무 덧신을 벗고 있을 마음의 여유가 없었던 레베카는 깔개를 조심스럽게 들어서 응접실 입구에 놓고 그 자리에 섰다.

제인 이모가 말했다.

"'난롯가에 놓아둔 신발이 따뜻해졌을 거야'라고 말하면서 그 신발을 신으렴."

정말 힘들었어, 라고 말하며
내 어깨에 머리를 기댄 사람이 있었나요?
다른 사람이 내는 한숨 소리를 들을 수 있다면
우리는 비로소 성숙해질 수 있어요

이즈리얼 집사의 후계자

"사람들이 아주 적었어요, 미란다 이모. 그리고 선교사님 부부는 정말 좋은 분들이었어요. 오늘 저녁에 우리 집에 오셔서 내일까지 머물기로 하셨는데, 괜찮죠?"

레베카가 말했다.

"집에 오신다고?"

미란다가 뜨개질하던 것을 무릎에 내려놓고 몹시 흥분할 때면 늘 그렇듯이 안경을 벗으며 소리쳤다.

"그분들이 오겠다고 하셨니?"

"아니요. 이모들을 대신해서 제가 그분들을 초대해야 했어요. 하지만 그렇게 재미있는 분들이 오시면 이모들도 좋아하실 거라고 생각했어요. 그게 어떻게 된 거냐 하면요…"

　　　　　　　　　　　　　　　　　천국의 방문자들

"설명은 그만하고 언제 오시는지부터 말해봐. 지금 당장 오신다는 거냐?"

"아니요, 두 시간은 더 걸릴 거예요. 5시 반쯤요."

"그럼 이제 설명해보거라. 대체 무슨 권한으로 잘 알지도 못하는 사람들을 초대해서 하룻밤을 묵게 한 거냐? 지난 20년간 이 집에 손님을 묵게 한 적이 없고 앞으로 20년간도 그럴 일이 없다는 걸 잘 알면서 말이다."

"이야기를 다 들어보기 전까지는 너무 나무라지 마, 언니. 우리가 그 모임에 갔어도 선교사님 부부를 초대해야 했을지 몰라. 버치 목사님은 아버지와 잘 아는 사이였으니까."

제인이 말했다.

"사람들이 별로 없었어요. 저는 이모가 전하라고 하신 말씀을 모두 전했고, 이모가 안 오셔서 모두들 실망했어요. 협회장이 불참해서 매튜스 부인이 협회장 자리에 앉았는데, 의자가 꽉 끼어서 보기에 딱했어요. 버치 목사님은 시리아의 이교도에 관한 이야기를 들려주셨고, 찬양도 아주 좋았어요. 헌금 바구니가 지나갈 때 보니 그 안에 40센트가량 들어 있었어요. 그런데 그걸로는 이교도 아기 한 명도 구원할 수 없지 않아요? 그때 목사님이 말씀하셨어요. 자매님들 중 한 분이 초대해주신다면 그 집에서 하룻밤을 보내고 다음 날 아침에 작은 모임을 열어서 시리아 사람들의 복장과 공예품을 보여주시겠다고요. 그런데 목사님이 아무리 기다려도 자원하는 사람이 없었어요. 저는 어찌할 바를 몰랐죠. 목사님은 방금 한 말을 반복하면서 자신이 왜 하룻밤을 묵고자 하는지에 대해 설명하셨어요. 그분은 그것이 자신의 의무라고 생각하신 게 분명해요. 그때 로빈슨 부인이 저한테 할아버지가 살아 계실 때는 선교사님들이 늘 벽돌집에 묵곤 했다고 속삭였어요. 할아버지는 선교사님들이 다른 곳에 묵게 두지 않으셨다고요. 일요일 아침을 제외하고는 선교사님이 집에 오신 적이 없어서 저는 이모가 선교사님들을 이곳에 묵게 하지 않는다는 사실을 몰랐어요. 그래서 제가 버치 목사님 부부를 초대해야겠다고 생각했던 거예요. 이모는 그 자리에 안 계셔서 그분들을 초대할 수 없었으니까요. 그리고 제게 가족을 대표해서 참석하라고 하셨으니까요."

레베카가 말했다.

"그래서 어떻게 했니? 사람들이 나갈 때 목사님에게 다가가 네 소개를 했니?"

"아니요. 모임이 진행되는 도중에 자리에서 일어나 말했어요. 자원하는 사람이 아무도 없어서 버치 목사님이 상처받으실 것 같았거든요. 그래서 제가 '제 이모인 미스 미란다와 미스 제인 소여는 목사님 내외분이 벽돌집에 방문해주시기를 바랄 겁니다. 할아버지가 살아 계실 때는 선교사님들이 늘 벽돌집에 묵으셨으니까요. 이모들은 제게 그분들을 대신하여 목사님께 경의를 표하라고 하셨어요'라고 말하고 자리에 앉았어요. 버치 목사님은 할아버지를 하느님의 사람이라고 부르며 그분을 위해 기도하셨어요. 그리고 할아버지의 정신이 자손에게 이어지고, 또 그토록 많은 형제들이 그곳에서 도움을 받고 그토록 많은 사람들이 새 힘을 얻어서 나온 그 집이 지금도 이방인과 나그네에게 열려 있으며 그들을 환대한다는 것에 감사 기도를 드렸어요."

때때로 천체의 궤도가 완벽하게 조화를 이룰 때 자연은 놀라운 일을 가능하게 하는 듯하다. 계산된 생각의 개입 없이 마음에서 곧바로 나오는 말이나 행동에는 사람의 마음을 움직이는 힘이 있다.

미란다 소여의 영혼 안에 있는 어떤 문은 수십 년간 닫혀 있었다. 한 번에 그렇게 된 것은 아니고 자신도 모르는 사이에 조금씩 닫힌 것이다. 만약 레베카가 여러 날 동안 어떻게 말해야 할지를 궁리했다면 그녀는 그 금지구역 안으로 들어가지 못했을 것이다. 하지만 이제 두 사람도 모르는 사이에 녹슨 문이 삐거덕 소리를 내며 조금씩 열리기 시작했다. 모든 것이 놀랍게 합력하여 선을 이룬 것이다. 예전 기억이 되살아나고, 경건한 아버지의 일상이 떠올랐다. 소여 가문이 공개 석상에서 칭송을 받고, 레베카는 이즈리얼 소여 집사의 손녀답게 처신

함으로써 그녀가 순전히 랜들 집안 사람은 아니라는 것을 보여주었다. 미란다는 화가 가라앉았을 뿐만 아니라 일이 이렇게 되어 오히려 잘됐다는 생각마저 들었다. 비록 그런 생각을 겉으로 드러내거나 다른 식구들에게 앞으로도 이런 일이 있으리라는 기대감을 갖게 하지는 않았지만 말이다.

"좋아, 너는 해야 할 일을 한 거야, 레베카. 제인과 내가 감기 때문에 꼼짝 못하게 되지만 않았어도 얼마나 좋았을까. 하지만 이건 평소에 집 안을 깨끗이 해놓고 음식을 충분히 준비해놓는 게 얼마나 중요한지를 보여줄 뿐이야. 너무 인색하거나 게으르지만 않았어도 버치 목사님 부부를 초대할 수 있었을 사람이 대여섯 명은 될 게다. 그런데 목사님 부부는 왜 같이 오시지 않았니?"

미란다가 말했다.

"아이들과 여행가방을 찾으러 역에 가셨어요."

"아이들이 있어?"

미란다가 신음 소리를 냈다.

"네, 미란다 이모. 모두 시리아의 하늘 아래에서 태어났대요."

"할머니가 시리아 사람인 게로구나!"

미란다가 외쳤다. (이는 사실이 아니었다.)

"그래, 아이들이 몇 명이나 된다니?"

"여쭤볼 생각을 못 했어요. 하지만 방 두 개를 치워둘게요. 방 두 개로 모자라면 아이들 몇 명은 제 방에서 재우고요."

레베카는 속으로 그렇게 되었으면 좋겠다고 생각하면서 대답했다.

"이모 두 분 다 아프시니까 이번 한 번만 저를 믿고 맡겨주세요. 손님방을 다 치우면 말씀드릴게요."

미란다가 한숨을 쉬었다.

"그래야겠구나. 제인과 함께 좀 누워 있다가 저녁을 할 때쯤 일어나야겠다. 지금이 3시니까 5시가 되면 알려다오. 부엌난로에 불을 지펴놓았다. 주중에 왜 콩 요리를 했는지는 나도 모르겠다만 어쨌든 그거라도 있어서 다행이야. 아버지는 귀국한 선교사들에게 손쉽게 대접할 만한 음식으로 돼지고기와 콩 요리와 갈색 빵만 한 것도 없다고 말씀하시곤 했지. 남쪽 방 두 곳을 치우거라, 레베카."

난생처음으로 재량권을 갖게 된 레베카는 회오리바람처럼 위층으로 돌진했다. 벽돌집의 모든 방은 왁스를 발라놓은 것처럼 반질반질해서, 레베카는 블라인드를 올리고 바닥을 쓸고 가구의 먼지를 털어내기만 하면 되었다. 이모들의 귀에 레베카가 종종걸음을 치며 왔다 갔다 하는 소리와 베개와 깃털 이불을 두드려 먼지를 터는 소리, 타올 펼치는 소리, 도자기 부딪히는 소리, 맑은 음성으로 노래하는 소리가 들려왔다.

자비로우신 하느님이
선물을 넘치도록 주셨건만
눈먼 이교도들은
나무와 돌로 만든 우상에 절을 한다네.

솜씨 좋은 일꾼인 레베카는 그녀가 할 수 있는 일을 번개처럼 해치웠고, 그리하여 5시에 이모들에게 검사를 받으러 왔을 때는 손님방이 놀라우리만큼 달라져 있었다. 옷장과 세면대 위에 새 타올이 놓였고, 침구는 가지런히 정돈되어 있었으며, 주전자에 물이 채워져 있었고, 비누와 성냥도 준비되어 있었다. 상자 안에 장작과 불쏘시개가 들어 있었고, 난로에는 커다란 장작이 서서히 타고 있었다.

"냉기를 없애는 게 좋겠다고 생각했어요. 버치 목사님네는 시리아에서 오셨기 때문에 이곳이 춥게 느껴질 테니까요."

레베카가 설명했다.

지적할 만한 게 없었기 때문에 두 자매는 옷을 갈아입으러 아래층으로 내려왔다. 응접실 앞을 지나던 미란다가 무슨 소리를 들은 것 같아서 안을 들여다보니 응접실의 난로와 뒷방의 난로가 타닥타닥 소리를 내며 유쾌하게 타오르고 있었다. 응접실 한쪽 구석의 대리석 탁자 위에는 레베카가 알라딘에게서 받은 두 번째 크리스마스 선물인 램프가 놓여 있었는데, 램프의 장밋빛 등갓을 통해 비치는 부드러운 불빛이 싸늘하고 음산해 보이는 응접실을 이웃과 사랑을 나눌 수 있는 곳으로 바꿔놓았다.

"세상에, 레베카, 응접실도 열어놓을 생각이니?"

미란다가 위층을 향해 소리쳤다.

레베카가 머리를 땋으며 층계참에 모습을 드러냈다.

"추수감사절과 크리스마스 때도 열어놓았잖아요. 오늘은 그때 못지않게 중요한 날이라고 생각했어요. 벽난로 선반 위의 초로 만든 꽃은 녹지 않도록 다른 데다 치웠고, 소라 껍데기와 산호와 박제한 새는 아이들 손이 닿지 않게 장식장 위에 올려놓았어요. 밀리켄 집사님이 버치 목사님을 보러 오실 거고, 어쩌면 콥 아저씨 부부도 오실지 몰라요. 지하실에 내려가지 마세요. 제가 금방 갔다 올 테니."

미란다와 제인이 시선을 교환했다.

"정말 특이한 아이야! 하지만 마음먹은 것은 뭐든 해내니, 나 원 참!"

미란다가 말했다.

5시 15분에는 모든 준비가 끝났다. 이웃들, 적어도 벽돌집이 보이는 곳에 사는 이웃들은 궁금해 죽을 지경이었다. 응접실 두 곳의 블라인드가 모두 올려져 있고 방마다 난롯불이 타고 있었으니 말이다. 모임에 참석했던 한 친절한 부인이 집집마다 돌아다니며 설명해주지 않았더라면 그날 밤 잠 못 드는 가정이 많았을 것이다.

이윽고 선교사 부부가 아이 둘을 데리고 도착했다. 일고여 덟 명쯤 되는 다른 아이들은 여행 경비를 줄이기 위해 포틀랜 드에 사는 형제님에게 맡겨두었다고 했다. 제인이 그들을 위 층으로 안내하는 동안 미란다는 식사 준비가 잘 됐는지 살피 고, 레베카는 엄마 옆에 붙어 있는 두 아이를 데려다가 코트를 벗기고 머리를 빗긴 뒤 맛있는 냄새가 나는 부엌으로 데리고 내려왔다.

저녁 식탁은 풍성했고, 어린아이들이 있어서 분위기가 화 기애애했다. 식사가 끝난 뒤에는 제인이 식탁을 치우고 미란 다는 응접실에서 손님들과 담소를 나눴다. 레베카는 아이들과 설거지를 하며 놀았는데, 약간의 문제가 발생했다. 원래 금이 가 있던 컵과 접시를 깨뜨리고 설거지물과 함께 은수저까지 뒷문 밖에 버린 것이다. 레베카는 사태를 수습하고 범죄의 증 거를 모두 없앤 뒤 아이들을 데리고 응접실로 갔다. 응접실에 는 콥 부부와 밀리켄 집사 부부가 이미 와 있었다.

대단히 즐거운 저녁이었다! 버치 목사는 가끔은 이교도들 이 나무와 돌로 만든 우상에 절하도록 내버려둘 때가 있는데, 그것은 자기 자신에게(그리고 그들에게) 숨 쉴 틈을 주기 위해 서라고 말했다. 버치 목사 부부는 기묘하고 아름답고 놀라운

천국의 방문자들

이야기를 들려주었으며, 아이들 둘은 함께 노래를 불렀다. 레베카는 버치 부인의 요청에 따라 피아노 앞에 앉아서 「정처 없이 떠도는 인디언 소녀 알파라타」를 멋들어지게 연주했다.

8시가 되자 레베카는 응접실을 가로질러 와서 미란다 이모에게 야자수 잎 부채를 건넸다. 표면적으로는 이모가 눈이 부시지 않게 램프 불빛을 가릴 수 있도록 하기 위함이었지만, 실은 귓속말로 쿠키를 내올지 묻기 위함이었다.

"그럴 필요가 있을까?"

미란다가 말했다.

"엠마 제인네에서는 늘 그렇게 해요."

"좋아. 쿠키가 어디 있는지는 알고 있지?"

레베카가 조용히 문 쪽으로 걸어가자 두 아이가 한순간도 떨어질 수 없다는 듯이 레베카의 뒤를 쫓아왔다. 그들은 5분 만에 돌아왔는데, 아이들의 손에는 캐러웨이(산형과의 한해살이풀 또는 두해살이풀) 와퍼가 담긴 접시가 들려 있었다. 뒤뜰에서 기른 캐러웨이 씨앗이 점점이 박혀 있고 설탕 가루가 곱게 뿌려져 있는 캐러웨이 와퍼는 제인이 만든 특제 과자로, 하트와 마름모, 원 모양으로 되어 있었다. 레베카는 민들레주가 담긴 여섯 개의 작은 크리스털 잔을 쟁반에 받쳐 들고 왔다.

민들레주는 미란다가 담근 것으로, 그녀가 담근 민들레주는 맛이 좋기로 유명했다. 이즈리얼 소여 집사는 손님들에게 늘 민들레주를 돌리곤 했으며, 보스턴에서 직접 술잔을 사오기도 했다. 미란다는 그 술잔을 아주 좋아했는데, 그것은 잔이 아름답기 때문이기도 했지만 크기가 작아서 술이 조금밖에 안 들어가기 때문이었다. 그 잔이 생기기 전에는 셰리주 잔에 민들레주를 담았었다.

후식을 다 먹고 나니 8시였다. 아이들과 함께 앉아 있던 레베카는 자리에서 일어나며 명랑하게 말했다.

"자, 이제 작은 선교사님들은 잠자리에 들 시간이에요!"

모든 사람이, 특히 선교사 부부가 웃음을 터뜨렸고, 아이들은 사람들과 악수를 한 뒤 레베카와 함께 위층으로 사라졌다.

영혼의 날개를 펴고

문이 닫히자 버치 목사가 말했다.

"레베카처럼 놀라운 아이는 몇 년 만에 처음 보았습니다."

"최근에는 많이 좋아졌지만, 꽤나 부주의하고 지나치게 활동적이랍니다."

미란다가 대답했다.

"세상에서 가장 큰 문제는 활력이 넘쳐서가 아니라 부족해서 생긴다는 것을 우리는 기억해야 합니다.

버치 목사가 말했다.

"레베카는 훌륭한 선교사가 될 거예요. 낭랑한 목소리에 사람의 마음을 사로잡는 힘과 뛰어난 말솜씨를 지녔으니까요."

버치 부인이 말했다.

"제게 선교사와 이교도 중 레베카가 어느 쪽에 더 잘 어울릴지 물으신다면, 저는 그 애가 꽤 괜찮은 이교도가 될 거라고 말하겠어요."

미란다가 무뚝뚝하게 말했다.

"언니는 아이를 치켜세우면 안 된다고 생각한답니다."

제인이 약간 충격을 받은 듯한 버치 부인을 바라보며 말했다. 버치 부인은 놀라서 레베카가 신앙 고백을 하지 않았느냐고 물어볼 참이었다.

콥 부인은 저녁 내내 레베카에 관한 이 같은 질문이 나오지 않을까 마음 졸이고 있었다. 그녀는 그날 오후에 버치 목사가 레베카에게 기도를 부탁한 이후로 줄곧 그가 마음에 안 들었다. 레베카의 창백한 뺨과 어찌할 바를 몰라 하는 눈빛과 떨리는 안면 근육을 보고 그녀가 어떤 시련을 겪고 있는지 깨달았기 때문이다. 버치 목사의 온화한 말과 태도에 그에 대한 편견이 누그러지긴 했지만 버치 부인이 위험지대에 들어서려 하는 것을 보자 콥 부인은 재빨리 리버버러에서 시리아까지 가려면 차를 몇 번이나 갈아타야 하느냐고 물었다. 적절한 질문은 아니었지만, 덕분에 위기를 넘길 수 있었다.

"미란다, 레베카를 보면 누가 생각나는지 아세요?"

밀리켄 집사가 물었다.

"짐작이 갑니다."

미란다가 대답했다.

"그렇다면 당신도 알고 계셨군요! 저는 처음에는 레베카의 외모가 아빠를 닮은 것을 보고 성격도 그런 줄 알았습니다. 그런데 아니었어요. 그 애는 당신 아버지, 이즈리얼 소여를 닮았어요."

"어떻게 그런 생각을 하셨는지 모르겠군요."

미란다가 깜짝 놀라서 말했다.

"오늘 오후에 레베카가 자리에서 일어나 당신의 초대를 전할 때 깨달았어요. 신기하게도 그 애는 당신 아버지가 안식일 학교의 리더였을 때 앉곤 했던 바로 그 자리에 앉아 있었지요. 당신 아버지가 일어나서 무슨 말을 할 때면 늘 턱을 들고 고개를 살짝 뒤로 젖히던 것을 기억하시죠? 그런데 레베카가 똑같이 하더군요. 그렇게 말하는 사람이 한둘이 아니었어요."

밀리켄 집사 부부와 콥 부부는 9시가 되기 전에 떠나고, 남은 사람들은 자러 갔다. 레베카는 버치 부인에게 촛불을 가져다주러 갔다가 혼자 있는 그녀를 보고 수줍게 말을 건넸다.

"목사님께 제가 교회 신자가 아니라고 말씀드려주시겠어요? 오늘 오후에 목사님이 제게 기도를 부탁하셨을 때는 정말 어찌할 바를 몰랐어요. 소리 내어 기도해본 적도 없고 기도하는 법도 모른다는 말을 할 용기가 없었거든요. 아무 생각도 나지 않고 두렵기만 해서 바닥에 주저앉고 싶었어요. 제가 실제보다 더 나은 사람인 척하면서 그 모든 나이 지긋한 교회 신자들 앞에서 기도하는 게 뻔뻔하고 악해 보였어요. 하지만 목사님이 부탁하시는데 기도를 하지 않아도 하느님이 저를 악하게 보시지 않을까요?"

촛불의 불빛이 레베카의 붉게 물든 섬세한 얼굴을 비췄다. 버치 부인이 허리를 굽혀 레베카에게 굿나잇 키스를 하며 말했다.

"아무 걱정 말거라, 내가 목사님께 말씀드릴 테니. 그리고 하느님도 이해해주실 거야."

다음 날 아침에 레베카는 6시가 되기 전에 일어났다. 머릿속에 집안일에 대한 생각이 가득해서 잠이 오지 않았다. 그녀는 창가로 가서 바깥을 내다보았다. 아직 어둡고 바람이 심하게 불었다.

레베카는 생각했다.

'제인 이모는 6시 반에 일어나서 7시 반에 아침 식사를 하도록 하겠다고 했어. 하지만 이모 두 분 다 감기에 걸렸는데 할 일은 많아서 미란다 이모가 조바심할 거야. 내가 살짝 내려가서 몇 가지 일을 해놓아야겠다. 그러면 이모들이 깜짝 놀라겠지.'

레베카는 솜이 든 실내복을 걸치고 조용히 앞쪽 계단을 지나 부엌으로 갔다. 달그락거리는 소리에 다른 사람들이 깨지 않도록 부엌문을 닫고 30분간 평소에 이른 아침에 하는 일들을 한 뒤 옷을 갈아입으러 방으로 돌아갔다.

전날 저녁에 미란다보다 상태가 양호했던 제인이 예상 밖으로 밤사이에 증상이 악화되어 꼼짝없이 침대에 누워 있어야 하게 되었다. 미란다는 끊임없이 불평을 늘어놓으며 그날 그녀가 겪어야 할 시련에 대해 우주의 모든 사람을 탓했다. 심지어 버치 목사를 시리아에 파송한 선교회까지 비난하며 이교도의 구원을 위해 외국에 나간 사람들은 그곳에 머물면서 이교도를 구원해야지, 어린아이들을 끌고 지구 한 바퀴를 돌아 그들을 원하지도 않고 초대하지도 않은 집에 와서는 안 된다고

투덜댔다.

고열과 두통에 시달리는 제인은 그녀 없이 미란다가 어떻게 식사 준비를 할지 걱정하며 침대에 누워 있었다.

미란다는 머리에 숄을 두르며 식당을 가로질러 부엌으로 갔다. 불을 피우고 레베카를 불러 내려 일을 시키면서 그녀에게 선교사를 위한 모임에서 가족을 대표하는 적절한 방식에 대해 알려줄 생각이었다.

부엌문을 연 미란다는 멍하니 주변을 바라보았다.

블라인드가 올려져 있고 난로에 장작이 타고 있었다. 찻주전자가 김을 내뿜으며 노래하고 있었고, 주전자의 널찍한 주

둥이에는 "레베카의 선물"이라고 적힌 쪽지가 붙어 있었다. 커피포트는 뜨거웠고, 그 옆에는 커피 가루가 담긴 그릇이 놓여 있었다. 나무 쟁반에 감자 샐러드와 콘비프가 담겨 있었고, 나이프에도 "레베카의 아침 인사"라고 적힌 쪽지가 붙어 있었다. 갈색 빵과 흰 빵, 도넛이 나와 있었고, 우유의 피막이 걷혀 있었다.

미란다는 머리에 두른 숄을 벗고 부엌의 흔들의자에 앉아 작은 소리로 외쳤다.

"정말 알 수 없는 아이야! 온전히 소여 집안의 아이임이 틀림없어!"

그날은 모든 사람이 공을 인정받았다. 심지어 제인조차도 상태가 호전되어, 감기 때문에 분위기를 망치지 않았다고 칭찬을 받았다. 헤어질 때 버치 목사 부부는 몹시 아쉬워했고, 작은 선교사들은 눈물을 쏟으며 레베카와의 영원한 우정을 맹세했다. 레베카는 아침 식사 전에 써둔 시를 아이들의 손에 쥐여주었다.

메리와 마사 버치에게

레베카 로웨나 랜들

이곳보다 더 뜨거운 태양이 비추는
시리아의 하늘 아래에서 태어난 아이들이
열대의 작은 꽃들처럼 활짝 피어났네.

그들이 처음으로 본 빛은
그린란드의 눈 덮인 산이나
인도의 산호초 해안이 아니라
이교도의 땅을 비추는 빛이었네.

그곳은 사람들의 피부색이 거무스름하고
참된 신앙이 너무도 적은 미지의 나라.

그러므로 우리는 부지런히
선교회를 도와야 하네.
어두운 피부색의 불신자들을 찾아서
주님을 알려주어야 하네.

버치 선교사의 리버버러 방문이 마을에 몰고 온 파장은 적지 않았다. 우선 버치 목사 부부는 리버버러를 방문한 것을 자신들이 고국에 돌아와 머물던 6개월 동안 있었던 가장 즐거웠던 일 중 하나로 회고했다. 그리고 리버버러 사람들은 그때 일을 두고두고 이야기하면서 논쟁을 벌이기도 하고, 의심이나 확신을 드러내기도 하고, 과거를 돌이키거나 미래를 예언하기도 했다. 밀리켄 집사는 시리아 선교를 위해 10달러를 헌금했으며, 밀리켄 부인은 남편의 무분별한 지출에 속이 상해 앓아누웠다.

그때 이후로 미란다 소여가 완전히 다른 사람이 되었다고 말할 수 있으면 좋겠지만, 그렇게 되지는 않았다. 20년 동안 뒤틀려 있던 나무가 눈 깜빡할 사이에 곧게 펴지지는 않는 법이다. 그러나 겉보기에는 아주 미미한 차이일지라도 차이가 존재하기는 했다. 미란다는 레베카에 대해 덜 비판적이 되었고, 덜 엄격해졌으며, 레베카의 최종적인 구원에 보다 희망적이 되었다. 이것은 그녀가 레베카의 몸과 마음과 영혼이 온통 그 경멸스러운 랜들 집안에 속한 게 아니라는 것, 레베카에게는 소여 집안에서 물려받은 무언가가 있다는 것을 깨달았기 때문이다.

레베카 안에 있는 모든 흥미로운 것들, 그녀의 능력이나 재능을 나타내주는 모든 것을 미란다는 벽돌집에서의 훈련 덕분으로 여겼고, 이것은 그녀에게 자부심, 가장 조악한 재료로 걸작을 만들어낸 장인과도 같은 자부심을 심어주었다. 그러나 미란다는 몸이 쇠약해지고 식구들에게 압제를 휘두를 힘이 약해진 마지막 순간까지도 그 자부심을 드러내거나 애정을 표현한 적이 한 번도 없었다.

주변 사람들에게 조롱거리가 되고 아무짝에도 쓸모없는 인간 취급을 받던 가엾은 로렌조 드 메디치 랜들! 만약 리버버러가 갑자기 온갖 다양한 의견을 지닌 사람들이 사는 보다 큰 도시에 흡수되었다면 로렌조는 전혀 사람들의 눈길을 끌지 않았을 것이다. 레베카가 외가 쪽으로부터 약간의 실제적인 능력을 물려받은 것은 다행스러운 일이지만, 만약 로렌조가 이 세상에서 다른 아무 일도 하지 않았다고 해도 그는 레베카가 전적으로 소여 집안의 사람이 되지 않도록 막은 것만으로도 스스로를 빛낸 셈이다. 로렌조는 완전한 실패자였지만 자신 속에 있는 최상의 것들만을 레베카에게 물려주었다. 자신의 장점과 단점을 그토록 섬세하게 구분하여 장점만을 물려줄 수 있는 아버지는 거의 없다.

벽돌집은 금세 많은 손님들이 드나드는 일종의 여인숙 같은 곳으로 바뀌지는 않았다. 그러나 버치 목사의 방문을 계기로 미란다는 손님방 중 하나를 언제라도 사용할 수 있게 준비해두었고, 식기장의 제일 윗칸에 있던 크리스털 잔을 위에서 두 번째 칸으로 옮겼다. 전에 레베카가 크리스털 잔을 꺼내려면 의자를 딛고 올라가야 했지만, 이제는 팔만 뻗으면 꺼낼 수 있게 되었고, 이는 레베카가 자기도 모르는 사이에 미란다의 독단과 편견의 벽을 허물어뜨렸음을 의미했다.

미란다는 버치 목사 부부가 가끔 방문하는 것은 괜찮다고까지 말하게 되었지만, 한편으로는 버치 목사가 소문을 퍼뜨려 다른 선교사들까지 벽돌집을 찾아오지나 않을까 걱정했다. 그녀는 거지 한 사람이 어느 집 뒷문에서 음식을 잘 얻어먹으면 그 집에 어떤 표시를 해놓음으로써 다른 거지들이 어디에 가면 그런 대접을 받을 수 있는지 알도록 한다는 말을 예로 들었다.

이 세련되지 못한 생각에는 그러나 일말의 진실이 깃들어 있으며, 자신이 선교사들의 뒤치다꺼리를 해야 할지도 모른다는 미란다의 두려움에는 (비록 그녀가 생각한 대로는 아니지만) 근거가 없지 않았다. 영혼은 추한 습관에 익숙해지는 것과 마찬가지로 아름다운 습관에도 익숙해지며, 삶이 아름다운 말과 행동으로 꽃피기 시작하는 순간, 새로운 행동 기준이 형성된다. 그리고 누군가에게서 공감 능력과 위트, 동료 의식의 가능성을 엿본 사람들은 그에게 계속해서 그런 것들을 기대하게 된다. 한두 해 무화과 잎사귀가 모습을 드러내면 그 자리에 엉겅퀴가 자라는 것을 원치 않는 것이다.

버치 목사의 방문이 레베카에게 어떤 영향을 끼쳤는지는 설명하기가 쉽지 않다. 그렇지만 먼 훗날 그때를 돌이켜보았을 때 레베카는 버치 목사가 그녀에게 기도를 부탁한 순간이 그녀 인생의 새로운 시작점이 되었다고 느꼈다.

만약 당신이 아름다운 새 드레스를 입었을 때 자신이 얼마나 우아하고 예의 바르게 행동하는지를 관찰한 적이 있다면, 눈을 감고 두 손을 모으고 고개를 숙일 때 저절로 경건한 마음이 드는 것을 알아차린 적이 있다면, 평소에 예의 바르게 행동함으로써 다른 사람에 대한 거부감이 조금은 줄어드는 것을 경험한 적이 있다면 당신은 외적인 태도가 내적인 혹은 영적인 발전에 얼마나 신비한 영향을 미치는지 이해할 것이다.

사람이 나이 들어 둔해졌을 때만 영혼은 축 처져서 솟아오르기를 거부한다. 젊은 영혼은 날개가 있어서 숨만 한 번 쉬어도 위로 날아오른다. 레베카는 그녀가 아주 희미하게 의식하는 어떤 존재에 대한 느낌 혹은 마음 상태를 입증하도록 요청받았고, 그녀는 여기에 순종했다. 그녀가 말할 때 그 말은 진실했고, 그녀가 마음속의 동경을 표현할 때 그것은 실재가 되었다.

"창가로 날아오는 비둘기"처럼 그녀의 영혼은 커다란 빛, 처음에는 어렴풋하지만 가까이 다가갈수록 더 밝아지는 빛을 향해 날아올랐다. 궁극적인 존재로부터의 분리를 느끼기 전에 그와의 합일을 의식하는 것, 이것이야말로 아이가 하느님을 발견하는 가장 아름다운 방식일 것이다.

6

행운이
문을 두드리는 시간

"레베카는 촌스럽고 서툰 엉뚱한 시를 써요.
하지만 그 안에는 그 애 자신도 모르는
천부적인 소질을 보여주는 한 구절이,
하나의 생각이나 이미지가 있어요."

웨어햄 그리고 맥스웰 선생님

그토록 오랫동안 기다려온 시간이 왔다. 레베카가 웨어햄의 학교에 다니게 된 것이다. 대도시의 화려한 거리를 구경해봤거나 큰 대학교의 지적인 모임에 참석해본 사람에게는 웨어햄이 특별하게 느껴지지 않겠지만, 레베카에게 웨어햄은 리버버러가 서니브룩 농장과 완전히 달랐던 것처럼 리버버러와는 또 다른 전혀 새로운 세상이었다. 레베카는 4년 과정을 3년 안에 마칠 생각이었다. 그녀가 열일곱 살이 되면 어린아이들을 가르치면서 스스로의 생계를 책임질 수 있어야 한다고 그녀 자신과 가족 모두가 생각했기 때문이다. 레베카가 어떻게 하면 3년 만에 졸업할 수 있을지에 대해 고민하는 동안 다른 여학생 중 일부는 어떻게 하면 4년간을 즐겁게 놀면서 지낼 수 있을지 궁리했다. 3년 만에 졸업하는 것은 거의 불가능해 보이지만 실제로 가능하며, 웨어햄보다 더 수준 높은 학교에서도 그런 일이 종종 있었다.

레베카는 9월부터 크리스마스 때까지는 차로 통학을 하고, 가장 추운 세 달간은 기숙사에서 지내기로 했다. 엠마 제인의 부모는 늘 딸이 (리버버러에서 5킬로미터가량 떨어져 있는) 에지우드 고등학교를 1, 2년쯤 다니는 것으로 충분하다고 생각했고, 엠마 제인도 이제까지 그 의견에 따라왔다. 그녀가 싫어하는 한 가지가 있다면, 그것은 바로 공부였기 때문이다. 엠마 제인의 눈에는 모든 책이 똑같이 재미없어 보였다. 그녀는 세상의 모든 도서관이 바닷속 깊이 가라앉는 것을 보면서도 즐겁게 식사할 수 있었을 것이다. 그러나 엠마 제인이 에지우드 고등학교에 진학하고 레베카가 웨어햄의 학교에 다니게 되자 상황이 달라졌다. 엠마 제인은 레베카 없이 일주일을 견뎠다.

레베카는 저녁에나 볼 수 있었지만 그때는 두 사람 다 공부하느라 바빴기 때문에 좀처럼 만날 수가 없었다. 일요일이 되자 엠마 제인은 아버지에게 전학 이야기를 꺼냈다. 그러나 그녀의 아버지는 교육을 신봉하지 않았으며, 딸이 이제까지 배운 것만으로도 충분하다고 생각했다. 그는 언제까지나 대장간 일을 할 생각은 아니었기에 농장을 임대해서 리버버러로 이사를 왔지만, 당분간은 대장간 일을 계속할 생각이었다. 하지만 그가 대장간 일을 그만둘 때쯤엔 엠마 제인이 학교를 마치고 엄마를 도와 소를 돌볼 수 있어야 한다고 말했다.

또 한 주가 지나갔다. 엠마 제인은 눈에 띄게 수척해졌다. 얼굴은 창백하고 (식탁에서는) 음식도 거의 먹지 않았다. 엠마 제인의 엄마는 퍼킨스 집안 사람들이 건강 체질이 아니라는 것과 엠마 제인의 안색이 건강하다고 생각하기에는 너무 창백하고 아름답다는 것, 어떤 사람들은 야망이 있는 딸을 자랑스러워하며 기꺼이 딸에게 최고의 교육을 받게 한다는 것, 그리고 날마다 에지우드까지 통학하는 것은 엠마 제인의 건강 상태로는 무리한 일이며, 따라서 그녀를 마차로 실어나를 소년을 고용해야 하리라는 것과, 마지막으로 엠마 제인처럼 배움을 갈구하는 아이의 의지를 꺾는 것은 악하다고까지 할 수 있는 일이라는 것을 들어서 엠마 제인을 웨어햄으로 보낼 것을 호소했다.

엠마 제인의 아버지는 며칠을 버티다가 결국 소화가 안 되고 입맛을 잃을 정도가 되어 두 손을 들었고, 엠마 제인은 새장에서 풀려난 새처럼 레베카의 둥지로 날아갔다. 엠마 제인은 겨우 두 과목에서 합격점을 받고 다섯 가지 '조건'하에 예비 과정에 들어갔지만, 그녀의 용기는 꺾이지 않았다. 그녀는 배움의 물결이 그녀의 정신을 부드럽게 스치듯 지나가게 하고 너무 깊이 스며들지는 않게 할 작정이었다. 엠마 제인이 머리가 둔한 것은 어찌할 수 없는 사실이었지만, 그녀의 지속적이고 흔들리지 않는 충성심과 헌신적이고 이타적인 사랑 역시 일종의 재능이었고, 이 같은 재능은 숫자 감각이나 언어 능력과 마찬가지로 가치 있는 자질일 것이다.

웨어햄은 대로변에 단풍나무와 느릅나무가 늘어서 있는 예쁜 마을이었다. 마을에는 약국과 대장간, 이런저런 가게와 교회 두 곳, 그리고 많은 하숙집이 있었지만, 가장 흥미로운 장소는 고등학교와 웨어햄 전문학교였다. 이 학교들은 다른 학교들보다 더 좋지도 나쁘지도 않았지만 교장이 얼마나 힘이 있고 영감이 넘치는 사람이냐에 따라 효율성에 큰 차이가 있었다.

전국 각지에서 모여든 남녀 학생들은 가정환경이나 생활수준이 다 달랐다. 학생들에게는 어리석고 부주의한 행동을 할 기회가 생기기도 했지만, 그런 행동의 결과로 얻는 유익은 놀라우리만큼 적었다. 3, 4학년 학생 중에는 기차로 통학을 할 때 이성 친구와 함께 다니는 사람들도 있었다. 남학생이 여학생의 책을 들어주기도 하고 간혹 부주의하고 조숙한 여학생이 어리석은 짓을 저지르기도 했는데, 그런 여학생 중 하나가 훌다 메저브였다. 훌다는 엠마 제인과 레베카와 친하게 지냈지만, 점차 사이가 멀어졌다. 그녀는 풍성한 적갈색 머리칼을 자랑하는 대단한 미인으로, 얼굴에 아주 작은 주근깨가 몇 개

행운이 문을 두드리는 시간

있었다. 홀다는 끊임없이 이 주근깨에 대해 언급하곤 했는데, 그것은 주근깨를 본 사람은 누구나 그녀의 도자기 같은 피부와 위로 말려 올라간 속눈썹에 시선이 갈 수밖에 없기 때문이었다. 홀다는 명랑하게 웃는 눈과 그 당시로서는 살짝 통통한 몸매와 매력적인 태도를 지녔다. 리버버러에는 사귈 만한 남학생이 별로 없었기 때문에 그녀는 웨어햄에서의 4년간을 여건이 허락하는 한 즐겁게 보낼 작정이었다. 그녀가 생각하는 즐거움이란 수많은 남학생에게 둘러싸여 끊임없이 시시덕거리며 웃고 떠드는 것이었다.

홀다는 남학생들에게 인기가 없는 소녀들에게 자신의 연애담을 들려주곤 했는데, 그럴 때면 남자들에게 상처 준 것을 슬퍼하며 자신은 결코 상처 줄 마음이 없었다고 맹세하곤 했다. 이 같은 행동은 친구 사이를 멀어지게 하기가 쉬워서, 오래지 않아 레베카와 엠마 제인은 리버버러를 오가는 기차 안의 한 쪽 끝에 앉고 홀다는 남자친구와 다른 쪽 끝에 앉아서 가게 되었다. 남자친구는 단지 홀다 곁에 있고 싶어서 금요일마다 웨어햄에서 리버버러까지 가는 기차의 왕복 차표를 끊는 부잣집 도련님일 때도 있었고, (보다 나은 상대가 없을 경우) 기차 안에서 팝콘과 땅콩을 파는 소년일 때도 있었다.

레베카는 또래의 다른 아이들처럼 대체로 이성 교제에 무관심했다. 남학생들은 좋은 동료일 뿐, 그 이상은 아니었다.

레베카는 남학생들과 함께 듣는 수업에서 시를 암송하는 것을 좋아했지만, 그녀의 이상은 그녀를 남학생들과 시시덕거리는 것으로부터 보호해주었다. 이제까지 레베카가 만나본 남자아이들에게는 그녀의 상상력을 자극할 만한 것이 별로 없었다. '훌다'식의 로맨스는 레베카가 꿈꾸는 것이 아니었다.

웨어햄의 교사 중에 레베카에게 지대한 영향을 미친 사람이 있었는데, 바로 영문학과 작문을 가르치는 미스 에밀리 맥스웰이었다. 메인주 전 주지사의 조카이자 보던 대학교 교수의 딸인 미스 맥스웰은 웨어햄에서 가장 눈에 띄는 인물이었다. 그녀가 교직에 있던 몇 년간이 레베카가 학교에 다니던 시기와 겹친 것은 큰 행운이었다. 두 사람은 금세 가까워졌다. 레베카의 마음은 과녁을 향해 날아가는 화살처럼 미스 맥스웰을 향해 날아갔고, 레베카의 지성은 보다 우월한 지성을 만나 변함없는 존경의 태도를 취하게 되었다.

학교 안에 미스 맥스웰이 "글을 쓴다"는 소문이 돌았는데, 이 말은 그녀의 글이 활자화되었다는 뜻으로 이해되기도 했다.

훌다는 첫날 아침, 기도회에서 레베카에게 속삭였다.

"너는 맥스웰 선생님을 좋아하게 될 거야. 맥스웰 선생님은 글을 쓰거든. 하지만 그래서 거만할 것 같다는 생각도 들어."

누구도 레베카의 궁금증을 해결해줄 만큼 정확한 정보를 가지고 있는 것 같지는 않았다. 하지만 잡지에 실린 미스 맥스웰의 글을 직접 보았다는 사람이 적어도 한 명은 있는 것으로 알려졌다. 미스 맥스웰의 이 같은 성취로 인해 레베카는 그녀 앞에서 수줍어하면서도 찬탄의 눈으로 그녀를 바라보게 되었다. 미스 맥스웰은 그녀를 열심히 쳐다보는 검은 눈동자와 시선이 마주치곤 했다. 그녀는 무언가 특별히 마음에 드는 말을 하고 난 후에는 두 번째 장의자의 한쪽 귀퉁이를 바라보았다. 그러면 그곳에는 그녀가 불러일으키고자 한 정서의 모든 면이 고스란히 드러나 있는 한 섬세한 얼굴이 있었다.

하루는 학생들이 써온 첫 번째 에세이에 대해 토론하게 되었는데, 이때 미스 맥스웰은 신입생들에게 지난해에 쓴 글을 가져오라고 말했다. 그 글을 참고로 앞으로 어떤 글감을 다뤄야 할지 정하겠다고. 레베카는 다른 학생들이 나갈 때까지 기다리고 있다고 쭈뼛쭈뼛 미스 맥스웰에게 다가갔다.

"여기에는 제가 쓴 글이 없어요, 선생님. 하지만 금요일에 집에 가면 찾을 수 있을 거예요. 상자에 넣어 다락에 치워두었거든요."

"분홍색과 파란색 리본으로 묶어서 말이지?"

미스 맥스웰이 묘한 미소를 머금고 물었다.

"아니에요. 저도 다른 아이들처럼 예쁜 리본으로 묶고 싶었지만, 일부러 노끈으로 묶었어요. 고독에 관한 글은 제가 그 글에 대해 어떻게 생각하는지 보여주기 위해 신발끈으로 묶었고요!"

레베카가 대답했다.

"고독이라! 주제를 네가 정했니?"

미스 맥스웰이 눈썹을 치켜올리며 웃었다.

"아니요. 디어본 선생님은 주제를 정하기에는 우리가 너무 어리다고 생각하셨어요."

"다른 주제로는 어떤 것들이 있는데?"

"난롯가의 몽상, 군인으로서의 그랜트, 『P. T. 바넘의 생애』에 대한 생각, 고대 도시, 그리고 몇 가지가 더 있었는데 생각이 나지 않아요. 어쨌든 제가 쓴 글들은 전부 별로여서 보여드릴 수가 없어요. 저는 산문보다 시를 더 잘 쓸 수 있어요."

"시를 쓴다고? 디어본 선생님이 시를 쓰게 하셨니?"

"오, 아니에요. 저는 농장에 있을 때도 늘 시를 쓴걸요. 제가 쓴 시를 모두 가져올까요? 그렇게 많지는 않아요."

레베카는 그녀가 쓴 시를 적어놓은 공책을 미스 맥스웰의 방문 앞에 갖다 놓았다. 초인종을 누를 때 혹시 미스 맥스웰이 잠깐 들어오라고 하지 않을까 기대했지만, 다른 사람이 나오는 것을 보고 실망해서 발걸음을 옮겼다.

며칠 뒤에 그녀는 미스 맥스웰의 책상 위에 검은색 표지의 책이 있는 것을 보고 두려워하던 순간이 왔음을 알았고, 그래서 수업이 끝난 뒤에 남으라는 말을 듣고도 놀라지 않았다.

교실 안은 조용했다. 산들바람에 나뭇잎이 바스락거렸고, 계절의 변화를 알리는 붉게 물든 잎사귀가 열린 창문 안으로 날아 들어왔다. 미스 맥스웰이 다가와 레베카 옆에 앉았다. 그녀는 레베카의 공책을 돌려주며 물었다.

"이 시들이 잘 쓴 시라고 생각하니?"

"아니요, 아주 잘 쓴 시는 아니에요. 하지만 저 혼자서는 제가 쓴 시가 잘 쓴 시인지 아닌지 알기가 힘들어요. 퍼킨스 씨부부와 콥 씨 부부는 제가 쓴 시가 훌륭하다고 하세요. 하지만 콥 부인이 제가 쓴 시가 롱펠로가 쓴 시보다 낫다고 하셨을 때는 조금 걱정이 되었어요. 그게 사실일 리가 없다는 것을 아니까요."

이 솔직한 말은 레베카가 진실에 귀 기울일 줄 아는 아이일 거라는 미스 맥스웰의 생각을 확인해주었다.

"네 친구들의 말이 틀렸고 네 말이 맞아. 네가 쓴 시는 형편없어."

"그렇다면 작가가 되겠다는 희망은 포기해야 하겠군요!"

레베카는 한숨을 내쉬었다. 쓰디쓴 약을 삼킨 그녀는 이 시간이 끝날 때까지 눈물을 참을 수 있을지 걱정되었다.

"그렇게 성급하게 단정 지을 건 없어. 시라고 하기에는 부족한 점이 많지만 어떤 방면에서는 아주 희망적이니까. 너는

293

운율을 맞추는 데는 실수하는 법이 없고, 그건 네게 타고난 감각이 있음을 말해주지. 네가 나이가 들고 좀 더 많은 것을 경험하게 되면, 다시 말해서 네게 뭔가 할 말이 생기면 아주 좋은 시를 쓸 수 있을 거야. 시를 잘 쓰려면 지식과 비전, 경험, 상상력이 필요해, 레베카. 네겐 앞의 세 가지는 없지만 상상력은 있는 것 같구나."

"그럼 시는 더 이상 쓰지 말아야 할까요? 그냥 즐기기 위한 것이라도요?"

"물론 써도 되지. 시를 쓰다 보면 산문도 더 잘 쓰게 될 테니까. 자, 이제 첫 번째 에세이에 대한 이야기를 해보자꾸나. 나는 모든 신입생에게 이 마을과 학교생활에 대해 묘사한 편지를 쓰게 할 생각이야."

"제가 꼭 저여야 하나요?"

레베카가 물었다.

"무슨 말이야?"

"레베카 랜들이 서니브룩 농장에 있는 한나 언니나 리버버러의 벽돌집에 있는 제인 이모에게 쓰는 편지는 너무 지루하고 따분할 것 같아요. 하지만 제가 다른 사람이라고 가정하고, 제가 하는 모든 이야기를 이해해주는 누군가에게 편지를 쓴다면 정말 근사할 거예요."

"좋은 생각이야. 그래서 너는 누가 되고 싶은데?"

"저는 상속녀가 되고 싶어요. 물론 상속녀를 본 적은 없지만 상속녀, 특히 금발의 상속녀에게는 늘 무슨 일이 일어나니까요. 제가 생각하는 상속녀는 신데렐라에 나오는 못된 언니들처럼 허영심이 강하거나 교만하지 않아요. 그녀는 아버지가 유년 시절을 보낸 곳에서 살기 위해 보스턴에 있는 큰 학교의 입학을 포기하죠. 아버지는 돌아가시고 안 계시지만, 그녀에게는 세상에서 가장 친절하고 자상한 후견인이 있어요. 물론 그는 나이가 많고 때로는 아주 조용하고 진지하지만 기분이 좋을 때는 아주 재미있는 사람이 되기도 해요. 그래서 이블린은 그를 두려워하지 않죠. 그래요, 그 상속녀의 이름은 이블린 애버크롬비이고, 후견인의 이름은 애덤 래드예요."

"래드 씨를 아니?"

미스 맥스웰이 깜짝 놀라서 물었다.

"네, 그분은 저의 가장 좋은 친구예요. 선생님도 그분을 아세요?"

레베카가 기뻐서 소리를 질렀다.

"알다마다. 래드 씨는 학교의 이사님이야. 가끔 학교에 오시지. 하지만 네 이야기를 더 듣고 있다간 편지 내용을 다 알게 되어 나중에 읽는 즐거움을 못 느낄 것 같구나."

우리는 레베카가 미스 맥스웰에 대해 어떻게 생각하는지에 대해서는 이미 알고 있다. 그리고 미스 맥스웰이 레베카에 대해 어떻게 생각하는지는 두세 달 뒤에 그녀가 쓴 다음의 편지를 통해 알 수 있을 것이다.

사랑하는 아버지께

아버지도 잘 아시듯이 제겐 가르치는 일에 대한 열정이 없어요. 배울 의지가 없는 아이들에게 억지로 지식을 주입하는 것은 때때로 저를 좌절하게 해요. 어리석은 아이들일수록 자신이 어리석다는 사실을 모르죠. 제가 지리나 수학을 가르쳤다면 성취감을 느낄 수 있었을 거예요. 그런 과목들은 열심히 공부하면 놀라운 성과를 거둘 수 있으니까요. 하지만 영문학과 작문의 경우에는 이해력과 감수성과 상상력이 필요해요. 저는 여러 달 동안 굴을 까고 또 깠지만 좀처럼 진주를 발견할 수 없었어요.

그런데 이번 학기에는 별다른 수고도 없이 보기 드문 진주를 발견했어요. 표면이 매끄럽고 아름다운 빛을 내는 흑진주를요. 그 아이의 이름은 레베카이고, 외모는 우리 가족성경에 나오는 우물가의 리브가와 닮았어요. 검은 머리칼과 눈동자가 이탈리아나 스페인 혈통을 암시하는 것 같기도 하고요. 레베카는 매우 평범한 아이예요. 집안이 좋은 것도 아니고 이렇다 할 교육을 받은 것도 아니에요. 혜택받은 환경과는 거리가 멀죠. 하지만 어머니인 자연이 이렇게 말했어요.

> 이 아이를 데려다가
> 내 딸로 삼고
> 훌륭하게 키우리라

오, 복된 워즈워스여! 그가 어떻게 이런 것들을 이해하게 해주는지요! 그런데 제가 발견한 진주는 이제까지 워즈워스라는 이름을 한 번도 들어본 적이 없답니다! 수업시간에 '루시 시편'을 읽어주고 난 뒤 열네 살 난 아이의 기쁨으로 떨리는 입술과 눈물이 차오른 눈을 본다고 생각해보세요.

가엾은 아버지! 아버지도 돌밭과 모래밭, 물속과 진흙 속에 아름다운 씨앗을 심을 때의 좌절감을 아시죠? 진짜를 발견한 기쁨, 나중에 잎이 나고 꽃이 피고 열매가 맺힐 게 분명한 대단히 따뜻하고 비옥한 토양에 씨앗을 뿌리는 기쁨을 한번 생각해보세요! 제가 너무 조바심을 내거나 결과에 연연하지 않았으면 좋겠어요. 저는 교사라는 직업에 어울리지 않아요. 저처럼 어리석음을 경멸하는 그 누구라도 교사가 되기에는 적합하지 않아요. … 레베카는 촌스럽고 서툰 묘한 시를 써요. 하지만 그 안에는 그 애 자신도 모르는 천부

적인 소질을 보여주는 한 구절이, 하나의 생각이나 이미지
가 있어요. … 안녕히 계세요. 금요일에 집에 갈 때 레베카를
데리고 갈게요. 아버지와 어머니가 직접 보실 수 있도록요.

12월 1일, 웨어햄에서

사랑하는 딸

에밀리 올림

클로버꽃에게 전하는 말

홀다 메저브가 문틈으로 고개를 내밀고 말했다.

"안녕, 얘들아. 잠깐 공부를 멈추고 방을 구경시켜줄 수 있을까? 조금 전에 가게에 가서 이 장갑을 사 왔어. 올겨울에는 벙어리장갑을 끼지 않기로 했거든. 벙어리장갑은 너무 촌스러워서 말이야. 너희는 1학년이고 나보다 어리니까 옷차림에 신경 쓰지 않겠지만, 내겐 스타일이 아주 중요하단다. 그런데 너희 방은 정말 예쁘구나! 다른 어떤 방도 견줄 수 없겠는걸! 이 방이 근사해 보이는 게 길게 드리워진 커튼 때문인지, 저 우아한 칸막이 때문인지, 아니면 레베카의 램프 때문인지 모르겠지만 여하튼 너희에게는 방을 꾸미는 데 소질이 있는 게 틀림없어. 나도 예쁜 방을 좋아하지만 내겐 방을 꾸밀 시간이 부족해. 늘 옷에 신경 쓰느라 바빠서 점심때가 다 되도록 침구를 정돈하지 못하는 날이 태반이지. 어차피 여자애들밖에 안 오는데 굳이 침구를 정돈할 필요가 있을까 싶기도 하고.

나는 졸업하면 우리 집 응접실을 멋지게 꾸밀 생각이야. 도자기에 무늬를 새기는 법은 이미 배웠고, 앞으로 유약을 바르는 법을 배우게 되면 도자기로 된 장식판과 커튼, 소파 커버, 쿠션 등으로 응접실을 장식하고, 엄마한테 말해서 벽난로를 설치한 뒤 저녁이면 친구들을 초대할 거야. 라디에이터(온도 조절 장치)에 발을 좀 말려도 될까? 나는 눈이 무릎까지 쌓이지 않는 한 고무 덧신은 신지 않아. 고무 덧신을 신으면 발이 엄청나게 커 보이니까. 이 프랑스식 뒷굽이 달린 부츠는 아주 힘들게 구한 거라서, 고무 덧신으로 모양을 망치고 싶지 않아.

남자애들은 다른 데보다 발을 가장 먼저 보지. 어제 엘머 웹스터가 내 발을 밟았어. 내 발이 통로 쪽으로 나와 있었거든. 엘머는 자기 잘못이 아니라며, 내 발이 너무 작아서 보지 못했다고 말했어. 정말 근사하지 않아? 물론 듣기 좋으라고 하는 소리지. 나는 2호를 신으니까. 하지만 이 프랑스식 뒷굽과 뾰족한 앞코는 확실히 발을 작아 보이게 해. 그리고 발등이 높아도 발이 작아 보인대. 나는 기형적일 정도로 발등이 높지만, 사람들 말로는 그게 정말 예쁜 발이래. 얘들아, 너희들 발을 내 발 옆에 가져다 대볼래? 어떻게 다른지 비교해보게. 발에 신경이 쓰여서가 아니라 그냥 재미 삼아서 한번 해보자는 거야."

"나는 내 발에 만족해. 대수학 공부를 해야 하는 날에 발등의 크기나 재고 있을 수는 없어. 언니는 그 새 구두가 생긴 이후로 통로에 발을 내밀곤 하는데, 그러니까 발을 밟히는 것도 당연한 거야."

레베카가 건조하게 말했다.

"어쩌면 내가 새 구두를 살짝 의식하고 있는지도 모르겠어. 새 구두는 아무래도 처음에는 조금 불편하니까 말이야. 그런데 처음 보는 물건이 많네."

훌다가 말했다.

"크리스마스 선물로 받은 것들 말이야? 베갯잇은 콥 부인이 선물한 거고, 깔개는 노스 리버버러에 사는 사촌 메리가, 소품 바구니는 리빙과 딕이 선물한 거야. 우리는 서로에게 서랍장 커버와 쿠션 커버를 선물했어. 칸막이는 래드 씨가 나한테 준 선물이고."

엠마 제인이 말했다.

"래드 씨를 만나다니, 너희들은 운도 좋구나! 나도 그런 사람을 만날 수 있으면 좋겠다. 침대, 특히 정돈되지 않은 침대는 방을 지저분해 보이게 하는데, 칸막이가 침대를 가려주네. 게다가 너희 방엔 기숙사에서 유일하게 침대를 놓는 곳도 따

로 있고. 너희는 신입생인데 어떻게 이런 좋은 방을 얻었는지 모르겠구나."

훌다가 불만스럽게 말했다.

"루스 베리가 갑자기 아버지가 돌아가시는 바람에 집으로 돌아가야 해서 방이 비었는데, 맥스웰 선생님이 우리에게 이 방을 쓰겠느냐고 물어보셨어."

엠마 제인이 말했다.

"그 위대하신 맥스웰 선생님은 올해에 유난히 더 엄격하고 쌀쌀맞아. 나는 맥스웰 선생님을 기쁘게 하는 건 포기했어. 선생님은 공정하지 않으니까. 예뻐하는 아이들에게만 잘하고, 다른 아이들에게는 쓸데없는 참견을 하며 빈정거릴 때를 제외하면 완전히 무관심하니까. 어제는 선생님한테 예의범절이 아니라 라틴어를 가르치는 게 선생님의 할 일이라고 말하고 싶을 정도였어."

훌다가 말했다.

"내 앞에서 맥스웰 선생님에 대해 안 좋게 이야기하지 말아 줬으면 좋겠어. 내가 맥스웰 선생님을 어떻게 생각하는지 알잖아."

레베카가 발끈해서 말했다.

"알아. 하지만 네가 어떻게 맥스웰 선생님을 참아낼 수 있는지 이해가 안 가."

행운이 문을 두드리는 시간

"나는 맥스웰 선생님을 사랑해. 맥스웰 선생님한테 너무 뜨거운 햇볕이 내리쬐거나 너무 차가운 바람이 부는 것조차 안타까울 정도로. 나는 맥스웰 선생님의 교실에 대리석 교단을 놓고 선생님이 황금 책상과 벨벳 의자에 앉으시게 해드릴 거야."

레베카가 외쳤다.

"알았으니 진정해! 맥스웰 선생님은 어디든 자기가 앉고 싶은 곳에 앉으면 되겠지. 내겐 그것 말고도 생각할 게 많아."

훌다가 고개를 뒤로 젖히며 말했다.

"언니는 지금 수업을 듣고 있어야 할 시간 아니야?"

엠마 제인이 두 사람의 대화가 입씨름으로 번지는 것을 막으려고 물었다.

"맞아. 하지만 어제 라틴어 문법책을 잃어버렸거든. 책을 복도에 두고 한 30분쯤 허버트 던과 말다툼을 벌였어. 일주일 동안 허버트에게 말을 하지 않다가 그의 학급 핀을 돌려주었더니 막 화를 내지 뭐야. 나중에 책을 찾으러 가보니 사라지고 없더라고. 어쩔 수 없이 찾는 것을 포기하고 장갑을 사러 중심가에 갔다가 혹시 분실물이 들어온 게 있을까 하고 교장실에 가봤지."

훌다는 원래 회색이었지만 밝은 파랑색으로 물들인 모직 드레스를 입고 있었다. 회색 재킷에는 '우아함'을 더하기 위해 커다랗고 하얀 진주 단추를 달았고, 회색 펠트 모자에는 흰색 깃털과 하얀 바탕에 검은 물방울무늬가 있는 베일을 달았다. 레베카는 모자 밑으로 보이는 홀다의 빨간 머리는 아름답지만 매일 고대기로 지지는 앞머리는 색이 너무 탁하다고 생각했다. 홀다의 열린 재킷 안으로 밝은 파랑색 드레스에 달린 조그만 미국 국기와 웨어햄 조정 클럽의 핀과 몇몇 단체의 핀이 보였다. 이 같은 장식들은 아름다운 아가씨들이 사교계의 신사들로부터 받아서 침실 벽에 걸어두곤 하는 장식품들이 그렇듯 그 주인의 인기를 입증해주었다.

홀다는 방에 들어온 이후로 줄곧 장식들을 뗐다 붙였다 하거나 베일을 만지작거렸는데, 이는 레베카와 엠마 제인이 이번 주에는 누구의 반지를 끼고 있느냐고 물어봐 주기를 바라서였다. 그러나 두 사람 다 반지를 보았음에도 누구의 반지냐고 묻지 않았다. 홀다가 반지에 대해 말하고 싶어 하는 것은 너무도 명백했다. 아름다운 옷을 입고 고갯짓과 손짓을 해가며 만면에 미소를 띠고 재잘대는 그녀는 워즈워스의 시에 나오는 앵무새를 닮았다.

　　즐거운 모임에서 영감을 얻고
　　남들이 봐주고 들어주고
　　찬미해주기를 바라는

변덕스럽고 짓궂고 장난기 많은 새!

홀다가 말을 계속했다.

"교장 선생님은 분실한 책이 곧 들어올 거라며 다른 문법책을 빌려주셨어. 내가 책을 복도에 놓아두었다고 뭐라 하시면서 말이야. 교장실에 처음 보는 사람이 있었는데, 매우 기품 있는 신사였어. 새로 오신 선생님이라면 좋겠지만, 그런 행운이 있을 것 같지는 않아. 그 신사는 우리 아버지뻘이라고 하기에는 너무 젊고, 오빠뻘이라고 하기에는 너무 나이 들어 보였어. 그림 같은 미남인 데다 아주 멋진 정장을 입고 있었지. 그 신사가 계속해서 나를 바라보는 바람에 나는 민망해서 교장 선생님의 질문에 곧바로 대답하기가 힘들었어."

"그럼 민망하지 않게 앞으로는 마스크를 쓰고 다녀야 하겠네. 혹시 그 신사가 학급 핀을 빌려주거나 하지는 않았어? 아니면 졸업한 지 오래돼서 학급 핀을 달고 다니지 않나? 교장 선생님이 시계 속에 넣고 다니겠다며 언니 머리카락을 달라고 하지는 않았고?"

레베카가 말했다.

이 모든 대화는 즐겁고 유쾌한 분위기 속에서 이루어졌지만, 홀다는 레베카가 우스갯소리로 한 말인지 질투심에서 한 말인지 모르겠다는 생각이 들 때가 종종 있었다. 그녀는 대체로 후자일 거라고 결론지었다.

"그 신사가 몸에 지닌 보석이라곤 넥타이핀과 근사한 반지밖에 없었어. 반지가 정말 특이했는데, 마치 그의 손가락을 몇 바퀴 휘감은 것처럼 보이는 독특한 모양의 반지였어. 오 이런, 그만 가봐야겠다. 언제 이렇게 시간이 흘렀지? 수업 종이 울리네!"

레베카는 귀를 쫑긋했다. 그녀는 특이한 모양의 반지를 기억하고 있었다. 그것은 (맥스웰 선생님을 제외하고) 이 세상에서 그녀의 상상력을 자극하는 단 한 사람, 즉 알라딘의 것이었다. 알라딘에 대한 그녀와 엠마 제인의 감정은 그의 인품에 대한 감탄 섞인 존경심과 아름다운 선물에 대한 감사의 마음이었다. 그들이 처음 만난 이후로 알라딘은 한 해도 거르지 않고 두 소녀에게 고상한 취향의 사려 깊은 선물을 보냈다.

엠마 제인은 알라딘을 두 번 보았을 뿐이지만, 알라딘은 벽돌집을 방문한 적이 몇 번 있었기에 레베카는 그에 대해 엠마 제인보다 더 잘 알았다. 늘 그에게 두 사람 몫의 감사 편지를 써 보내는 사람도 레베카였다. 때로는 알라딘이 보스턴에서 리버버러의 소식을 묻는 편지를 보내기도 했는데, 그럴 때면 레베카는 독특하면서도 아이다운 시각으로 주변의 이야기를 여러 페이지에 걸쳐 썼으며, 두 번은 시를 함께 써 보내기도 했다. 알라딘은 레베카의 편지를 읽고 또 읽으며 즐거워했다. 홀다가 교장실에서 본 신사가 알라딘이라면, 그는 그녀를 보러 온 것일까? 그녀와 엠마 제인이 그가 보내준 선물들로 장식한 아름다운 방을 그에게 보여줄 수 있을까?

기숙사 생활에 익숙해지자 레베카와 엠마 제인에게 삶은 기쁨으로 가득 찬 것처럼 보였다. 사실 첫해 겨울은 레베카의 학창 시절에서 가장 즐거운 한때, 나중에도 오래도록 돌아보게 되는 가장 행복한 시기였다. 레베카와 엠마 제인은 룸메이트였고, 그들은 가지고 있는 몇 안 되는 물건으로 기숙사를 집처럼 아늑하게 꾸몄다. 처음에 기숙사에는 붉은색 카펫과 단풍나무로 만든 가구밖에 없었다. 그 방을 꾸미기 위해 레베카가 아이디어를 내고 엠마 제인이 재료와 노동력을 제공했다.

이 같은 책임 분담은 그들이 처한 상황과 아주 잘 맞아떨어졌다. 퍼킨스 부인의 아버지는 가게 주인이었는데, 세상을 떠나면서 가게에 있는 물건을 전부 결혼한 딸에게 남겼다. 당밀과 식초, 등유는 퍼킨스네 가족이 5년간 쓸 수 있는 양이었고, 퍼킨스네 다락은 지금도 무명과 목화솜을 비롯한 온갖 물건으로 가득한 보물창고였다.

그리하여 레베카가 낸 아이디어에 따라 퍼킨스 부인은 표백하지 않은 모슬린(레이온 따위로 짠 얇고 깔깔한 편직물)으로 커튼을 만들고 붉은색 무명으로 커튼 묶는 띠를 만들어주었다. 레베카와 엠마 제인은 각각 방의 한쪽 구석에 책상을 놓고 공부했는데, 이 두 개의 책상에도 서로 어울리는 책상보를 씌웠다. 레베카는 이모들을 설득해서 그녀의 소중한 램프를 가져왔고, 여기에 알라딘이 최근에 보내준 크리스마스 선물(엠마 제인에게 선물한 일본식 칸막이와 레베카에게 선물한 시집 세트)이 더해지자 두 사람은 마치 결혼해서 살림을 하는 것처럼 재미있다고 말할 정도가 되었다.

홀다가 온 날은 금요일이었는데, 매주 금요일 3시부터 4시 반까지 레베카는 그녀가 일주일 내내 기다려온 즐거움을 맛볼 수 있었다. 금요일 오후가 되면 레베카는 학교 뒤편의 솔숲 사이로 난 눈 덮인 길을 달려 내려가 조용한 마을의 골목으로 나와서 미스 맥스웰이 사는 커다란 하얀 집으로 직행했다. 하녀가 문을 열어주면 그녀는 모자와 망토를 벗어서 현관 입구에 걸고, 고무 덧신과 우산을 조심스럽게 한쪽 구석에 놓은 뒤 낙원의 문을 열었다.

미스 맥스웰의 응접실은 두 개의 벽면 가득 서가가 있었는데, 레베카는 한 시간쯤 벽난로 앞에서 좋아하는 책을 읽을 수 있었다. 그러면 잠시 후에 미스 맥스웰이 학교에서 돌아왔고, 레베카는 30분간 미스 맥스웰과 이런저런 이야기를 나누는 소중한 시간을 보낼 수 있었다. 그 후 기차역으로 가서 엠마 제인을 만나 함께 리버버러행 기차를 타고 집으로 돌아왔다. 토요일과 일요일은 벽돌집에서 보내면서 빨래하고 다림질하

행운이 문을 두드리는 시간

고 옷을 수선하고 이모들로부터 그다음 한 주를 보내기에 충분할 만큼의 칭찬과 꾸지람, 경고와 충고를 들었다.

홀다가 왔던 금요일에 레베카는 미스 맥스웰의 집 화단에서 제라늄(쥐손이풀과의 여러해살이풀)에 얼굴을 묻고 향기를 맡다가 서가에서 조지 엘리엇의『로몰라』를 꺼내 들고 만족스러운 한숨을 내쉬며 창가의 의자에 앉았다. 그녀는『데이비드 코퍼필드』에 너무 몰두한 나머지 리버버러행 기차를 타야 한다는 것을 까맣게 잊은 날을 떠올리며 이따금 시계를 보았다. 그날 심란해진 엠마 제인은 혼자 가기를 거부하고 레베카를 찾으러 기차역에서 미스 맥스웰의 집까지 달려왔었다. 한 시간 뒤에 출발하는 기차가 있었지만, 그 기차는 리버버러에서 5킬로미터쯤 떨어진 곳으로 가는 기차였기에 두 소녀는 눈 속을 걸어서 한밤중에 집에 도착했다.

레베카는 30분쯤 책을 읽다가 문득 고개를 들어 창밖을 바라보았다. 숲길을 걸어 내려오는 두 사람이 보였다. 적갈색 머리카락과 눈길을 끄는 모자는 그녀가 홀다임을 말해주었고, 그녀와 함께 걸어오는 사람은 다름 아닌 알라딘이었다. 뾰족구두를 신은 홀다는 우아하게 스커트를 들어 올리고 안전한 곳을 찾아 발을 내디뎠다. 검은색 물방울무늬가 있는 베일 밑으로 그녀의 상기된 뺨과 반짝이는 눈이 보였다.

레베카는 창가 자리에서 일어나 벽난로 앞으로 가서 커다란 안락의자에 머리를 기댔다. 갑자기 가슴이 두방망이질을 쳤다. 그녀는 그 갑작스러운 감정의 동요와 완전히 새로운 느낌에 놀랐다. 알라딘과의 우정을 훌다와 공유하는 게 견딜 수 없게 느껴졌다. 훌다는 매우 밝고 예쁘고 명랑하고 쾌활해서 함께 있으면 즐거워지는 사람이었다. 레베카는 알라딘과의 사이에 엠마 제인이 끼어드는 것은 늘 기쁘게 받아들였지만, 그것은 아마도 알라딘의 마음속에서 엠마 제인이 늘 두 번째라는 것을 무의식적으로 알고 있었기 때문일 것이다. 하지만 자신이 뭐라고 첫 번째가 되기를 바란단 말인가?

문이 부드럽게 열리면서 누군가 안을 들여다보며 말했다.

"맥스웰 선생님이 이곳에 가면 레베카를 만날 수 있을 거라고 하더구나."

그 소리에 놀란 레베카가 벌떡 일어나 그를 반갑게 맞이했다.

"알라딘 씨! 오! 웨어햄에 계시다는 것은 알고 있었지만, 우리를 보러 오실 시간은 없을 거라고 생각했어요."

"'우리'라니, 누구 말이니? 이모님들이 여기 계시지는 않을 테고… 오, 그 부유한 대장장이의 딸 말이로구나. 그 애의 이름은 기억을 잘 못하겠어. 그 애도 여기에 있니?"

"네, 제 룸메이트예요."

레베카는 그가 엠마 제인의 이름을 잊었다면 자신에게도

끝을 알리는 종이 울린 것이라고 생각하며 대답했다.

부드러운 빛 속에서 벽난로가 타닥타닥 소리를 내며 유쾌하게 타들어갔다. 그들은 많은 이야기를 나눴고, 서서히 레베카의 마음속에 예전의 그 다정하고 친근한 느낌이 되살아났다. 애덤은 몇 달간 레베카를 보지 못했으며, 따라서 그녀의 시각에서 본 학교의 문제들에 대해 알아야 할 것이 많았다. 그는 레베카의 발전 상황에 대해서는 교장 선생님에게 들어서 이미 알고 있었다.

마침내 애덤이 현실로 돌아와 말했다.

"나는 포틀랜드에 가야 한단다. 내일 그곳에서 철도회사 이사회가 열리거든. 이사회에 참석하러 가는 길에 학교에 들른 거야."

"아저씨가 학교 이사님이라니 신기해요. 별로 어울릴 것 같지 않거든요."

레베카가 생각에 잠겨서 대답했다.

"너는 놀랍도록 현명한 아이야. 네 말에 전적으로 동의한다. 사실 이사직을 수락한 것은 돌아가신 어머니 때문이야. 이곳은 어머니가 마지막으로 행복한 시절을 보낸 곳이거든."

"아주 오래전의 일이겠군요!"

"어디 보자, 내가 서른두 살이니까… 간간이 흰 머리가 보이기는 해도 아직 서른두 살밖에 안 됐단다. 어머니는 학교를 졸업한 지 한 달 만에 결혼하셔서 내가 열 살 되던 해에 돌아가 셨지. 맞아, 어머니가 이 학교를 다닌 건 오래전 일이야. 그 당시 학교는 생긴 지 15년이나 20년쯤 되었겠지만 말이야. 어머니 사진을 보여줄까?"

레베카가 가죽 케이스를 받아서 열자 분홍색과 흰색의 데이지꽃처럼 순수하고 섬세한 얼굴이 나왔다. 그 얼굴은 레베카로 하여금 그녀가 나이 들고 경험이 많은 사람인 것처럼 느끼게 했다. 사진 속의 그 여린 소녀에게 위로와 용기를 주고싶은 마음이 들 정도로.

레베카가 부드럽게 속삭였다.

"오, 꽃처럼 아름다운 얼굴이에요!"

애덤이 어두운 목소리로 말했다.

"그 꽃은 온갖 풍파를 견뎌야 했어. 찬 바람에 가녀린 줄기가 휘고, 고개가 숙어지고, 꽃잎이 떨어졌지. 나는 어린아이였기 때문에 꽃을 보호하고 양분을 공급할 그 어떤 일도 할 수 없었어. 지금은 성공해서 병든 어머니를 치료하고 행복하게 해드릴 돈과 능력이 생겼지만, 이미 너무 늦었지. 어머니는 사랑과 관심과 보살핌의 부족으로 돌아가셨고, 나는 그것을 결코 잊을 수가 없어. 가끔은 내가 가진 모든 것이 다 소용없다는 느낌이 들어. 어머니와 공유할 수 없으니까 말이야!"

이것은 알라딘의 새로운 모습이었다. 레베카의 가슴은 연민과 이해로 가득 찼다. 이것이 알라딘의 그 모든 유쾌한 말과 웃음에도 불구하고 이따금 그의 눈에서 보이는 공허함을 설명해주었다.

레베카가 말했다.

"어머니에 대해 알게 돼서 기뻐요. 그리고 흰색 모슬린 모자의 끈을 턱밑에 잡아맨 어머니의 모습과 어머니의 하늘색 눈과 물결치는 듯한 금발을 볼 수 있어서 기뻐요. 어머니는 틀림없이 행복하셨을 거예요! 계속 행복하게 지내면서 아저씨가 성장하는 모습을 보셨더라면 얼마나 좋았을까요! 저희 엄마는 늘 바쁘고 힘들게 일하시지만, 한번은 존을 보시며 '저 아이가 이 모든 것을 보상해주는구나' 하고 말씀하셨어요. 아마 아저씨 어머니도 살아 계셨더라면 아저씨에 대해 그렇게 생각하셨을 거예요."

"너는 사람을 위로할 줄 아는 아이로구나, 레베카."

애덤이 자리에서 일어나며 말했다.

레베카가 일어설 때 그녀의 속눈썹에는 아직 눈물이 맺혀 있었다. 애덤은 갑자기 그녀를 새롭게 보게 되었다. 그는 레베카의 가느다란 갈색 손을 쥐고 마치 그녀를 처음 보는 것처럼 말했다.

"안녕! 장미처럼 붉고 눈처럼 흰 비누를 팔던 꼬마가 멋진 소녀가 되었구나! 4년 과정을 3년 안에 마치려고 밤에도 불을 밝히고 공부하다 보면 눈도 침침하고 얼굴도 창백할 텐데 레베카의 눈은 초롱초롱하고 뺨은 장밋빛이로구나! 양옆으로 길게 땋은 머리는 뒤에서 합쳐져 'U' 자 모양을 이루고, 키는 어느새 훌쩍 커서 내 어깨에 닿는구나! 세상에 어떻게 이런 일이! 앞으로 위로해주는 꼬마 친구 없이 알라딘이 어떻게 살아갈까! 알라딘은 성인이 되어 길게 끌리는 드레스를 입은 젊은 여성들을 좋아하지 않는데. 알라딘에게 그들은 두렵고 따분한 존재인데."

그러자 그의 농담을 진지하게 받아들인 레베카가 열렬히 외쳤다.

"오, 아저씨! 저는 아직 열다섯 살이 안 됐어요. 어른이 되려면 3년이나 남았다구요. 그러니까 그때까지는 저를 포기하지 말아주세요!"

애덤이 말했다.

"포기하지 않으마. 약속할게."

그는 잠시 멈췄다가 다시 말을 이었다.

"레베카, 풍성한 빨간 머리와 매우 도회적인 태도를 지닌 그 소녀는 누구지? 나를 이 집으로 안내한 소녀 말이야."

"리버버러에서 온 훌다 메저브일 거예요."

애덤은 한 손가락으로 레베카의 턱을 들고 그녀의 눈, 지금도 열 살 때처럼 부드럽고 투명하며 아이 같은 눈을 들여다보

앉다. 그는 반쯤 내려온 눈꺼풀 사이로 유혹적인 시선을 보내
던 푸른 눈을 떠올리며 진지하게 말했다.

"홀다를 닮지 말거라, 레베카. 서니브룩의 들판에서 자란
클로버꽃은 화려하고 요란한 해바라기와는 어울리지 않으니
까. 해바라기와 함께 묶어서 꽃다발을 만들기에는 너무 사랑
스럽고 향기롭고 싱그러우니까."

내가 다른 사람이라고 가정하고,
내가 하는 모든 이야기를 이해해주는 사람에게 편지를 쓴다면
정말 근사할 거야.

눈보라처럼 불행이 닥쳐오더라도

웨어햄에서의 행복한 1년이 지나갔다. 레베카는 여름방학 때 열심히 공부해서 가을에 4년 과정을 3년 안에 마치는 데 필요한 시험에 합격했다. 대단히 우수한 성적은 아니었다. 웨어햄에 오기 전에 제대로 된 교육을 받지 못한 점을 고려하면 우수한 성적을 받기란 거의 불가능했다. 하지만 필수 과목 몇 과목의 시험을 썩 잘 치렀고 다른 과목들에서도 높은 점수를 받아서 평균 성적은 괜찮은 편이었다. 레베카는 어떤 상황에서도 매우 뛰어난 학생은 되지 못했을 것이다. 수학과 과학을 그녀보다 잘하는 여학생이 10여 명은 되었다.

그러나 몇 달이 지나자 어떤 설명할 수 없는 이유로 그녀는 학교에서 가장 주목받는 학생이 되었다. 레베카는 자신의 답변을 확실하게 뒷받침해줄 사실들을 잊었을 경우 그녀만의 독창적인 이론에 근거하여 설명하곤 했는데, 그러한 설명은 늘 옳은 것은 아니었지만 대체로 독특하고 흥미로웠다. 레베카는 라틴어나 프랑스어 문법에서는 '양'을 받았지만, 번역의 경우에는 본문의 의미를 제대로 파악하고 거기에 어울리는 단어를 사용하여 자유롭게 번역함으로써 교사들을 기쁘게 하고 경쟁자들을 좌절하게 했다.

미스 맥스웰은 애덤 래드에게 이렇게 말했다.

"레베카는 주어진 주제에 대해 아무것도 모를 때도 있지만 단서를 얻는 순간, 매우 지적으로 접근한답니다. 다른 대부분의 학생들은 아는 게 많아도 양처럼 어리석은데 말이죠."

레베카가 조용히 새로운 환경에 적응해가던 첫해에는 그녀의 재능을 알아본 사람이 거의 없었다. 그녀는 학생들 중 가난한 축에 속했다. 그녀에게는 눈길을 끌 만한 예쁜 옷도 없었고, 찾아오는 사람도 없었으며, 동네에 친구들도 없었다. 공부해야 할 분량은 더 많고 여유 시간은 더 적어서 다른 아이들과 자주 어울리지도 못했다. 그러나 물은 어떤 식으로든 수평을 이루게 마련이어서, 레베카는 이듬해 봄에는 리버버러에서 그랬던 것처럼 자연스럽게 리더십을 발휘하게 되었다. 그녀는 만장일치로 학교 신문인 《웨어햄 파일럿》의 부편집자로 선출되었다. 레베카는 부편집자의 자리에 오른 최초의 여학생이었으며, 그녀가 부편집자로서 처음 발행한 학교 신문을 콥 부부에게 보냈을 때 제리 아저씨와 세라 아주머니는 너무도 자랑스러운 나머지 거의 먹지도 못하고 자지도 못했다.

홀다 메저브는 부편집자 선출에 대해 이렇게 말했다.

"레베카는 늘 표를 받을 거야. 실제로 뭔가를 알든 모르든 그 애는 늘 뭔가를 아는 것처럼 보이고, 실제로 어떤 일을 할 수 있든 없든 그 애는 늘 그 일을 할 수 있는 것처럼 보이니까. 나도 레베카 랜들처럼 키가 크고, 얼굴이 까무잡잡하고, 다른 사람들로 하여금 내가 큰일을 할 수 있다고 믿게 할 수 있었으면 좋겠어. 하지만 한 가지 위안이 되는 건 남자애들이 레베카가 예쁘다고 말하면서도 그 애에게 별로 관심을 보이지 않는다는 거지."

레베카는 열다섯 살이 되었음에도 남학생들에게 별로 관심이 없었다. 레베카를 본 사람이라면 누구라도 그녀 속에 여성적인 매력이 잠재되어 있음을 의심할 수 없겠지만, 그녀의 그런 면은 아직 때를 기다리고 있었다. 인간은 주어진 시간에 일정량의 활동만 할 수 있기에 꼭 필요하고 가장 하고 싶어 하는 일부터 하게 마련이다. 레베카는 자잘한 걱정과 두려움으로 가득했다. 벽돌집과 서니브룩 농장의 상황이 좋지 않았기 때문이다. 그녀는 지나치게 바쁘고 지나치게 할 일이 많았으며, 따라서 그녀의 생각은 자연히 하루하루를 살아가는 문제에 쏠

려 있었다.

그해 가을과 겨울에 레베카는 미란다 이모의 불평과 타박이 그 어느 해보다 심하다고 느꼈다. 어느 토요일에 그녀는 위층으로 뛰어 올라가 눈물을 쏟으며 외쳤다.

"제인 이모, 더 이상은 미란다 이모의 꾸지람을 견딜 수 없을 것 같아요. 미란다 이모는 제가 하는 일은 뭐든 못마땅해하세요. 방금 전에는 저한테서 친가 쪽 성향을 모두 없애려면 일평생이 걸릴 거라고 했어요. 하지만 저는 그렇게 하고 싶지 않거든요!"

평소에 감정을 잘 드러내지 않는 제인이 레베카와 함께 울면서 그녀를 달랬다. 제인이 레베카의 눈물을 닦아주며 말했다.

"인내심을 가져야 해, 레베카. 네가 그토록 열심히 공부하는데 네게 부담을 주면 안 될 것 같아서 말을 안 했지만, 미란다 이모는 건강이 좋지 않아. 한 달 전의 어느 월요일 아침에는 정신을 잃기까지 했단다. 심각한 건 아니지만, 의사는 뇌졸중일 수도 있다고 했어. 그리고 만약 그렇다면 생의 종착점을 향한 여정이 시작된 셈이야. 미란다 이모에게는 네가 모르는 또 다른 문제도 있단다. 그러니까 지금 미란다 이모에게 친절하게 대하지 않으면 나중에 후회하게 될 거야."

레베카의 얼굴에서 화난 기색이 완전히 사라졌다. 그녀는

울음을 멈췄다.

"오, 가엾은 미란다 이모! 이제 미란다 이모가 한 말에 속상해하지 않을 거예요. 이모는 저한테 밀크 토스트를 만들어달라고 했을 뿐인데, 저는 이모한테 토스트를 가지고 가기가 두려웠어요. 하지만 이제 모든 게 달라졌어요. 너무 걱정하지 마세요, 제인 이모. 어쩌면 이모가 생각하는 것만큼 심각한 상황은 아닐 수도 있어요."

그리하여 잠시 후에 레베카가 미란다 이모에게 토스트를 가지고 갔을 때는 금테를 두른 가장 좋은 접시에 담긴 토스트가 가장자리에 장식이 있는 냅킨이 깔린 쟁반 위에 놓여 있었고, 소금통 위에 제라늄 한 송이가 올려져 있었다.

레베카가 싹싹하게 말했다.

"미란다 이모, 이 토스트를 한번 맛보면 이모는 입맛을 다시며 아주 맛있다고 하실 거예요. 이건 랜들식 밀크 토스트가 아니라 소여식 밀크 토스트거든요."

미란다가 말했다.

"너는 참 여러 가지를 시도하는구나. 이 토스트는 정말 맛이 좋아. 하지만 저 예쁜 제라늄을 낭비하지 않았으면 좋았을 걸 그랬다."

레베카가 관조적으로 말했다.

"낭비인지 아닌지는 알 수 없어요. 어쩌면 저 제라늄은 누군가의 식탁을 환하게 해주기를 오랫동안 고대해왔는지도 모르니까요. 그러니까 공연히 싫어하는 척해서 제라늄을 실망시키지 않으셨으면 좋겠어요. 저는 이른 아침에 제라늄이 울고 있는 것을 봤거든요."

제인이 말한 또 다른 문제는 매우 실제적인 것이었지만, 비밀에 부쳐져 있었다. 미란다는 소여 집안의 재산 중 2,500달러를 돌아가신 아버지의 친구가 하는 사업에 투자해서 매년 100달러의 수입을 얻었다. 아버지의 친구는 5년 전에 세상을 떠났지만, 그의 아들이 사업을 물려받아서 모든 게 예전처럼 돌아갔다. 그런데 갑자기 회사의 파산을 알리는 편지가 날아왔다. 사업이 망하고, 다른 모든 것들과 함께 소여 집안의 돈도 사라지고 말았다.

1년에 100달러의 손실은 별것 아닌 것 같지만, 두 노처녀에게는 안락한 생활에서 허리띠를 졸라매는 생활로 옮아가는 것만큼의 차이가 있었다. 그들은 그동안에도 검소한 생활을 해왔기에 더 이상 절약하기는 힘들었다. 게다가 이 일은 시기적으로 가장 적절하지 않은 때 일어났다. 레베카의 학비와 기숙사 비용은 비록 많은 액수는 아니었지만 즉시 그리고 현금으로 납입해야 했기 때문이다.

제인이 눈물을 흘리며 미란다에게 물었다.

"이대로 계속해나갈 수 있을까? 그만 포기하고 레베카에게 말해야 하지 않을까?"

미란다가 엄숙한 어조로 대답했다.

"한번 손에 쟁기를 들었으면 뒤를 돌아봐선 안 돼. 우리는 레베카를 그 애 엄마에게서 데려와 공부를 시켜주겠다고 했으니 그 약속을 지켜야 해. 레베카는 오릴리어의 유일한 희망이야. 한나는 온통 약혼자 생각뿐이고, 눈에서 멀어지면 마음에서도 멀어진다고 결혼하고 나면 엄마는 뒷전일 거야. 그리고 존은 농장을 돌보는 대신 의사가 되어야 한다고 생각해. 마치 건강하지 못한 사람이 너무나 많아서 그들을 무덤으로 인도할 젊은 의사가 부족하다는 듯이 말이야. 아니야, 제인. 우리가 더 절약하고 아껴 쓰면 돼. 어떻게 해서든 이자만으로 생활할 계획을 세워보자. 원금을 깨는 일이 있어서는 절대 안 돼."

검약한 뉴잉글랜드 여인들의 마음속에서 '원금을 깨는 것'은 방화나 도둑질, 살인에 버금가는 죄였고, 비록 이 같은 원칙이 지금처럼 다소 과하다 싶게 시행될지라도 그것은 의심할 나위 없이 공동체에 악보다는 선을 더 많이 심어주었다.

이런 사정에 대해서는 아무것도 모르는 레베카에게는 이모들이 점점 더 아끼고 절약하는 모습만 보였다. 식탁에 고기와 생선이 올라오는 날이 줄었고, 일주일에 두 번씩 와서 빨래와 다림질을 해주던 사람이 오지 않게 되었고, 낡은 보닛(턱 밑에서 끈을 매게 되어 있는 여성용 모자)을 다시 손질해서 쓰게 되었고, 모더레이션과 포틀랜드로 여행을 다니던 것도 중단하게 되었다. 미란다는 침울한 얼굴을 하고 심한 말을 하거나 가차 없는 태도를 취할 때는 있었지만 레베카가 부담이 된다는 말은 절대 하지 않았다. 따라서 소여 집안의 불행으로 인해 레베카가 겪어야 했던 고충은 낡은 드레스와 모자와 재킷을 계속해서 입어야 하는 게 전부였다.

그러나 서니브룩 농장에 닥친 불행은 감출 수가 없었다. 그곳에서는 1년 내내 사건 사고가 이어졌다. 감자 농사를 망친 데다 사과는 내다 팔 수 있을 만한 상태가 아니었고, 건초도 작황이 안 좋았다. 오릴리어는 여러 차례 현기증을 느꼈고, 마크는 발목이 부러졌다. 마크가 뼈를 부러뜨린 게 이번이 네 번째였기 때문에 미란다는 "마크의 뼈가 다 부러진 때를 알기 위해" 인간의 뼈가 몇 개나 되느냐고 물었다. 저당금의 이자를 갚아야 했지만, 14년 만에 처음으로 이자를 갚지 못했다.

유일하게 좋은 일은 한나가 월 멜빌과 약혼한 것이었다. 월은 서니브룩 농장에 이웃한 농장을 경영하는 젊은 농부로, 좋은 집에 혼자 살고 있었다. 한나는 예상하지 못한 그녀의 밝은 미래에 너무도 만족한 나머지 엄마의 걱정을 알아차리지 못했다. 인간에게는 역경 속에서도 꽃을 피우는 자질이 있는가 하면 갑작스러운 행운에 시드는 자질도 있기 때문이다. 한나는 벽돌집에 와서 일주일간 머물다 갔는데, 미란다는 이때 받은 인상에 대해 한나는 인색하고 이기적이며, 높이 올라가고 나면 재빨리 사다리를 걷어찰 것이라고 말했다. 동생들을 위해 무엇을 할 수 있을지에 대한 이야기가 나왔을 때도 한나는 이미 자신의 몫을 다했으며, 가난한 친척들 때문에 윌에게 부담을 지우고 싶지 않다고 말했다는 것이다.

미란다가 외쳤다.

"한나는 수전 랜들을 빼다 박았어! 그 애가 템퍼런스로 돌아갈 때 얼마나 기쁘던지! 만약 농장의 저당금을 다 갚을 수 있게 된다면 그 저당금을 갚은 사람은 한나가 아니라 레베카나 나일 거야!"

알라딘이 램프를 문지르다

레베카가 방에 들어오며 말했다.

"귀하가 《웨어햄 파일럿》에 투고한 「웨어햄의 야생화」가 채택되었습니다, 미스 퍼킨스. 맥스웰 선생님과 차를 마시고 있다가 그 소식을 듣고 서둘러 돌아왔어."

양말을 깁고 있던 엠마 제인이 고개를 들었다.

"농담이지?"

"전혀! 편집자가 네 원고를 읽어보고 아주 마음에 들어했어. 다음 호에 실릴 거야."

"설마 네 시와 같은 호에 실리는 건 아니지? 우리가 졸업할 때 우리 등 뒤로 황금 문이 닫힌다는 시 말이야."

엠마 제인이 숨죽이고 대답을 기다렸다.

"심지어 같은 호에 실린답니다, 미스 퍼킨스."

엠마 제인은 천성이 허락하는 범위 안에서 최대한 비극적인 어조로 말했다.

"오, 레베카, 더는 못 견딜 것 같아. 혹시 내게 무슨 일이 생기면 우리 글이 실린 신문을 나와 함께 묻어줘."

레베카는 엠마 제인의 감정 표현이 과장되었다고 생각하지 않는 듯했다.

"알겠어. 나도 처음엔 너랑 똑같았어. 학교 신문에 실린 내 글을 볼 때마다 기쁨으로 가슴이 터질 것 같았으니까. 물론 글이 좋아서 그랬던 건 아니야. 내가 쓴 글은 볼 때마다 더 안 좋게 보이니까."

엠마 제인이 바늘을 허공에 들어 올린 채 맞은편 벽을 바라보며 꿈꾸듯이 말했다.

"우리가 나이 들어서 한집에 살면 얼마나 좋을까. 나는 집안일과 요리를 할게. 그리고 네가 쓴 시와 소설을 옮겨 적어서 우체국에 가지고 가서 부치는 거지. 너는 다른 아무것도 할 필요 없이 그저 글만 쓰면 돼. 정말 근사할 것 같지 않아?"

"존에게 함께 살겠다는 약속만 하지 않았어도 그보다 더 좋을 순 없겠다."

"존이 집을 사기까지는 여러 해가 걸리지 않을까?"

레베카가 한숨을 내쉬며 테이블 옆에 주저앉아 손으로 머리를 받쳤다.

"맞아. 저당금을 상환할 방법을 생각해내지 못하는 한 집을 사기 힘들 거야. 그런데 금년에 이자를 못 냈기 때문에 상환할 날이 가까워지기는커녕 오히려 더 멀어졌어."

레베카는 종이를 끌어당겨서 몇 자 끄적거리는가 싶더니 잠시 후에 그것을 소리 내어 읽었다.

저당금이 농장에게 말했네.
"조금 더 빨리 갚을 수는 없나요? 나는 이곳이 지긋지긋해요."
그러자 레베카 랜들이 외쳤네.
"그건 나도 마찬가지야. 네 얼굴을 다시는 보고 싶지 않아."

"지폐에는 얼굴이 있지만 저당금에도 얼굴이 있는지는 몰랐는걸?"

엠마 제인이 말했다.

"우리 집 저당금에는 얼굴이 있어. 나는 어둠 속에서도 그 얼굴을 알아볼 수 있어. 내가 그려서 보여줄 테니 잠깐만 기다려. 너도 그가 어떻게 생겼는지 알아두는 게 좋을 거야. 나중에 남편과 일곱 명의 아이들과 함께 살 때 너희 농장 근처에 얼씬도 하지 못하게 하려면 말이야."

레베카가 말했다.

완성된 그림은 반쯤 졸던 사람도 벌떡 일어나게 할 만한 것이었다. 오른쪽에 작은 집이 있고 그 집 앞에 한 가족이 모여서 울고 있었다. 저당금은 악마와 괴물이 반반 섞인 듯한 형상으로, 오른손에 도끼를 들고 있었다. 물결치는 검은 머리를 한 인물이 도끼를 막아내고 있었는데, 그 인물이 바로 그녀라고 레베카는 만족스러운 어조로 말했다.

"정말 무시무시하게 생겼구나. 하지만 아주 쭈글쭈글하고 작은데?"

엠마 제인이 말했다.

"저당금이 1,200달러밖에 안 되거든. 그 정도면 적은 거래. 존은 저당금이 1만 2,000달러인 사람을 본 적도 있대."

"너는 작가가 될 거야, 편집자가 될 거야?"

엠마 제인이 마치 마음을 정하기만 하면 작가나 편집자가 될 수 있기라도 한 것처럼 말했다.

"봐서 형편이 되는 대로 하려고."

"버치 선교사님 말씀처럼 선교사가 되어 시리아로 떠나는 건 어때? 선교회에서 비용을 대줄 텐데."

"거기에 대해서는 마음을 정하지 못했어. 무엇보다도 나는 그렇게 착한 사람이 아닌 데다 선교사로서의 소명을 느낀 적도 없어. 버치 목사님은 소명이 있어야 한다고 했거든. 나는 다른 누군가를 위해 뭔가를 하고 싶지만, 나 자신도 어떻게 살아야 할지 모르면서 수천 킬로미터 떨어진 곳에 가서 사람들에게 어떻게 살아야 할지를 가르치고 싶지는 않아. 마치 내가 이교도들에게 꼭 필요한 사람인 것처럼 말이야. 나는 결국에는 그들이 다 잘 되리라고 믿어."

"어떻게 그럴 수 있겠어? 외국에 나가서 이교도들을 구원해야 할 사람들이 다 우리처럼 국내에 머물러 있다면 말이야."

엠마 제인이 반박했다.

"글쎄, 하느님이 어떤 분이시든 그리고 어디에 계시든 그분은 늘 도울 준비를 하고 기다리고 계실 거야. 하느님은 단 한 명의 영혼도 놓치지 않으실 분이야. 이교도들이 하느님을 조금 늦게 발견하더라도 그분은 그것을 허용하실 거야. 하느님은 그들이 너무 더운 곳에 살아서 게을러질 수 있고, 앵무새와 호랑이, 뱀, 빵나무 같은 것들에 정신이 팔릴 수 있으며, 책이 없어서 생각을 잘 하지 못한다는 것을 아서. 하지만 언젠가는 그들도 하느님을 발견하게 될 거야."

"하지만 그전에 죽으면?"

엠마 제인이 물었다.

"오, 음, 그건 그들 잘못이 아니야. 그들이 일부러 죽은 게 아니니까."

레베카가 대답했다.

그 무렵 애덤 래드는 철도의 지선을 건설하는 문제로 템퍼런스로 출장을 갈 때가 더러 있었는데, 거기서 서니브룩 농장과 관련이 있는 약간의 정보를 접하기도 했다. 새로운 철도를 건설하는 것은 아직 확실시되지 않았으며, 템퍼런스와 플럼빌을 잇는 최상의 노선에 대한 의견 차이가 있었다. 철도가 서니브룩 농장을 지나게 되면 랜들 부인은 보상을 받겠지만, 그렇지 않을 경우에는 주변의 땅값이 오르는 만큼의 이익을 얻는 것 외에 크게 영향을 받지 않을 터였다.

어느 날 애덤은 템퍼런스에서 웨어햄으로 와서 오랫동안 레베카와 함께 걸으면서 이야기를 나눴다. 레베카는 시간을 정해놓고 공부하고 있었지만, 애덤은 그녀가 창백하고 야위어 보인다고 생각했다. 레베카는 제인 이모의 두 번째로 좋은 옷인 검은색 캐시미어 드레스를 입고 있었다. 우리는 발이 너무도 예뻐서 아무리 투박한 구두로도 그 우아함을 감출 수 없는 동화 속 여주인공에 익숙하지만, 과연 정말로 그럴까 하는 의구심이 없지 않다.

그러나 레베카의 독특한 매력은 액세서리와는 전혀 상관이 없어 보이는 게 사실이었다. 그녀의 얼굴선과 보기 드문 피부색, 머리카락, 눈동자는 남루한 옷차림 속에서도 빛을 발했다.

그녀가 아름다운 옷을 입고 다녔더라면 웨어햄이라고 하는 작은 세계는 그 즉시 그녀를 미인이라고 칭했을 것이다. 레베카의 양옆으로 길게 땋은 머리는 뒤에서 교차한 뒤 앞으로 넘어갔다가 거기서 다시 한번 교차하면서 뒤로 넘어와 그 뾰족한 끝이 아래쪽의 풍성한 머리카락 속으로 사라졌다. 그리고 뒤로 빗어넘긴 물결치는 듯한 머리칼은 대단히 여성스러웠으며, 햇빛을 받을 때마다 다른 색으로 반짝거렸다.

애덤 래드가 빤히 바라보는 바람에 레베카는 두 손으로 얼굴을 가리고 웃으면서 수줍게 말했다.

"무슨 생각을 하고 계시는지 알 것 같아요. 제 드레스가 작년보다 1인치 더 길어지고 제 머리 스타일이 달라졌다고 생각하실 거예요. 하지만 저는 아직 어른이 되지 않았어요. 정말이에요. 한 달이 지나야 겨우 열여섯 살인걸요. 아저씨는 제가 길게 끌리는 드레스를 입게 될 때까지 저를 포기하지 않겠다고 약속하셨어요. 제가 나이 드는 게 싫으시면 아저씨가 젊어지시는 건 어떨까요? 그러면 우리는 중간 지점에서 만나 즐거운 시간을 보낼 수 있을 텐데요.

그러고 보니 아저씨는 늘 그렇게 해오셨던 것 같아요. 저한테서 비누를 사주셨을 때 저는 아저씨가 저희 할아버지 연배쯤 되는 줄 알았어요. 자선 파티에서 저와 춤을 추었을 때는 저희 아빠처럼 보였고, 아저씨의 어머니 사진을 보여주셨을 때는 아저씨가 안됐다는 생각이 들어서인지 제 동생 존처럼 느껴졌어요."

"그거 좋은 생각이로구나. 네가 너무 빨리 자라서, 나한테 할머니가 필요해지기도 전에 할머니가 되어버리지만 않는다면 말이야. 너는 공부를 너무 열심히 해, 레베카 로웨나!"

애덤이 미소 지으며 말했다.

"그냥 조금씩 하고 있어요. 하지만 이제 곧 방학이에요."

레베카가 말했다.

"방학에는 충분히 쉬어서 보조개가 돌아오도록 할 거지? 네 보조개는 보존할 가치가 있으니까 말이야."

레베카의 얼굴에 그늘이 스치면서 눈에 눈물이 맺혔다.

"저한테 너무 잘해주지 마세요. 그러면 견딜 수 없을 것 같으니까요. 보조개가 있던 시절은 이미 지나갔어요!"

레베카는 교문 안으로 뛰어 들어가면서 손을 흔들어 작별 인사를 했다.

애덤 래드는 생각에 잠긴 채 교장실로 향했다. 그에게는 며칠 동안 생각해둔 계획이 있었다. 그해는 웨어햄 학교의 창립 50주년이 되는 해였다. 그래서 애덤은 도서실에 책 100권을 기증하는 한편 글짓기 대회를 열어서 상을 줄 생각이었다. 그는 3, 4학년 남녀 학생을 대상으로 가장 뛰어난 에세이 두 편을 뽑아 시상할 예정이었다. 상품은 아직 결정하지 않았지만,

돈이나 책 같은 실제적인 것이 좋을 듯했다.

애덤은 교장 선생님에게 자신의 뜻을 전달하고 미스 맥스웰의 집으로 향했다. 그는 숲길을 걸으며 생각했다.

'레베카에게는 도움이 필요해. 내가 돕겠다고 나서면 괜찮다고 할 테니 그 애 스스로 돕도록 하는 게 좋겠지. 가엾은 것 같으니! 내게 돈이 있어도 정작 가장 쓰고 싶은 곳에는 쓸 수가 없구나.'

애덤은 미스 맥스웰을 만나기가 무섭게 말을 꺼냈다.

"미스 맥스웰, 우리의 친구인 레베카가 너무 지쳐 보이는 것 같지 않아요?"

미스 맥스웰이 대답했다.

"사실 그 애는 지쳤어요. 그래서 그 애를 데리고 여행을 갈까 생각 중이에요. 저는 봄방학이 되면 늘 남부로 여행을 떠난답니다. 바닷가 휴양지인 올드 포인트 컴포트로 가서 근처의 조용한 시골 마을에서 지내다 오지요. 레베카 같은 말동무가 있으면 더할 나위 없이 좋을 거예요."

애덤이 기쁜 마음으로 동의했다.

"좋은 생각입니다! 하지만 왜 혼자 모든 책임을 떠안으려 하시죠? 저도 돕게 해주세요. 저는 그 애에게 지대한 관심이 있답니다. 지난 몇 년간 계속 그래 왔지요."

미스 맥스웰이 따뜻하게 말했다.

"당신이 그 애를 발견한 척하실 필요는 없어요. 저 스스로 발견했으니까요."

애덤이 웃음을 터뜨렸다.

"그 애는 당신이 웨어햄에 오기 오래전부터 이미 저의 친구였답니다."

그는 미스 맥스웰에게 레베카를 처음 만났을 때의 상황을 말해주며 이렇게 덧붙였다.

"처음부터 저는 그 애의 발전에 도움이 될 방법을 찾고 있었지만, 마땅한 해결책이 떠오르지 않았어요."

미스 맥스웰이 말했다.

"다행히 그 애는 스스로 발전해나가고 있어요. 어떤 의미에서 그 애는 모든 것과 모든 사람으로부터 독립적이지요. 그 애는 자신도 모르는 사이에 그 애의 수호성인을 따르고 있어요. 하지만 그 애에게는 돈으로 살 수 있는 많은 실제적인 것들이 필요하지요. 그런데 안타깝게도 제 지갑이 얇네요."

애덤이 말했다.

"그렇다면 제 지갑을 받아주세요. 제가 당신을 통해서 그 애를 도울 수 있도록요. 빛이나 공기 없이도 자라려고 애쓰는 어린나무만 보아도 안쓰러운데 하물며 재능 있는 아이의 경우 제 마음이 어떻겠습니까? 1년 전에 레베카가 음악 교육을 받을 수 있도록 돕고자 그 애의 이모들을 만난 적이 있어요. 저는 그런 일이 흔히 있는 일이며, 그들이 정히 원한다면 나중에 돈을 갚아도 된다고 설득했지만, 소용없었어요. 미스 미란다 소여는 가족 중 누구도 남의 도움에 의지해 산 적이 없으며, 앞으로도 그럴 거라고 말하더군요."

미스 맥스웰이 말했다.

"저는 뉴잉글랜드 사람들의 자립심을 좋아한답니다. 그리고 레베카가 견뎌온 그 어떤 고통이나 슬픔에 대해서도 안타깝게 여기지 않아요. 필요는 그 애를 용감하게 만들 뿐이고, 가난은 그 애를 대담하고 독립적으로 만들 뿐이니까요. 현재 레베카에게 필요한 것들은 성인 여성만이 해줄 수 있는 것들이에요. 그러니까 직접 레베카를 위해서 무언가를 하겠다는 생각은 안 하셨으면 좋겠어요. 레베카는 의식하지 못할지라도 그동안 제가 그 애의 자존심과 자존감을 상하게 했다는 생각이 드네요. 하지만 필요하다면 그렇게 하지 않을 이유가 없지요. 그러니 레베카의 여행 경비를 대주세요. 저는 그 애를 위해 조금도 민망해하지 않고 그 돈을 받겠어요. 하지만 이 일은 우리끼리만 알고 있는 게 좋겠다는 생각에 동의합니다."

"당신은 정말 친절한 분이시군요. 레베카의 룸메이트도 함께 데려가시는 것은 어떻겠습니까? 두 아이는 늘 붙어 다니거

행운이 문을 두드리는 시간

든요."

"아니요, 고맙지만 사양할게요. 저는 레베카를 독차지하고 싶거든요."

"그 말 이해할 수 있습니다. 그러니까, 제 말은… 아이 둘을 데리고 여행을 다니기보다는 하나를 데리고 여행을 다니는 편이 더 수월하리라는 뜻입니다. 저기 레베카가 오네요."

레베카는 열여섯 살쯤 돼 보이는 남학생과 함께 조용한 거리를 걸어 내려오고 있었다. 두 사람은 활발하게 대화를 나누고 있었고, 검은 머리와 갈색 고수머리가 종이 위로 기울어져 있는 것으로 보아 서로에게 무언가를 읽어주고 있는 듯했다. 레베카는 가끔 그 남학생을 쳐다보았는데, 그를 보는 그녀의 눈이 이해와 공감의 빛으로 반짝거렸다.

애덤이 말했다.

"미스 맥스웰, 저는 이 학교 이사이지만, 남녀공학은 별로 바람직하지 않은 것 같군요."

미스 맥스웰이 말했다.

"저도 가끔 그런 생각을 한답니다. 하지만 학생들이 나이가 어린 경우에는 남녀공학의 단점이 최소화되지요! 지금 당신이 목격하고 있는 광경은 매우 인상적인 장면이에요, 래드 씨. 케임브리지 사람들은 롱펠로(Henry Wadsworth Longfellow)와 로웰(Amy Lowell)이 팔짱을 끼고 다니는 것을 흡족하게 바라

보곤 했지요. 웨어햄의 작은 세계는《웨어햄 파일럿》의 편집자
와 부편집자가 나란히 걷는 것을 보고 크게 기뻐할 거예요."

조약돌은 고인 물이 아니라 흐르는 물속에서 자란단다.
이리저리 물살에 밀려 돌들과 부딪치고
모서리가 깎여나가야
비로소 둥글둥글 예뻐지고 반짝이는 빛을 갖게 돼요.

인생의 비밀

"시간과 우연이 지배하는 고통스러운 왕국인
현실 세계에는 걱정과 근심과 슬픔이 존재한다네.
그러나 생각과 이상에는 영원한 즐거움,
즉 기쁨의 장미가 있고, 모든 뮤즈가 그 장미를
둘러싸고 노래한다네."

기쁨의 장미

미스 맥스웰과 남부로 여행을 떠나기 전날, 레베카는 엠마 제인과 훌다와 함께 도서관에서 사전과 백과사전을 뒤적이고 있었다. 그들은 도서관을 나오면서 자물쇠가 채워진 책장 앞을 지나게 되었다. 그 안에 있는 책은 교사와 마을 주민들에게만 열람이 허용되고 학생들에게는 금지되어 있었다.

굶주린 아이들이 빵집 창문 너머로 파이와 타르트를 바라보며 정서적인 양분을 흡수하듯 그들은 유리 너머로 책의 제목을 바라보는 데서 약간의 위안을 얻었다.

레베카의 시선이 한쪽 구석에 있는 책으로 향했다. 그녀는 제목을 소리 내어 읽었다.

"'기쁨의 장미'! 근사하지 않아? '기쁨의 장미'라니, 정말 아름답게 들려. 대체 무슨 뜻일까?"

훌다가 날카로운 목소리로 말했다.

"모든 사람은 각기 다른 장미를 가지고 있다고 생각해. 나는 나의 장미가 무엇인지 알고 있고, 그것을 말하는 게 부끄럽지 않아. 나는 1년쯤 도시에서 살아보고 싶어. 예쁜 옷을 입고 마차를 몰고 돈을 마음껏 쓰면서 매 순간을 즐기고 싶어. 그리고 무엇보다도 목이 깊이 파인 옷을 입는 사람들 틈에서 살고 싶어."(훌다는 옷을 벗을 때마다 그녀의 희고 어여쁜 어깨를 드러낼 수 없는 리버버러에 살아야 하는 것을 한탄했다.)

엠마 제인이 말했다.

"재미있겠다, 적어도 한동안은. 하지만 그건 기쁨이라기보다는 즐거움이 아닐까? 오, 한 가지 생각이 떠올랐어!"

훌다가 흠칫 놀라며 말했다.

"그렇게 소리 지르지 마! 쥐라도 튀어나온 줄 알았잖아."

엠마 제인이 사과했다.

"자주 그러지는 않아. 내 말은 자주 생각이 나지는 않는다는 뜻이야. 이번에는 번개처럼 생각이 떠올랐어. 레베카, 기쁨의 장미란 성공을 의미하는 게 아닐까?"

레베카가 생각에 잠긴 채 대답했다.

"좋은 생각이야. 성공은 기쁨이 될 수 있을 거야. 하지만 어쩐지 장미하고는 어울리지 않는 것 같아. 혹시 사랑이 아닐까?"

인생의 비밀

엠마 제인이 말했다.

"책을 들여다볼 수 있으면 좋겠다! 틀림없이 아주 근사한 내용이 쓰여 있을 거야! 하지만 네가 사랑이라고 하니까 그게 가장 그럴싸한 것 같아."

레베카는 '기쁨의 장미'라는 말이 하루 종일 머리에서 떠나지 않았다. 그녀는 끊임없이 그 두 단어를 중얼거렸다. 심지어 엠마 제인까지 영향을 받아서, 그녀는 저녁에 이렇게 말했다.

"믿기지 않겠지만 내게 또 다른 생각이 떠올랐어. 네 머리에 콜로뉴(화장수)를 발라주면서 생각한 건데, 기쁨의 장미란 남을 돕는 게 아닐까?"

"만약 그렇다면, 그건 늘 너의 그 따뜻한 가슴속에 피어 있을 거야, 친절한 엠마. 말썽쟁이 레베카를 잘 돌봐주는 상냥하고 다정한 엠마."

"너 스스로를 말썽쟁이라고 부르지 마! 너는… 너는… 너는 나의 기쁨의 장미야. 그게 바로 너야!"

두 소녀는 다정하게 서로를 껴안았다.

한밤중에 레베카는 엠마 제인의 어깨에 손을 올리며 속삭였다.

"깊이 잠들었어, 엠마?"

엠마 제인이 졸린 목소리로 대답했다.

"아주 깊이는 아니야."

"새로운 생각이 났어. 우리가 노래하거나 그림을 그리거나 글을 쓸 때… 대충이 아니라 아주 훌륭하게 해낼 때 말이야… 그게 우리에게 기쁨의 장미를 가져다주지 않을까?"

"그게 진짜 재능이라면 그럴 수 있겠다. 나는 그것보다는 사랑이 더 마음에 들지만 말이야. 또 다른 생각이 떠오르거든, 레베카, 내일 아침에 말해줘."

다음 날 아침, 두 사람이 옷을 갈아입을 때 레베카가 말했다.

"어젯밤에 한 가지 생각이 더 떠올랐어. 기쁨의 장미란 어쩌면 희생이 아닐까? 하지만 희생에는 장미가 아니라 백합이 더 어울릴 것 같은데… 어떻게 생각해?"

남부로의 여행은 처음 보는 바다와 새로운 풍경, 여행이 주는 여유로움과 자유, 미스 맥스웰과의 친밀한 교류로 인해 레베카를 도취케 했다. 그녀는 사흘 만에 다시 본래의 자신으로 돌아왔을 뿐만 아니라 기쁨과 기대와 깨달음으로 또 다른 자아가 되었다. 레베카는 늘 지식을 갈망하고 사랑을 갈구했으며, 음악과 아름다움과 시를 동경해왔다! 그녀는 늘 바깥세상을 그녀의 꿈에 맞추려고 애써왔는데, 이제 갑자기 삶이 풍성하고 달콤하면서도 폭넓고 충만해졌다. 레베카는 신이 주신 모든 능력을 발휘하여 글을 썼으며, 에밀리 맥스웰은 날마다 레베카가 지칠 줄 모르고 쏟아내는 생각과 경험의 보고에 감

인생의 비밀

탄했다. 레베카는 주변 사람들과 환경에 새로운 가치를 부여함으로써 그것들에 생명을 불어넣었다. 당신은 한 줄기 햇살로 인해 어둡고 칙칙한 방 안이 갑자기 환해지는 것을 본 적이 있는가? 미스 맥스웰에게는 바로 그런 효과를 레베카가 주변 사람들에게 미치는 것처럼 보였다. 그들은 사람들과 어울리기도 했지만, 대개는 서로에게 글을 읽어주기도 하고 조용히 대화를 나누기도 하면서 둘만의 시간을 보냈다.

레베카의 마음속에는 늘 글짓기 대회에 제출할 에세이에 대한 생각이 자리하고 있었다. 그녀는 상을 타지 않는 한 결코 행복해질 수 없을 것이라고 남몰래 생각했다. 상의 가치나 수상의 영광 같은 것에는 관심이 없었다. 다만 그녀에 대한 알라딘의 믿음이 헛되지 않았음을 입증함으로써 그를 기쁘게 해주고 싶었다.

"주제가 정해지면 제가 그 주제에 대해 잘 쓸 수 있을지 여쭤볼게요. 그런 다음에는 조용히 글쓰기에 전념할 거예요. 선생님께 읽어드리거나 글의 내용에 관한 이야기도 하지 않고요."

어느 화창한 봄날, 미스 맥스웰과 레베카는 개울가에 앉아 있었다. 그들은 아침 식사를 한 이후로 바닷가의 숲속에서 쉬면서 이따금 따스한 햇볕을 쬐러 백사장에 나갔다가 이글거리는 태양에 지치면 다시 조용한 숲속으로 돌아왔다.

미스 맥스웰이 물었다.

"주제는 정말 중요해. 하지만 내가 정해줄 수는 없는 노릇이지. 아직 못 정했니?"

레베카가 대답했다.

"네, 저는 매일 밤 새로운 에세이를 쓸 계획을 세워요. '실패란 무엇인가?'와 '남자와 여자'에 대한 에세이는 이미 쓰기 시작했고요. '남자와 여자'는 학교를 졸업하는 남녀 학생 간의 대화로, 두 사람은 그들의 이상에 대해 말해요. 그리고 전에 선생님이 수호성인을 따르라고 말씀하셨던 것 기억하세요? 거기에 대해서도 써보고 싶어요. 웨어햄에 있을 때는 아무 생각도 안 났는데 지금은 거의 매 순간 새로운 주제가 떠올라요. 그러니까 여기 있을 때 에세이를 써야겠어요. 어쨌든 제가 이렇게 행복하고 자유롭고 편안할 때 글을 쓰는 게 좋을 것 같아요. 개울 바닥의 조약돌을 좀 보세요, 선생님, 둥글고 매끄럽고 반짝거려요."

"그렇구나, 하지만 저 돌들이 어떻게 저렇게 매끄러운 표면과 아름다운 형태를 지니게 되었을까, 레베카? 고인 물속에서는 아니야. 고인 물속이 아니라 흐르는 물속에서 이리저리 부딪혀야 모서리가 깎여나가고 거친 표면이 매끄러워지니까. 조약돌들끼리 서로 부딪히고 날카로운 바위에도 부딪히면서 둥글둥글해지고 반짝반짝 빛이 나게 되는 거지."

353

레베카가 시를 읊었다.

운명이 누군가를 스승으로 만들지 않았다면
운명 자신이 스승의 역할을 해왔으리라.
오, 더없이 훌륭한 스승이여!

레베카는 한숨을 내쉬며 말했다.

"저도 선생님처럼 생각하고 말할 수 있다면 얼마나 좋을까요! 저는 좋은 작가가 될 만큼 충분한 교육을 받지 못할까 봐 두려워요."

미스 맥스웰이 살짝 경멸 섞인 어조로 말했다.

"그런 걱정을 할 바에야 좀 더 유익한 걱정을 하지 그러니? 인간의 본성을 이해하지 못하면 어쩌나, 우주의 아름다움을 깨닫지 못하면 어쩌나, 이해심 부족으로 다른 사람들의 마음을 헤아리지 못하면 어쩌나 등등, 걱정할 게 얼마나 많은데. 작가에게는 그 걱정거리 하나하나가 책에서 얻는 지식보다 중요하단다. 이솝은 그의 놀라운 우화를 글로 쓸 수도 없는 그리스 노예였지만 지금은 온 세상 사람들이 그의 우화를 읽지."

레베카가 반쯤 훌쩍이며 말했다.

"몰랐어요. 선생님을 만나기 전까지는 정말 아무것도 몰랐어요."

"너는 고등학교 과정을 마칠 뿐이지만 유명한 대학들이라고 해서 항상 훌륭한 사람을 배출하는 건 아니야. 나는 외국에 나가서 공부하고 싶은 생각이 들 때면 아테네에 훌륭한 학교 세 곳이 있고 예루살렘에 두 곳이 있지만, 스승 중의 스승은 나사렛이라는 작은 시골 마을에서 나왔다는 것을 떠올리곤 한단다."

레베카가 생각에 잠겨서 말했다.

"래드 씨는 선생님이 웨어햄에서 재능을 낭비하고 있다고 하셨어요."

"그분이 잘못 생각한 거야. 나의 재능은 그리 대단하지 않아. 그리고 사람이 자신의 재능을 냅킨 속에 감춰두지 않는 한 어떤 재능도 전적으로 낭비되지는 않아. 네 재능은 사람들로부터 찬사를 받지 못할 수도 있지만, 네가 생각지도 못한 시간과 장소에서 사람들을 격려하고 위로하고 그들에게 영감을 줄 수도 있어. 잔이 넘치면 주변의 흙이 촉촉해지는 법이니까."

레베카가 오랜 침묵 후에 물었다.

"혹시 '기쁨의 장미'에 대해 들어보셨어요?"

"물론 들어보았지. 그런데 그런 표현을 어디서 보았니?"

"도서실에 있는 책의 표지에서요."

미스 맥스웰이 미소 지으며 말했다.

"나는 도서실에 있는 책 속에서 봤단다. 그건 에머슨의 작품에 나오는 말이야. 하지만 그걸 이해하기에는 네가 아직 어린 것 같구나. 그건 설명할 수 없는 것들 중 하나야."

레베카가 호소했다.

"오, 한번 들려줘 보세요, 선생님! 열심히 생각하면 무슨 뜻인지 조금은 알 수 있을지도 몰라요."

미스 맥스웰이 기쁨의 장미가 나오는 부분을 암송했다.

시간과 우연이 지배하는 고통스러운 왕국인 현실 세계에는 걱정과 근심과 슬픔이 존재한다네. 그러나 생각과 이상에는 영원한 즐거움, 즉 기쁨의 장미가 있고, 모든 뮤즈가 그 장미를 둘러싸고 노래한다네.

레베카는 그 구절을 외울 수 있을 만큼 거듭거듭 되뇌었다. 그리고 이렇게 말했다.

"잘난 체하려는 건 아니지만, 이해할 수 있을 것 같아요, 선생님. 어려운 말이라서 다는 이해하지 못했지만, 대충은 알 것 같아요. 아주 근사한 누군가가 말을 타고 제 앞을 지나갈 때의 느낌이 이럴 것 같아요. 저는 놀라서 그 사람을 제대로 보지 못하죠. 하지만 그가 휙 지나갈 때 얼핏 본 모습을 통해 그가 아름답다는 것을 알아요. 이제 됐어요. 제 에세이의 제목은 '기쁨의 장미'예요. 방금 결정했어요. 시작과 중간은 어떤 내용이 될지 모르겠지만 마지막은 이렇게 끝나요.

> 그런 연후에 행복 또는 슬픔이 오리라
> (모든 황금에는 불순물이 섞여 있으므로).
> 하지만 기쁨의 장미여,
> 너는 시들지 않고 이 가슴속에 피어나리라!

이제 숄을 덮어드리고 베개를 가져다드릴게요. 선생님이 주무시는 동안 저는 바닷가로 가서 선생님을 위해 동화를 한 편 쓰겠어요. 그건 가상의 세계에 관한 동화예요. 아주 아주 먼 미래로 날아가, 현실 세계에서는 일어나지 않는 아름다운 일들이 벌어지는 이야기를 쓰려고요. 하지만 그중 어떤 일들은 실제로 일어날 수도 있어요. 그건 두고 보면 아시게 될 거예요. 그때 선생님은 책상 서랍에서 그 동화를 꺼내 보시고 저를 떠올리시겠지요."

미스 맥스웰은 잠을 청하면서 생각했다.

'왜 이 어린 학생들은 늘 훌륭한 수필가도 쓰기 힘들어하는 주제를 택하는 걸까? 그런 주제의 아름다움에 사로잡힌 걸까? 그래서 거기에 관한 글을 쓸 수 있다고 생각하는 걸까? 순진하게도 장난감 마차를 타고 별나라로 가려고 하다니! 그런데 새 양산을 쓴 레베카는 정말 순진하고 예뻐 보여.'

레베카의 새 양산은 애덤이 선물한 것이었다. 어느 추운 봄 날 애덤 래드는 차를 운전하여 보스턴의 거리를 지나고 있었 다. 그런데 상점 진열대에 펼쳐놓은 장밋빛 양산이 얼핏 눈에 들어왔다. 진분홍색 겉감이 흰색 안감 사이로 비치고 가장자 리에 진분홍색과 크림색의 술 장식이 달리고 초록색 손잡이가 있는 그 양산은 애덤에게 꽃이 활짝 핀 뉴잉글랜드의 사과나 무를 연상시켰다. 그 즉시 애덤은 예전에 레베카에게서 들은 이야기를 떠올렸다. 유년 시절의 레베카에게 화사한 패션의 세계를 엿보게 해준 유일한 물건인 분홍 양산을 레베카가 얼 마나 소중히 여겼으며, 그것을 우물에 던져넣을 때 얼마나 가 슴 아파했는지를. 애덤은 상점으로 들어가 그 값비싼 장난감 을 사서 속달로 웨어햄으로 부쳤다.

그러한 행동의 적절한지에 대해서는 일말의 의심도 없이. 그는 오직 레베카의 기뻐하는 눈과 사과꽃 같은 양산을 쓴 그 녀의 모습만 생각했다. 한 시간 뒤 엠마 제인 퍼킨스를 위해 파란색 양산을 사러 다시 그 상점으로 가야 했던 것은 살짝 당 황스러운 일이었다. 하지만 해가 갈수록 엠마 제인의 존재를 기억하는 것은 점점 더 어려운 일이 되었다.

다음은 레베카가 다음 날 정서해서 에밀리 맥스웰에게 건 넨 동화다. 미스 맥스웰은 눈물을 흘리며 그 동화를 읽고는 그 것을 애덤 래드에게 보냈다. 그에게도 레베카의 글을 읽을 자

인생의 비밀

격이 있다고 생각했기 때문이다.

옛날에 두 도시 사이의 큰길가에 있는 오두막에 한 가난한 공주님이 살았습니다. 공주님은 다른 수많은 사람들처럼 불행하지는 않았습니다. 오히려 많은 것에 감사하며 살았습니다. 하지만 공주님이 하는 일은 공주님처럼 가냘픈 사람이 하기에는 너무 힘들었습니다.

공주님의 오두막은 나뭇가지 사이로 바람이 불고 나뭇잎 사이로 햇빛이 비치는 널따란 숲의 가장자리에 있었습니다.

어느 날 공주님은 밭을 갈다 지쳐 길가에 앉았습니다. 그때 '왕의 도로'를 달려 내려오는 황금 마차가 보였습니다. 마차 안에는 궁전으로 가는 요정 할머니가 타고 있었지요. 마차는 공주님의 오두막 앞에 멈춰 섰습니다. 공주님은 요정 할머니에 대한 이야기를 읽은 적은 있지만, 요정 할머니가 실제로 자신의 오두막에 나타나리라고는 꿈에도 생각해본 적이 없었습니다.

"피곤하거든 시원한 숲속에서 쉬지 그러니?"

요정 할머니가 말했습니다.

"그럴 시간이 없어요. 저는 다시 쟁기질을 하러 가야 하거든요."

공주님이 대답했습니다.

"저 나무에 기대놓은 것이 네 쟁기니? 그리고 그게 너무 무겁지는 않니?"

"무거워요. 하지만 저는 딱딱한 땅을 씨앗이 자랄 수 있는 부드러운 흙으로 바꿔놓는 게 좋아요. 쟁기가 너무 무겁게 느껴질 때는 추수할 때를 생각하지요."

공주님이 대답했습니다.

황금 마차는 지나갔고, 두 사람의 대화는 그렇게 끝났습니다. 그러나 왕의 전령들은 요정 할머니의 귓가에 무언가를 속삭이고 공주님의 귓가에 또 무언가를 속삭이느라 바빴습니다. 비록 그 소리가 너무 작아서 요정 할머니도 공주님도 왕이 무언가를 말했다는 것을 깨닫지 못했지만 말이죠.

다음 날 아침, 한 건장한 남자가 공주님의 오두막을 찾아왔습니다. 그는 모자를 벗고 인사하며 말했습니다.

어제 황금 마차가 제 옆을 지나갔는데, 마차에 탄 사람이 제게 금화가 든 지갑을 던져주면서 이렇게 말했습니다. "왕의 도로로 가서 나무 옆에 무거운 쟁기가 기대어져 있는 오두막을 찾아보아라. 그리고 거기 사는 공주님에게 '제가 쟁기질을 할 테니 공주님은 가서 휴식을 취하거나 시원한 숲속을 산책하십시오. 이것은 요정 할머니의 명령입니다' 하고 말씀드리거라."

이런 일은 매일같이 반복되었습니다. 일에 지친 공주님은 날마다 숲속을 산책했지요. 공주님은 여러 차례 황금 마차를 발견하고 요정 할머니에게 감사의 마음을 전하려고 큰길로 달려갔지만, 공주님이 큰길에 도착했을 때는 황금 마차가 이미 지나간 뒤였습니다. 그렇지만 공주님은 요정 할머니가 미소 짓는 것을 보았고, 때로는 요정 할머니가 한 말을 듣기도 했습니다. 요정 할머니는 이렇게 말했지요.

"내게 감사하지 않아도 된단다. 우리는 모두 같은 왕의 자녀이니까. 그리고 나는 그분의 전령에 불과해."

이제 공주님은 날마다 숲속을 산책하며 나뭇가지 사이로 부는 바람의 노래를 듣고 나뭇잎 사이로 비치는 햇빛을 보았습니다. 밭을 갈거나 답답한 오두막 안에 있을 때와 달리 숲속에서는 여러 가지 새로운 생각들이 떠올랐습니다. 공주님은 허리춤에서 바늘을 꺼내 나뭇잎에 구멍을 뚫어 그 생각들을 적어서 바람에 날려 보냈습니다. 사람들은 그 나뭇잎을 주워 햇빛에 비춰보기 시작했습니다. 거기에 적힌 내용은 요정 할머니가 황금 마차를 타고 가며 떨어뜨리곤 하는 왕의 메시지 중 일부였기 때문입니다.

그러나 이 이야기의 기적은 보다 깊은 데 있습니다.

나뭇잎에 바늘로 구멍을 뚫어서 글자를 써 내려갈 때마다 공주님은 거기에 요정 할머니의 생각도 함께 적어서 바람에 날려 보냈습니다. 다른 많은 공주님도 같은 충동을 느끼고 똑같이 했습니다. 왕이 통치하는 곳에서는 무엇 하나 잃어버리지 않습니다. 따라서 사랑과 감사로 가득한 이런 생각들과 소망 또한 사라지지 않고 다른 형태로 바뀌어서 영원히 삽니다. 그것들은 보이지 않습니다. 우리의 시력이 너무 약하기 때문입니다. 들리지도 않습니다. 우리의 귀가 너무 어둡기 때문입니다. 그러나 때때로 우리는 그것들을 느낄 수 있습니다. 비록 어떤 힘이 우리의 마음을 휘저어 보다 고상한 목표를 추구하게 했는지는 알 수 없지만 말이죠.

이야기는 아직 끝나지 않았지만, 언젠가 요정 할머니가 직접 왕을 뵙고 메시지를 전할때 왕은 이렇게 말할 것입니다.

"나는 네 얼굴을 안다. 네 목소리와 생각과 마음을 안다. 나는 큰길을 달리는 네 황금 마차의 덜커덕거리는 소리를 들었고, 네가 나를 위해 일한다는 것을 알고 있었다. 여기 내 왕국의 방방곡곡에서 도착한 메시지 묶음이 있다. 이것들은 지친 여행자들이 가져온 것으로, 그들은 너의 도움이 없었다면 안전하게 이곳에 도착하지 못했을 것이라고 했다. 이것들을 읽어보아라. 그러면 네가 언제 어디서 어떻게 나를 섬겼는지 알게 될 것이다."

요정 할머니가 그 메시지들을 읽을 때 달콤한 향기가 풍기면서 반쯤 잊고 있었던 기억들이 되살아났습니다. 그러나 그 기쁨의 순간, "이것들을 읽어보아라. 그러면 네가 어떻게 나를 섬겼는지 알게 될 것이다" 하고 말하는 왕의 목소리만큼 아름다운 것은 아무것도 없었습니다.

레베카 로웨나 랜들

주목받는 소녀의 비밀

웨어햄 학교의 여름 학기가 끝났다. 홀다 메저브와 딕 카터, 리빙 퍼킨스가 학교를 졸업하고 레베카와 엠마 제인이 남아서 리버버러를 대표하게 되었다. 로빈슨 부인이 루이스턴에서 잠시 집에 돌아와 있던 딜리어 위크스를 위해 조촐한 파티를 열었다. 딸기가 익어가고 있었고 집에서 기르던 닭을 잡을 때가 되었기 때문이다. 로빈슨 부인은 남편에게 여자들끼리 파티를 하기로 했다며 헛간의 목수 벤치에서 따로 점심 식사를 하도록 부탁했다.

로빈슨이 말했다.

"그러지 뭐, 그래서 손해날 것은 없으니까. 나는 콩요리만 있으면 돼. 닭을 잡아야 한다면 그것을 먹는 사람이 내가 아니

인생의 비밀

라 다른 누군가였으면 좋겠어!"

로빈슨 부인이 손님을 초대하는 것은 1년에 한두 번뿐이었
고, 그것도 손님이 왔다 간 이후의 며칠간은 앓아눕곤 했다.
자존심과 극도의 절약 사이에서 속을 끓인 탓이었다. 지역사
회에서 그녀의 위치를 유지하기 위해서는 음식을 잘 차릴 필
요가 있지만, 거기에 드는 엄청난 비용은 그녀가 케이크 반죽
을 휘젓는 순간부터 식탁에 각종 음식을 올리는 순간까지 그
녀를 괴롭혔다.

닭은 아침부터 약불에 끓고 있었지만, 무르지 않고 처음 냄
비에 넣을 때와 똑같은 형태를 유지하고 있었다.

앨리스가 냄비 뚜껑을 열어보고 말했다.

"고기가 아직도 그대로인 게, 마치 뻣뻣한 허수아비 같아요."

앨리스의 엄마가 말했다.

"칼로 찔러보면 푹 삶아졌는지 아닌지 알 수 있지. 커다란
접시에 담아서 그레이비(고기를 익힐 때 나온 육즙에 밀가루 등을
넣어 만든 소스)를 잔뜩 끼얹으면 늙은 닭도 먹음직스러워 보일
거야. 접시 가장자리에는 덤플링(향료를 섞어 밀가루에 반죽해서
만든 요리)을 빙 둘러놓을 생각이야. 삶은 닭과는 어울리지 않
지만, 속을 든든하게 하는 데는 최고니까."

덤플링에 둘러싸인 닭고기는 꽤나 인상적이었다. 앨리스가
닭고기 요리를 식탁으로 날라올 때 많은 찬사가 쏟아졌는데,

이는 다행스러운 일이었다. 사람들이 닭고기를 맛보기 시작했을 때 곧 칭찬과 감탄의 합창이 잠잠해졌기 때문이다.

"훌다의 졸업식에서 볼 수 있어서 반가웠어요, 딜리어."

로빈슨 부인이 식탁의 한쪽 끝에서 커피를 따르는 동안 다른 쪽 끝에 앉아서 닭고기를 뜯고 있던 메저브 부인이 말했다. 그녀는 훌다의 어머니답게 리버버러 최고의 멋쟁이였다. 드레스와 좋지 않은 건강 상태는 그녀의 두 가지 주된 관심사였다. 정교하게 만들어진 그녀의 앞머리 부분 가발은 5달러나 하는 것으로, 손질을 위해 1년에 두 번씩 포틀랜드로 보낸다는 소문이 있었다. 그러나 이런 경우에 정확한 사실을 알기란 극히 어려우며, 양심적인 역사가라면 무엇이든 쉽게 믿는 독자에게 왜곡된 것을 절대적인 사실로 받아들이지 말라고 경고할 것이다.

메저브 부인의 용모로 말하자면, 어릴 때 만들던 생강빵 아줌마를 연상하면 될 것이다. 어린 시절, 부엌 테이블 위로 고개를 내밀고 요리사가 생강빵을 만드는 것을 지켜 보고 있으면 요리사가 밀가루 반죽으로 얼굴 형태를 만들고 건포도로 눈을 만들어 붙여서 생강빵 아줌마를 만들어준 적이 있을 것이다. 그 생강빵 아줌마의 얼굴이 바로 훌다의 엄마인 피터 메저브 부인(같은 성을 가진 사람이 여럿이라서 그녀는 대체로 피터 메저브 부인이라고 불렸다)의 얼굴과 똑같다고 생각하면 된다.

피터 메저브 부인이 흑옥 팔찌의 고무줄 부분을 잡아당기며

인생의 비밀

물었다.

"졸업식 때 홀다가 입은 드레스 어땠어요? 딜리어?"

딜리어가 대답했다.

"그 어떤 드레스보다 예뻤어요. 그리고 홀다의 글은 최고였어요. 유일하게 정말로 재미있는 글이었지요. 게다가 홀다가 크고 또렷하게 낭독해서 아주 잘 들렸어요. 대부분의 여학생들은 입에 푸딩을 가득 넣고 말하는 것처럼 들리는데 말이죠."

메저브 부인이 설명했다.

"그 글은 홀다가 애덤 래드 상을 받으려고 쓴 글이에요. 만약 다른 주제에 대해 썼더라면 4등이 아니라 1등을 했을 거라고 다들 그러더군요. 심사위원 중에 세 명이 목사고 세 명이 집사라서 진지한 글이 1등으로 뽑힌 것도 당연해요. 홀다의 글은 그들을 만족시키기에는 너무 재기발랄하지요."

홀다는 남자아이들에 관한 글을 썼다. 그녀에게는 남자아이들에 대한 지식과 경험이 많았기에 확실히 이 주제에 대해서는 글을 아주 잘 쓸 수 있었다. 시시한 농담과 재치 있는 비유를 좋아하는 청중에게 그녀의 글은 큰 인기를 끌었지만, 순전히 문학적인 관점에서는 부족한 부분이 많았다.

로빈슨 부인이 말했다.

"레베카의 글은 낭독하지 않았는데 상을 탄 남학생의 글은 낭독한 이유가 뭐지요?"

콥 부인이 설명해주었다.

"레베카는 이번에 졸업하지 않으니까요. 하지만 그 애의 글은 허버트 던의 글과 함께 학교 신문에 실릴 거예요."

메저브 부인이 말했다.

"그거 잘됐군요. 내 눈으로 직접 보기 전에는 그 애의 글이 홀다의 글보다 더 낫다는 게 믿기지 않으니까요. 상은 4학년 학생 중 한 명이 받아야 한다고 생각해요."

로빈슨 부인이 말했다.

"아니에요, 마티. 애덤 래드는 처음부터 3, 4학년 학생에게 상을 주겠다고 했어요. 학교 측에서는 애덤을 시상자로 하려고 했지만, 그가 고사했대요. 그토록 부유하고 여행을 많이 다니는 사람이 단상에 오르는 것을 겸연쩍어할 만큼 겸손한 것을 보면 좀 이상하지요?"

메저브 부인이 만족스럽게 말했다.

"우리 홀다 같으면 눈 하나 깜짝하지 않고 단상에 올랐을 거예요."

이 말에는 누구도 반박하지 않았다.

딜리어 위크스가 말했다.

"하지만 마침 조카딸의 졸업식을 보러 온 주지사 덕분에 무사히 잘 끝났어요. 그는 품위 있는 신사였어요. 키가 180센티미터라고 하는데 그것보다 훨씬 더 커 보이더군요. 그가 한 연설은 아주 훌륭했어요."

콥 부인이 말했다.

"주지사가 상을 받으러 올라온 허버트 던과 레베카를 칭찬할 때 레베카가 얼마나 긴장했는지 보셨어요? 주지사도 레베카의 글을 읽었을 거예요. 소여네 딸들에게 레베카의 글에 대한 편지를 써 보낸 것을 보면요."

메저브 부인이 말했다.

"레베카가 졸업하는 것도 아닌데 레베카를 놓고 그렇게 수선을 피우는 건 현명한 처사가 아니라고 생각해요. 레베카의 머리에 손을 얹고 무슨 말을 하는 게, 마치 교황이 축도를 하는 것 같더라니까요. 하지만 수상자가 리버버러에서 나온 건 기쁜 일이에요. 웨어햄 학교에서 그렇게 많은 상금을 준 것은 처음 있는 일이죠. 애덤 래드의 돈에는 끝이 없는 것 같아요. 50달러만으로도 충분히 큰상인데 그것을 근사한 지갑에 넣어 주기까지 하다니요."

딜리어가 불평했다.

"저는 너무 멀리 있어서 지갑을 볼 수 없었어요. 지금은 레베카가 엄마에게 보여주려고 집으로 가져갔다고 하더군요."

퍼킨스 부인이 말했다.

"체인이 달린 금색 망사 백이었어요. 그 안에 10달러짜리 금화 다섯 개가 들어 있었죠. 허버트 던의 상금은 근사한 가죽 지갑 안에 들어 있었고요."

딜리어가 물었다.

"레베카는 얼마나 오래 농장에 머물 예정이래요?"

퍼킨스 부인이 대답했다.

"한나가 결혼하고 농장이 하나 없이도 잘 굴러갈 때까지요. 한나는 너무 오래 기다렸다고 생각하는 것 같아요. 오릴리어는 레베카가 학교에 다니는 동안은 한나가 결혼하지 않았으면 하지만 한나는 노새처럼 고집이 세죠. 엄마의 만류에도 뜻을 굽히지 않아요. 그 애는 1년간 바느질을 해왔어요. 거친 무명에 촘촘하게 바느질을 하고 주름을 잡고 하느라 거의 눈이 멀지경이죠. 그 애가 만든 누비이불에 대해 들어보셨어요? 한가운데에 커다란 포도송이가 있는 흰색 이불인데, 포도알이 골무만 해요. 포도송이 주위에는 작은 원들이 빙 둘러싸고 있는데, 그 원들은 실패 크기로 누비고, 그 작은 원들을 둘러싸고 있는 보다 큰 원들은 셰리주 잔 크기로 누비고, 그 원들을 둘러싸고 있는 가장 큰 원들은 와인 잔 크기로 누볐답니다. 나머지 부분은 전부 직선으로 박음질을 하고요. 한나는 그 누비이불을 카운터 전시회에 출품할 생각이래요."

콥 부인이 말했다.

"눈이 침침해지는 것을 무릅쓰고 그런 쓸데없는 짓을 하느니 바느질로 돈을 버는 편이 더 나았을 텐데요. 저당금을 못

갚아서 집이 넘어가면 랜들 부인과 아이들은 거리에 나앉아야 하잖아요."

로빈슨 부인이 물었다.

"새로 건설하는 철도가 랜들 부인의 농장을 지난다고 하지 않았어요? 만약 그렇게 되면 랜들 부인은 거액의 보상금을 받게 될 거예요. 애덤 래드는 철도회사의 주주 중 한 명이고, 그가 손을 대는 일마다 대성공을 거두지요."

딜리어가 말했다.

"레베카가 새 옷을 사 입을 수 있게 되었군요. 그 애한테는 정말로 새 옷이 필요해요. 그런데 소여네 딸들에게 문제가 생긴 것 같더라고요."

퍼킨스 부인이 말했다.

"레베카는 상금으로 새 옷을 사지 않을 거예요. 상금을 받은 다음 날, 그 돈으로 저당금의 이자를 갚았으니까요."

딜리어 위크스가 외쳤다.

"가엾은 것 같으니!"

로빈슨 부인이 말했다.

"쓸데없는 데 돈을 쓰느니 가족을 돕는 게 나아요. 레베카가 저당금의 이자를 갚을 수 있어서 정말 다행이라고 생각해요. 하지만 어쩌면 그 애도 다른 랜들 집안 사람들하고 똑같을 지도 모르죠. 쉽게 번 돈이라고 쉽게 써버릴 수도…."

퍼킨스 부인이 반박했다.

"소여 집안 사람들이라고 더 나을 것도 없어요. 그 집 사람들의 유일한 낙은 저축하고 절약하는 것이니까요. 미란다는 뇌졸중이 온 이후로 더 심해진 것 같아요."

메저브 부인이 고개를 내저었다.

"뇌졸중이 아니었을 거예요. 뇌졸중이었다면 자리를 털고 일어날 수도 없었을 거고 지금처럼 정신이 또렷할 수도 없을 테니까요. 우리 집안에는 이 일대에서 뇌졸중을 가장 심하게 앓은 사람이 셋이나 되기 때문에 저는 그 증상에 대해서는 웬만한 의사들보다 더 잘 안답니다."

콥 부인이 말했다.

"미란다가 정신이 또렷한 건 사실이에요. 하지만 늘 집에만 있고, 말수도 급격히 줄었죠. 레베카가 상을 탄 것에 대해서도 자랑스러워하지 않고요. 제리는 기뻐서 거의 제정신이 아니었는데 말이죠. 주지사가 레베카와 악수할 때 제리가 '만세!' 하고 소리 지르는 바람에 창피해 죽을 뻔했답니다. 제 생각에는 (이 대목에서 모든 사람이 먹던 것을 중지하고 똑바로 앉았다) 소여네 딸들이 돈을 잃은 것 같아요. 그들은 사업에 대해 아무것도 모르는 데다 미란다는 너무 비밀스럽고 고집에 세서 다른 사람들에게 조언을 구하지도 않잖아요."

메저브 부인이 말했다.

"그들은 가진 것의 대부분을 국채에 투자했다고 들었어요. 국채로 손해를 보는 일은 거의 없죠. 게다가 제인에게는 유산으로 받은 임야가 있고, 미란다에게는 벽돌집이 있어요. 미란다는 레베카가 받은 상금을 학비로 쓰지 않고 저당금 이자를 갚는 데 써야 한다는 사실을 받아들이기 힘들었을 거예요. 생각하면 할수록 애덤 래드가 처음부터 레베카에게 상을 주려고 했던 게 아닌가 싶어요."

홀다 엄마의 생각은 자기 딸의 권리가 침해당했으리라는 쪽으로 내달렸다.

퍼킨스 부인이 외쳤다.

"말도 안 돼요, 마티! 애덤이 심사위원들에게 어떤 글을 당선작으로 하라고 말할 수 있다고 생각해요? 그리고 그가 학교를 돕고자 하는 마음이 없었다면 왜 남학생에게도 상을 주자고 했겠어요? 애덤은 지난 5년간 크리스마스 때마다 레베카와 엠마 제인에게 똑같이 선물을 보냈어요. 항상 그런 식이었다니까요."

50년간 노처녀로 지내온 딜리어 위크스가 말했다.

"그는 언젠가 두 사람 중 한 사람은 잊어버리고 다른 한 사람에게만 선물을 보낼 거예요. 혹은 두 사람 다 잊어버리고 또 다른 소녀에게 선물을 주거나요!"

피터 메저브 부인이 동의했다.

　　　　　　　　　　　　　　　인생의 비밀

"그럴 수도 있겠죠. 어쨌거나 애덤 래드가 결혼할 타입이 아닌 건 분명해요. 아내가 죽으면 곧바로 새장가를 드는 남자가 있는가 하면 혼자 사는 것을 더 좋아하는 남자도 있잖아요."

퍼킨스 부인이 말했다.

"내 사촌이 한 말로 미루어볼 때, 애덤이 모르몬교 신자라면 노스 리버버러에 사는 모든 아가씨를 아내로 맞을 수도 있을 거예요."

로빈슨 부인이 반대했다.

"보스턴의 아가씨와 결혼할 수도 있는데 굳이 노스 리버버러 아가씨와 결혼할 것 같지는 않아요. 내 생각에는 결혼하지 않고 혼자 살 타입의 남자들이 있다는 마티의 말이 맞는 것 같아요."

콥 부인이 웃음을 터뜨리며 온화하게 말했다.

"어떤 남자든 자기한테 딱 맞는 사람을 만나면 결혼할 거예요. 제리의 고집 센 말, 버스터 아시죠? 버스터에게는 재갈을 물리는 게 거의 불가능해요. 제리도 그렇고 나도 그렇고 버스터에게 재갈을 물리려면 한참을 씨름해야 하지요. 며칠 전에 레베카는 그런 사실에 대해서는 아무것도 모르는 채 버스터를 마차에 매려고 축사에 들어갔어요. 그 애가 말에게 굴레를 씌우는 데 애를 먹을 것 같아서 제가 뒤따라갔죠. 그런데 웬걸,

레베카가 버스터의 콧잔등을 두드리면서 무슨 말을 하고 있는 게 아니겠어요? 레베카가 버스터의 입 안에 손가락을 넣으려고 하자 버스터가 얼마나 입을 크게 벌리던지 저는 버스터가 레베카를 삼키려고 하는 줄 알았어요. 버스터는 마치 재갈이 각설탕이라도 되는 것처럼 입맛을 다셨어요. 제가 '레베카, 어떻게 버스터를 달래서 재갈을 물린 거야?' 하고 묻자 레베카는 '제가 달랜 게 아니라 버스터가 원했어요. 아마 신선한 공기를 마시러 바깥으로 나가고 싶었나 봐요' 하고 대답하더군요."

인생의 비밀

나무는 어느 해부터 한꺼번에 자라요.
조금 초라하다고 우울해하지 마세요.
지금은 뿌리를 내리는 계절이니까요.
실망하지 말아요.
진짜 황금 같은 나날은 시작조차 되지 않았으니까.

졸업식, 눈부신 생의 아침

리버버러의 친목 모임에서 애덤 래드 상에 관한 이야기가
나온 후 1년이 지났다. 몇 달이 훌쩍 가고 마침내 레베카가 5년
간 고대해온 날이 왔다. 학창 시절이 끝나고 이제 '졸업'이라는
신비로운 행사가 시작될 참이었다. 졸업식 날은 동쪽 하늘에서
태양이 떠오르는 것에서부터 시작되었다. 레베카는 침대에서
빠져나와 창가로 가서 블라인드를 올리고 구름 한 점 없는 장
밋빛 아침을 맞이했다. 그날은 태양조차 어딘가 달라 보였다.
평소보다 더 크고, 더 붉고, 더 소중해 보였다. 그리고 태양이
실제로 그렇다고 해도 졸업하는 학생 중 그 누구도 이를 이상
하게 생각하지 않았을 것이다. 엠마 제인은 몸을 뒤척이다 잠
에서 깨어 창가에 있는 레베카를 보았다. 그녀는 레베카의 옆

으로 다가와 무릎을 꿇고 앉았다.

엠마 제인이 기분 좋은 한숨을 내쉬며 말했다.

"오늘은 즐거운 하루가 될 거야! 너무나 마음이 놓여서 하느님께 감사드리고 싶어. 잠은 좀 잤니?"

"조금밖에 못 잤어. 졸업식 때 낭송할 시와 노래와 무엇보다도 메리 여왕의 기도가 자꾸 머릿속에 맴돌아서 말이야."

오 하느님, 간구하오니 저를 자유롭게 하소서.

"이 문장 때문에 머리에서 불이 나는 것 같아."

시골 생활에 익숙하지 않은 사람들은 학창 시절의 마지막을 장식하는 졸업식의 중요성과 엄숙함을 상상할 수 없을 것이다. 세심한 준비와 기대감, 들뜬 분위기에 있어서 졸업식은 결혼식을 훨씬 능가한다. 시골에서 결혼식은 교구 목사관을 방문하는 것에서 시작하고 끝나는 단출한 행사인 경우가 대부분이기 때문이다. 주지사의 취임식을 제외한 그 무엇도 졸업식에 견줄 바가 못 되었다.

이날 웨어햄은 온 마을이 들썩였다. 아침부터 학부모는 물론, 먼 친척들까지 기차나 마차를 타고 속속 도착했으며, 졸업생들도 가족과 함께 또는 혼자 정든 모교를 방문했다. 마차 보관소 두 곳에는 온갖 종류의 마차가 그늘진 곳에 늘어서 있었

고, 말들은 한가롭게 꼬리를 휘둘렀다. 거리에는 최신 유행하는 스타일의 옷부터 잘 보관한 옛날 옷까지 다양한 옷을 차려입은 사람들이 가득했다. 웨어햄의 학교에는 가게 주인과 변호사, 정육점 주인, 의사, 구두장이, 교수, 목사, 농부의 자녀들이 다녔기 때문에 졸업식에 온 사람들도 각양각색이었다. 학교 건물 안은 기대와 흥분으로 가득했고, 모두가 숨죽인 침묵 속에 마치 삶이 일시 정지한 듯했다.

졸업을 앞둔 여학생들은 세세한 부분까지 신경 쓴 완벽한 옷차림을 하고 각자의 방에 앉아 있었다. 적어도 옷차림은 완벽했다. 그러나 머리는 하나같이 종이로 말거나 10여 가닥으로 땋아놓았는데, 이는 웨이브를 만들기 위함이었다. 그러나 더위로 인해 땀을 흘리면 아무리 근사한 웨이브도 금세 풀리곤 해서 엄마들이 딸 옆에 앉아 마을 시계가 10시를 알릴 때까지 야자수 잎사귀로 부채질을 해주었다.

스위스 모슬린으로 만든 드레스가 가장 인기였지만, 나중에도 유용하게 입을 수 있도록 흰색 캐시미어나 알파카로 만든 드레스를 입고 더워하는 사람도 있었다. 여학생들은 자리에 앉으면서 파란색과 분홍색의 허리에 매는 리본을 의자 등받이 뒤로 넘겼고, 장식띠를 두른 여학생은 허영심과 자만심에 사로잡히지 않게 해달라고 기도했다.

레베카는 한 달 전까지만 해도 졸업식에 입을 드레스에 대해 별생각이 없었다. 그러다가 엠마 제인네 다락에 흰색의 투박한 무명이 잔뜩 있는 것을 보고 그것으로 졸업식 드레스를 만들기로 했다. 그러자 '부유한 대장장이의 딸'도 스위스 모슬린 드레스에 관한 생각을 접고 레베카를 따라 무명 드레스를 입기로 했다. 주름을 잡고, 치맛단 장식을 하고, 레이스를 다는 등 할 일이 많아서 레베카의 드레스를 졸업식 전까지 완성하려면 몇 명이 바느질을 나눠서 해야 했다. 장식띠는 한나가, 허리와 소매는 콥 부인이, 스커트는 제인 이모가 맡았다. 1야드에 3, 4페니밖에 안 하는 싸구려 천이었지만 바느질을 해놓고 보니 매우 아름다웠으며, 부드럽게 떨어지는 주름 장식은 새틴이나 수단으로 만든 드레스보다 나았다.

레베카와 엠마 제인은 기숙사에서 졸업식이 시작되기를 기다리고 있었다. 두 사람이 함께하는 것도 그날이 마지막이라는 생각에 엠마 제인은 슬픈 기분이 들었다. 그 전날 교장 선생님이 레베카에게 두 군데의 일자리를 제안했다. 하나는 기숙학교에서 음악 시간과 체조 시간에 피아노 반주를 해주고 저학년 학생들의 피아노 연습을 감독하는 일이었고, 다른 하나는 에지우드 고등학교의 사무 보조원 일이었다. 둘 다 월급은 얼마 안 되었지만, 전자의 경우 배울 게 많을 것이라고 미스 맥스웰은 생각했다.

레베카의 기분은 흥분 상태에서 황홀경으로 바뀌었다. 5분

안에 학급별로 대형을 갖춰 졸업식장인 교회로 행진하리라는 것을 알리는 첫 번째 종이 울렸을 때 그녀는 가슴에 손을 얹은 채 미동도 없이 창가에 서 있었다.

레베카가 말했다.

"드디어 졸업식이야, 엠마. 『플로스강의 물방앗간』에서 매기 털리버가 유년 시절을 뒤로 하고 황금 문을 닫은 때를 기억해? 그 황금 문이 흔들리는 게 보이는 듯하고 문 닫히는 소리가 들리는 듯해. 졸업을 해서 기쁜지 섭섭한지 잘 모르겠어."

엠마 제인이 말했다.

"문이 어떻게 흔들리든, 어떤 소리를 내며 닫히든 상관없어. 너랑 함께 있을 수만 있다면 말이야. 하지만 이제는 함께 있을 수 없게 되었어!"

"엠마, 울지 마. 나도 눈물 날 것 같으니까! 네가 나랑 같이 졸업할 수만 있다면 얼마나 좋을까! 오, 마차의 덜커덕거리는 소리가 들려! 사람들이 우리가 준비한 마차를 보면 놀라겠지? 행운을 비는 뜻에서 나를 한 번 안아줘, 엠마. 무명 옷감이 약하니까 조심해서 안아야 해."

그로부터 10분 뒤, 포틀랜드에서 방금 도착해서 교회로 향하던 애덤 래드가 갑자기 중심가의 나무 아래에 멈춰 섰다. 그는 그 자리에 못 박힌 듯 서서 드물게 보는 아름다운 광경을 바라보았다. 레베카가 반장으로 있는 학급은 이제까지의 관례를 따르지 않기로 한 듯했다. 그들은 두 사람씩 짝을 지어 행진하는 대신 꽃마차를 타고 갔다. 건초를 싣는 수레에 초록색의 덩굴풀과 줄기가 긴 데이지, 뉴잉글랜드의 들판에서 자라는 예쁜 꽃들을 장식한 꽃마차는 수레 전체가, 심지어 바퀴의 살까지도 노랗고 하얀 꽃들과 초록색 잎사귀로 뒤덮여 있었다. 두 마리의 백마가 수레를 끌었고, 고삐에도 꽃이 장식되어 있었다. 마차에는 열두 명의 소녀가 타고 있었고, 마차의 양옆에는 단추 구멍에 학급을 상징하는 꽃인 데이지를 꽂은 열 명의 소년이 행진했다.

레베카는 초록색 잎사귀로 뒤덮인 벤치에 앉아 있었는데, 벤치가 마치 왕좌 같았다. 흰색 모슬린 드레스를 입으면 어떤 17세 소녀도 눈부시게 아름다워진다. 열두 명의 시골 소녀는 정말 예뻤다. 6월의 햇빛이 그들의 반짝이는 눈과 상기된 뺨과 예쁜 미소와 보조개를 비췄다.

애덤은 눈 앞에 펼쳐진 아름다운 광경에 모자를 벗어들고 생각했다. 레베카의 늘씬한 몸매와 이지적인 이마, 기쁨이 가득한 얼굴, 땋아서 리본으로 묶은 검은 머리가 뮤즈를 연상케 하고, 꽃마차에 탄 소녀들은 '생의 아침'이라는 제목의 그림을 떠올리게 한다고. 행렬이 모두 지나갈 때까지도 그는 반세기 전에 그의 어머니가 걷던 그 길가의 느릅나무 밑에 서 있었다. 그가 인파에 섞여 교회로 향할 때 어디선가 흐느끼는 소리가 들렸다.

근처 정원의 산울타리 뒤에 흰색 드레스를 입은 소녀가 혼자 울고 있었다. 그녀의 갈색 머리와 푸른 눈, 예쁘장한 코는 전에 본적이 있었다. 애덤은 그녀에게 다가가 말을 건넸다.

"왜 울고 있니, 엠마 제인?"

"오, 래드 씨? 레베카는 얼굴이 흉해진다며 못 울게 하지만 교회에 들어가기 전에 딱 한 번만 울려고요. 못생겨 보여도 괜찮아요. 어차피 저는 노래만 부를 거니까요. 저는 졸업하는 게 아니라 그냥 학교를 떠나는 거예요. 하지만 그게 슬퍼서 우는 건 아니에요. 제가 견딜 수 없는 건 레베카와 떨어져 지내는 거예요!"

애덤은 슬픔에 잠긴 엠마 제인을 위로하며 그녀와 함께 졸업식이 열리는 교회로 향했다. 노란색과 초록색, 흰색으로 장식된 교회 내부는 사람들로 가득해서 공기가 답답했다.

태초 이래 모든 졸업식에서 그래 왔듯 에세이 낭독과 합창과 시 낭송의 시간이 있었다. 우리는 졸업식 때 학생들의 입에서 나오는 상투적인 말의 무게로 인해 연단이 무너질까 봐 걱정하지만, 그들을 비난하지는 않는다. 미래의 주역인 학생들의 젊고 희망찬 모습만 보아도 냉소적인 감정이 싹 가시기 때문이다. 우리는 에세이를 들으며 하품을 하지만, 그럼에도 우리의 마음은 그 에세이를 쓴 학생들에게로 향한다. 그들의 눈에는 '근사한 비전'이 반짝이고, 앞으로 그들이 겪게 될 '피할

인생의 비밀

수 없는 멍에'에 대한 두려움이 전혀 없기 때문이다.

레베카는 청중 속에서 한나와 그녀의 남편을 보았다. 사랑하는 존과 앤 이모도 보였다. 엄마가 오지 못한다는 것은 알고 있었지만 그래도 엄마의 부재는 그녀의 마음을 아프게 했다. 가엾은 오릴리어는 아이들과 농장을 돌봐야 하는 데다 여행 경비도 부족하고 졸업식에 입고 올 적당한 드레스도 없어서 집에 있었다. 콥 부부도 보였다. 사실 누구도 제리 아저씨를 보지 못하고 지나칠 수는 없었다. 그는 몇 번이나 눈물을 쏟으며 주변 사람들에게 그가 아는 한 졸업반 학생의 놀라운 재능에 대해 장황하게 설명을 늘어놓았기 때문이다. 그날 밤, 그는 엄마에게 레베카가 오르지 못할 명예의 사다리는 없을 거라고 말했다.

그렇다면 콥 부부도 왔고 다른 리버버러 사람들의 얼굴도 보이는데 제인 이모는 어디에 있단 말인가? 그날을 위해 특별히 검정색 실크 드레스까지 만든 제인 이모의 모습이 보이지 않았다. 미란다 이모가 오지 못한다는 것은 알고 있었다. 하지만 이 중요한 날, 사랑하는 제인 이모는 어디에 있는가? 그러나 이런 생각도 다른 모든 생각처럼 순식간에 왔다가 갔다. 그날 오전의 모든 일이 마치 만화경의 그림들처럼 그녀의 시야에 나타났다 사라졌다 했다. 레베카는 마치 꿈을 꾸는 듯한 기분으로 노래를 부르고 메리 여왕의 기도문을 암송했는데, 마지막 구절을 암송할 때 알라딘과 눈이 마주치면서 현실로 돌아왔다. 졸업식이 끝날 때쯤 레베카가 속한 학급의 시, '미래의 주역'을 암송하는 순서가 있었다. 전에도 여러 차례 그랬듯이 이번에도 레베카가 암송하는 시는 여학생이 쓴 시가 아니라 밀턴의 서사시처럼 들렸다. 레베카의 목소리와 눈과 온몸에서 확신과 열정이 풍겨 나왔으며, 그리하여 그녀가 연단에서 내려올 때 청중은 걸작을 들은 듯한 느낌을 받았다. 청중의 대부분은 칼라일이나 에머슨을 알지 못했지만, 만약 알았다면 "시를 잘 낭송할 때 우리는 모두 시인이다"라는 칼라일의 말이나 "좋은 독자가 좋은 책을 만든다"라는 에머슨의 말을 떠올렸을 것이다.

마침내 모든 순서가 끝나고 졸업장이 수여되었다. 여학생들은 저마다 슬며시 머리를 매만지고 모슬린 스커트의 주름을 펴고 장식띠를 바로 한 뒤 앞으로 나가 졸업장을 받았다. 이 감격적인 순간, 졸업하는 학생 한 명, 한 명에게 박수가 터졌다. 그리고 레베카가 앞으로 나갔을 때 제리 콥이 한 행동은 웨어햄과 리버버러에서 여러 날 동안 사람들의 입에 오르내렸다. 웹 부인은 교회의 신도석이 그녀가 40년간 앉은 것보다 콥이 두 시간 동안 일어났다 앉았다 한 것 때문에 더 많이 닳았다고 말했다. 졸업식이 끝나고 사람들이 교회를 빠져나가기 시작하자 애덤 래드가 연단 쪽으로 향했다. 낯선 사람들과 이야기하던 레베카가 통로에서 그를 만났다.

"오, 알라딘 씨, 와주셔서 정말 기뻐요. 오늘 어떠셨어요? 만족스러우셨는지 궁금해요."

레베카가 반쯤 수줍게 그를 바라보며 말했다. 그에게 인정받는 것은 다른 누구에게 인정받는 것보다 더 중요하고 더 어려웠기 때문이다.

"만족 그 이상이란다! 어린 시절의 네가 사랑스럽고, 지금의 네가 자랑스럽고, 미래의 네가 기대되는구나!"

운명의 바람이 부는 날

영웅이 보내는 이 같은 찬사에 레베카는 가슴이 두근거렸다. 하지만 그녀가 감사의 말을 하기도 전에 콥 부부가 다가와 애덤 래드와 인사를 나눴다.

레베카는 한 손으로는 세라 아주머니의 손을, 다른 손으로는 제리 아저씨의 손을 잡고 외쳤다.

"제인 이모는 어디 계세요?"

"안됐지만, 얘야, 좋지 않은 소식을 전해야겠구나."

"미란다 이모의 병세가 악화되었어요? 그렇군요. 두 분의 표정을 보면 알 수 있어요."

레베카의 얼굴에서 핏기가 가셨다.

"미란다는 어제 제인이 여행 가방을 싸는 것을 돕다가 두 번째로 쓰러졌어. 제인이 졸업식이 끝날 때까지 네게 알리지 말아달라고 해서 여태 말하지 않고 있었지."

"바로 집으로 돌아가야겠어요, 세라 아주머니. 하지만 먼저 맥스웰 선생님께 내일 함께 가지 못한다고 말씀드리고 올게요. 내일 선생님과 브런즈윅에 가기로 했거든요. 가엾은 미란다 이모! 저는 그런 줄도 모르고 하루 종일 즐거워했어요."

"즐거워하는 건 나쁜 게 아니야. 제인도 네가 즐거워하길 바랐어. 그리고 미란다는 다시 말을 할 수 있게 되었단다. 조금 전에 제인이 보낸 편지를 받았는데, 미란다의 상태가 호전되었대. 그러니 여기 머물면서 하룻밤 푹 자고 내일 차분히 짐을 챙기렴."

"내가 네 짐가방을 쌀게. 레베카, 우리 방에 있는 물건들도 정리하고."

조금 전에 그들이 있는 곳으로 와서 슬픈 소식을 들은 엠마 제인이 말했다.

그들은 조용한 구석 자리로 이동했고, 이곳으로 한나와 그녀의 남편과 존이 찾아왔다. 이따금 아는 사람들이 와서 레베카에게 축하 인사를 건네며 왜 구석진 곳에 숨어 있느냐고 물었고, 같은 반 친구들도 레베카를 부르며 점심 피크닉에 늦지 말라거나 저녁에 있을 학급 파티에 일찍 와달라고 말했다. 레베카에게는 이 모든 게 비현실적으로 느껴졌다. 지난 이틀간은 더없이 행복했고 오늘 아침까지만 해도 황홀경에 빠져 있었는데 그런 기분은 다 일시적인 것이었을 뿐, 이제 고통과 수고와 걱정이 다시금 지평선 위로 모습을 드러내려 하고 있었다. 레베카는 어느새 남자답고 잘생긴 소년으로 성장한 존과 함께 숲속으로 사라지고 싶었다. 아무도 없는 곳에서 그에게서 위로받고 싶었다.

그사이에 애덤 래드와 콥은 대화에 열중해 있었다.

"보스턴에는 저런 소녀들이 무수히 많지요?"

콥이 레베카가 있는 쪽을 향해 고갯짓을 하면서 물었다.

"아마 그럴 겁니다. 다만 제가 그런 소녀를 알지 못할 뿐이지요."

노인의 기분을 알아차린 애덤이 미소 지으며 대답했다.

"연단에 오른 소녀들 중 레베카가 가장 예뻐 보였던 것은 내 눈이 안 좋아서겠죠?"

"저는 시력이 아주 좋지만 제게도 레베카가 가장 예뻐 보였답니다."

애덤이 대답했다.

"레베카의 목소리에 대해서는 어떻게 생각하세요? 뭔가 특별한 점이 있는 것 같지 않나요?"

"레베카의 목소리에 비하면 다른 아이들의 목소리는 너무

인생의 비밀

약하고 가늘게 들리더군요."

"여행을 많이 해서 견문이 넓은 분에게서 그런 말을 들으니 기쁘군요. 엄마는 내가 레베카를 너무 예뻐해서 탈이라고 한답니다. 내가 그 애를 버릇없게 만든다는 거지요. 하지만 그 점에 있어서는 엄마도 결코 내게 뒤지지 않아요. 딸의 졸업식에 참석하려고 먼 길을 와서 딸을 레베카와 비교해야 하는 학부모들의 심정을 생각하니 가슴이 아프군요. 그럼, 안녕히 가세요, 래드 씨. 언제 리버버러에 오실 일이 있으면 우리 집에 한번 들리세요."

"그러겠습니다. 어쩌면 내일 레베카를 집에 데려다주면서 찾아뵙게 될지도 모르겠네요. 미스 소여는 상태가 많이 심각한가요?"

애덤이 다정하게 노인과 악수를 나누며 물었다.

"글쎄요, 의사도 잘 모르는 것 같아요. 어쨌든 몸에 마비가 왔고, 다시는 멀리 걸을 수 없게 되었어요! 다행히 언어 장애까지 생긴 건 아니어서, 그게 한 가닥 위안이지요."

애덤은 교회에서 나와 공원을 가로질러 가다가 졸업식에 온 손님들과 인사를 나누는 미스 맥스웰을 보았다. 미스 맥스웰이 레베카의 모든 계획에 깊은 관심을 갖고 있다는 것을 아는 애덤은 그녀에게 다가가 레베카가 다음 날 웨어햄을 떠나

리버버러로 가야 한다는 사실을 알려주었다.

미스 맥스웰은 벤치에 앉아서 양산으로 잔디를 콕콕 찌르며 외쳤다.

"참을 수가 없네요! 레베카에게는 휴식이 필요한데 도무지 쉴 수가 없으니…. 저는 레베카를 위해 많은 것을 계획해두었는데 그 애는 이제 다시 집으로 돌아가 집안일과 까탈스러운 이모의 병간호를 해야 하겠군요."

애덤이 말했다.

"그 까탈스러운 이모가 아니었다면 레베카는 지금도 서니브룩 농장에 있겠지요. 그리고 교육적인 측면이나 다른 어떤 측면에서도 한참 뒤처져 있을 거고요."

"맞는 말씀이에요. 그냥 속이 상해서 한번 해본 말이랍니다. 저의 영재이자 진주인 레베카에게 좀 더 편안하고 행복한 날이 기다리고 있을 거라고 생각했거든요."

"우리의 영재이자 진주겠지요."

애덤의 말에 미스 맥스웰이 웃음을 터뜨렸다.

"오, 그렇죠! 당신이 레베카를 직접 발견한 것처럼 굴어야 직성이 풀린다는 것을 깜빡했어요."

애덤이 말했다.

"레베카에게는 보다 행복한 앞날이 기다리고 있을 겁니다. 아직은 비밀이지만, 철도회사에서 랜들 부인의 농장을 사들이기로 했어요. 철도가 농장을 지나고 랜들 부인의 소유지에 기차역이 들어설 겁니다. 랜들 부인은 6,000달러의 보상금을 받게 될 거예요. 큰돈은 아니지만, 만약 제게 투자를 맡긴다면 1년에 300, 400달러의 수입을 얻을 수 있을 겁니다. 농장의 저당금을 갚고 레베카가 자립하게 되면 랜들 부인은 장남을 공부시킬 수 있을 거예요. 장남은 똑똑하고 야망도 있는 친구더군요. 그는 농장일을 그만두고 공부를 해야 해요."

미스 맥스웰이 말했다.

"우리는 랜들 집안 보호 회사를 설립해도 되겠군요. 저는 레베카가 커리어를 쌓기를 원해요."

애덤이 재빨리 대답했다.

"저는 아닙니다."

"물론 그러시겠죠. 남자들은 여자들의 커리어에 관심이 없으니까요! 하지만 레베카에 대해서라면 제가 당신보다 더 잘 알아요."

"레베카의 가슴이 아니라 머리를 더 잘 아시겠지요. 당신은 레베카를 진주보다는 영재에 더 가깝게 생각하지만 저는 영재보다는 진주에 더 가깝게 생각한답니다."

미스 맥스웰이 한숨을 쉬며 말했다.

"글쎄요, 우리라는 랜들 집안 보호 회사가 레베카를 서로 반대 방향으로 잡아당기더라도 그 애는 결국 자신의 수호성인을 따라가게 될 거예요."

"그거 좋군요. 마음에 듭니다."

"그 수호성인이 당신이 원하는 방향으로 인도할 경우 특히 그렇겠지요."

미스 맥스웰은 애덤을 쳐다보며 미소 지었다.

레베카는 벽돌집으로 돌아간 지 며칠이 지나도록 미란다 이모를 보지 못했다. 미란다는 뒤틀린 얼굴이 원래대로 돌아올 때까지 제인 이외의 누구도 방에 들이려 하지 않았다. 그러나 늘 방문이 조금 열려 있는 것으로 보아 레베카의 경쾌한 발소리를 듣고 싶어 하는 것 같다고 제인은 생각했다.

미란다는 정신이 또렷했고, 몸을 못 움직여서 그렇지 통증도 거의 없었으며, 집 안팎에서 일어나는 일에 온 신경을 곤두세웠다. 그녀는 강풍에 떨어진 사과를 주웠는지, 감자와 옥수수가 잘 익었는지, 광고 전단지가 사방에 널려 있지는 않은지, 낙농장에 개미가 있지는 않은지, 불쏘시개는 넉넉한지, 은행에서 쿠폰을 보내왔는지에 대해 물었다.

불쌍한 미란다 소여! 무덤 저편의 드넓은 세상으로 건너가는 길목에 있으면서도 그녀의 피곤한 머릿속에는 자잘한 근심 걱정만 있을 뿐, 신성한 비전이 없었다. 하느님이 아주 가까이 있어도 영혼은 갑작스럽게 하느님과 대화하게 되지 않는

다. 천국의 언어를 배우지 못했다면 가엾은 영혼은 평소에 사용하던 언어를 사용할 수밖에 없다. 자기 안에 갇힌 불쌍한 미란다! 그녀는 영적인 눈을 사용해본 적이 없기에 계시에 눈뜨지 못했고, 영적인 귀를 사용해본 적이 없기에 천사의 목소리를 듣지 못했다.

마침내 미란다가 레베카를 부른 날이 왔다. 어두운 병실의 문이 열리고, 레베카가 등 뒤로 햇빛을 받으며 들꽃을 안고 서 있었다.

나이트캡을 쓴 미란다의 창백하고 뾰족한 얼굴이 초췌해 보였다. 가엾게도 그녀의 몸은 이불 속에서 꼼짝도 하지 못했다.

미란다가 말했다.

"들어오너라. 나 아직 안 죽었다. 그러니 그 꽃으로 침대를 어지럽히지는 말거라."

"오, 이건 꽃병에 꽂을 거예요."

레베카는 울음을 삼키려고 애쓰며 세면대로 향했다.

"네 얼굴을 볼 수 있도록 가까이 오거라. 지금 무슨 옷을 입고 있지?"

늙은 이모가 갈라져 나오는 희미한 목소리로 말했다.

"파란색 무명 드레스를 입고 있어요."

"네 캐시미어 드레스는 색이 바라지 않았지?"

"네, 미란다 이모."

"내가 말한 대로 옷장 뒤쪽에 걸어두었니?"

"네."

"네 엄마는 젤리를 만들었다니?"

"그런 얘기는 없었어요."

"그 애는 별 내용도 없는 편지를 써 보내는 묘한 재주가 있다니까. 마크는 또 어디가 부러졌니?"

"아무 데도 부러지지 않았어요, 미란다 이모."

"왜, 무슨 문제라도 있다니? 마크가 요즘 게을러진 게로구나. 존은 어떻게 하고 있니?"

"잘하고 있어요. 존이 우리 형제들 중 가장 잘될 거예요."

"내가 없다고 부엌일을 소홀히 하지 말거라. 커피포트를 끓는 물로 씻어서 창가에 거꾸로 세워두었니?"

"네, 미란다 이모."

미란다는 뻣뻣한 몸을 움직이려고 애쓰며 신음했다.

"너랑 제인은 늘 잘하고 있다고 하지. 하지만 나는 여기 누워서도 일이 제대로 돌아가지 않는다는 걸 알아."

긴 침묵이 흘렀다.

레베카는 침대 옆에 앉아서 조심스럽게 이모의 손을 만졌다. 눈을 감고 있는 이모의 수척한 얼굴에 가슴이 아파왔다.

"졸업식 때 네게 투박한 무명 드레스를 입혀 보낸 게 몹시 부끄러웠다, 레베카. 하지만 어쩔 수가 없었어. 언젠가 너도 그 이유를 알게 될 게다. 네가 웃음거리가 되지나 않았는지 모르겠구나."

"사람들이 다들 우리 드레스가 가장 예쁘다고 한걸요. 아무 걱정 마세요. 저는 이제 다 컸고, 학교를 졸업한 데다 (우리 반 학생 스물두 명 중 3등을 했어요) 좋은 일자리까지 제의받았어요. 저를 좀 보세요. 저는 크고 건강하고 젊어요. 그리고 세상에 나가서, 이모와 제인 이모가 저를 위해 해준 것을 보여줄 만반의 준비가 돼 있어요. 제가 가까이에 있기를 바라신다면 에지우드 고등학교를 선택할게요. 저녁 시간과 일요일에 여기 있으면서 도움이 될 수 있도록요. 그리고 이모가 점차 회복되면 오거스타로 갈게요. 그곳에서는 음악 수업과 그 밖의 일로 100달러를 더 받을 수 있으니까요."

미란다가 떨리는 목소리로 말했다.

"내 말을 잘 들거라. 내 병과 상관없이 가장 좋은 직장을 택하도록 해. 네가 저당금을 다 갚는 것을 볼 때까지 살고 싶지만, 그럴 수 있을지 모르겠다."

여기서 미란다는 갑자기 말을 멈췄다. 지난 몇 주 동안 한 것보다 더 많은 말을 했기 때문이다. 레베카는 방에서 나와 혼자 울면서 생각했다. '사람이 늙어서 어둠의 골짜기로 미끄러져 들어갈 때는 누구나 그렇게 힘들고, 고통스럽고, 보기에 아름답지 않은 과정을 거쳐야 하는 것인가?'

며칠이 지났다.

미란다는 점차 차도를 보이기 시작했다. 그녀는 병을 이기고자 하는 강한 의지를 지닌 듯했고, 오래지 않아 창가의 의자로 가서 앉을 수 있게 되었다. 미란다는 의사가 매일 오는 대신 일주일에 한 번만 와도 될 정도의 상태에 도달함으로써 밤낮으로 그녀를 괴롭히던 엄청난 의료비를 줄이고자 했다.

레베카의 가슴에 조금씩 희망이 되살아나기 시작했다. 의사의 입에서 미란다가 회복세에 들어섰다는 말이 떨어지면 언제라도 레베카가 브런즈윅에 갈 수 있도록 제인 이모는 레베카의 손수건과 칼라와 보라색 모슬린 드레스에 풀을 먹여놓았다. 8월까지 브런즈윅에 갈 수 있다면 온갖 아름다운 일을 경험할 수 있을 것이다. 레베카는 미스 맥스웰이 초대한 손님으로서 대학교수들과 그 밖의 훌륭한 사람들과 같은 식탁에 앉게 될 것이기 때문이다.

마침내 그날이 와서, 레베카는 여행 가방에 깨끗하고 수수한 드레스 몇 벌과 그녀가 소중히 여기는 산호 목걸이, 졸업식 때 입었던 드레스와 학급 핀, 제인 이모의 레이스 망토와 새로 산 모자를 챙겨 넣었다. 그녀가 밤마다 잠들기 전에 써보곤 하던 그 새 모자에는 흰 장미와 초록색 잎사귀로 된 싸구려 화환 장식이 달려 있었다. 가격은 2~3달러였는데, 레베카가 이렇게 비싼 물건을 산 것은 처음이었다.

그녀는 잠옷에 그 모자를 써도 아름답지만, 졸업식 때 입었던 드레스에 쓰면 존경받는 교수들조차 근사하다고 생각할 것이라고 느꼈다. 아마 어떤 교수든 그 장미 화환 아래 반짝이는 검은 눈동자를 보면 단지 근사하다고 생각하는 데서 그치지 않을 것이다.

모든 준비가 끝나고 아비자 플래그가 문밖에서 대기하고 있을 때 하나의 전보가 도착했다. 거기에는 "즉시 귀가 바람. 엄마가 사고를 당했음."이라고 쓰여 있었다.

그 후 한 시간도 채 안 돼 레베카는 서니브룩으로 가는 길 위에 있었다. 여행의 끝에 무엇이 기다리고 있을지 몰라 두려운 마음에 가슴이 두근거렸다.

농장에서 기다리고 있는 것은 죽음은 아니었지만, 얼핏 보기에 죽음과 너무나도 흡사한 어떤 것이었다. 엄마는 헛간에서 물건 옮기는 것을 감독하느라 건초 더미 위에 서 있다가 현기증이 나서 발을 헛디뎠다고 했다. 오른쪽 무릎이 골절되고 허리를 삐끗했지만 의식은 있으며 당장 위급한 상황은 아니라

인생의 비밀

고 레베카는 제인 이모에게 보내는 편지에 썼다.

그날 일어나 앉아 있지 못하고 종일 누워 있던 미란다가 불평했다.

"어렸을 때부터 오릴리어는 내가 아플 때면 늘 같이 아프곤 했지. 건초 더미는 여자가 올라갈 데가 못 돼. 그런 데서 어떻게 안 떨어질 수가 있겠어? 하지만 건초 더미가 아니었어도 다른 어딘가에서 떨어졌겠지. 오릴리어는 태어나기를 불행하게 태어났어. 이제 그 애는 절름발이가 될 테고, 레베카는 어딘가에서 꽤 괜찮은 직장을 다니는 대신 그 애를 간호해야 하겠구나."

제인이 말했다.

"레베카는 우선 엄마부터 돌봐야 해. 나는 레베카가 이것을 기억하기를 원해."

미란다가 말했다.

"열일곱 살 때는 누구도 자신이 해야 할 일을 기억하지 않아. 이제 내 상태가 좀 좋아졌으니 그동안 밤낮으로 생각해온 것들을 너와 의논해야 할 것 같구나. 전에도 얘기한 적이 있지만 이제 확실히 해두려고. 내가 죽으면 오릴리어와 아이들을 이곳으로 데려와 함께 살기를 바라니? 그렇게 되면 집안이 시끌벅적할 거야. 오릴리어에 제니에 패니까지, 사람이 너무 많아지니까. 하지만 마크는 안 돼. 그 애는 한나가 데리고 있으면 될 거야. 다 큰 남자아이가 카펫 위를 쿵쾅거리며 뛰어다니고 가구를 못 쓰게 만드는 꼴은 봐줄 수가 없어. 물론 내가 죽으면 뭐든 네 마음대로 할 수 있겠지만 말이야."

"언니 뜻을 거스르는 일은 하지 않을게. 특히 언니의 재산과 관련한 일에 대해서는."

"레베카에게는 내가 그 애에게 벽돌집을 물려주었다는 말을 하지 말았으면 좋겠다. 나는 유산을 받을 사람들로 인해 쫓기듯이 죽고 싶지도 않고 감사 인사를 받고 싶지도 않으니까. 레베카는 뒤쪽 계단과 마찬가지로 앞쪽 계단도 자유롭게 사용하겠지. 하지만 죽고 나서 몇 년이 지나면 나도 거기에 대해 아무렇지 않게 될 거야. 그 애는 너를 소중히 여기니까 네가 죽는 날까지 여기서 살기를 바랄 거야. 하지만 어쨌거나 그 부분을 유언장에 써놓을게. 번즈 변호사에게 맡기면 다른 데 맡기는 것보다 비용이 적게 들지. 레베카가 남편감으로 고른 사람이 너를 쫓아낼 수는 없을 거야."

긴 침묵이 흘렀다.

제인은 침대에 누워 있는 미란다의 갸냘픈 모습을 보고 간간이 눈물을 흘리며 조용히 뜨개질을 했다. 갑자기 미란다가 힘없는 목소리로 느릿느릿 말했다.

"너는 결국에는 마크도 데려오려고 할 거야. 남자아이들 중에는 거친 아이도 있지만 온순한 아이도 있지. 아이를 많이 낳는 것도 잘하는 것은 아니지만 가족을 따로 살게 하는 것은 위험부담이 너무 커. 가족이 서로 떨어져 지내면 문제가 생길 거고, 그 아이들의 엄마가 소여 집안사람인 것을 모두가 기억할 테니까. 이제 커튼을 닫아주렴. 잠을 좀 자야겠어."

8

아름다운 상속

나와 함께 나이 들어가자.
가장 좋은 때는 아직 오지 않았으니.

엄마와 딸

두 달이 지났다. 비록 제니가 빠르게 집안일을 배워나가기는 했지만, 레베카는 요리하고 빨래하고 다림질하고 세 아이를 돌보느라 녹초가 되었다. 그녀는 수많은 밤을 엄마의 침대 옆에서 보냈다. 엄마를 위로하고, 붕대를 갈아주고, 다리를 주물러주고, 책을 읽어주고, 음식을 먹여주고, 목욕까지 시켜주었다. 후덥지근한 8월에 숨이 막힐 것 같은 침실에서 매 순간 고통으로 몸부림치던 오릴리어는 시간이 지나면서 점차 차도를 보였고, 그리하여 이제 가족들은 좀 더 자유롭게 숨을 쉴 수 있게 되었다. 앞으로 여러 달 동안 걸을 수 없으리라는 것에는 의문의 여지가 없었지만, 블라인드를 걷어 올리고 침대를 창가 쪽으로 옮기게 되면서 많은 축복이 쏟아지는 듯했다.

오릴리어는 적어도 베개에 등을 기대고 앉아 집 안에서 일어나는 일을 지켜볼 수 있게 되었으며, 지금의 비교적 편안한 상태에 도달하기 이전의 고통스러웠던 시간을 잊고 미소 지을 수 있게 되었다.

어떤 17세 소녀도 그런 시련을 겪으면 달라지지 않을 수 없다. 레베카 같은 기질의 어떤 소녀도 그런 시련을 겪으면 내적인 불만과 저항이 생기지 않을 수 없다. 레베카는 힘들고 고된 일, 썩 잘 해낼 수도 없고 결코 만족감을 느낄 수도 없는 일을 하고 있었다. 목마른 사람이 입술에 닿은 천상의 감로수를 포기하듯 그녀는 일상의 의무를 수행하기 위해 기쁨에의 비전을 내려놓아야 했다.

온 우주가 그녀를 향해 열리는 듯하던 시기에 그 근사한 비전은 얼마나 짧고 덧없이 사라져갔던가! 얼마나 빨리 일상의 빛 속에 흩어져갔던가! 처음에는 연민과 슬픔이 너무도 커서 엄마의 고통 외에는 다른 아무것도 생각하지 않았다. 그녀와 효도 사이에는 어떤 자의식도 끼어들지 않았다. 하지만 몇 주가 지나자 다시금 희망이 꿈틀거리고 야망이 고개를 들기 시작했다. 기쁨이 너무도 가까운 곳에서 손짓하는 듯했다. 사람은 옳은 일을 하고 있다는 생각이 들 때는 좌우를 돌아보지 않고 좁은 길을 걷기가 쉽다. 그러나 초기의 기쁨이 사라지고 나면 그 길은 황량해 보이고 발걸음은 주춤거리기 마련이다. 레

아름다운 상속

베카에게도 그런 때가 왔다. 오거스타의 학교에서 다른 사람을 구했다는 소식을 접하자 레베카는 기운이 빠졌다.

그리고 마음속에 현실에 대한 저항과 자유에 대한 갈망이 생겨났다. 마치 운명의 바람이 이리저리 불면서 불꽃 같은 혀로 그녀를 태우고 연소시키는 것 같았다. 이 모든 것은 레베카가 서니브룩 농장의 작은 방에서 폭풍과도 같은 밤을 보냈음을 의미한다. 그러나 이윽고 구름이 걷히고 해가 나고 무지개가 떴다. '4월의 푸르름을 입은 희망'이 미소 띤 얼굴로 손짓하며 말했다.

나와 함께 나이 들어가자.
가장 좋은 때는 아직 오지 않았으니.

매일의 삶이라고 하는 회색 거미집에서 간간이 기쁨의 거미줄이 발견되었다. 레베카는 자연이 어떻게 추한 것들을 가리는지 보고 이따금 자연을 집으로 들여옴으로써 황량한 작은 집을 덜 황량하게 만들었다. 비록 가난한 집안이기는 해도 집안의 여주인이 되어 계획하고, 결정하고, 혼돈에 질서를 부여하고, 침체된 집안 분위기를 밝게 하는 데서 얻는 만족도 있었다. 위안이 되는 또 다른 요소는 아이들의 사랑이었다. 해바라기가 해를 향하듯 아이들은 레베카에게로 향했다. 그들은 레베카의 상상력이 무궁무진함을 확신하며 그녀의 이야기에 귀를 기울였다. 레베카는 미처 깨닫지 못했지만, 이것과 그 밖의 많은 것에서 보상의 법칙이 작동하고 있었다. 불안과 걱정 속에서 지내던 그 시기에 엄마와 딸은 서로에 대해 그 어느 때보다 더 많은 것을 알게 되었다. 엄마의 곁을 지키던 레베카에게 새로운 감정, 강자가 약자를 돌볼 때만 느낄 수 있는 새로운 감정이 생겨났다. 오릴리어는 자기 안의 모성을 깨닫고 말로 표현할 수 없을 만큼 행복했다. 아이들이 아직 어릴 때는 집 안에 늘 근심 걱정이 가득했다.

그런데 어느 날 레베카가 집을 떠났고, 집을 떠나 있는 동안 그녀의 마음과 영혼은 몰라보게 성장했다. 이제 딸을 살펴볼 시간이 생긴 오릴리어에게 레베카는 완전히 다른 아이처럼 보였다. 오릴리어와 한나는 이제껏 지루한 일상을 반복해왔는데, 이제 이 놀라운 아이가, 바닥을 기는 생각에 날개를 달아주고 무채색의 지루한 삶에 다채로운 색상과 우아함과 조화를 가져온 이 매혹적인 아이가 나타난 것이다.

레베카에게 아무리 무거운 쟁기를 들려주어도 그녀는 늘 발밑의 푸른 잔디와 머리 위의 푸른 하늘을 기억할 것이다. 레베카의 눈은 그녀가 반죽하고 있는 빵과 케이크를 보고, 그녀의 귀는 부엌 난로의 장작이 타들어가는 소리와 찻주전자의 물이 끓는 소리를 듣지만, 그녀의 상상은 날개를 달고 날아 올

아름다운 상속

라 높은 곳에서 쉬면서 새 힘을 얻곤 했다. 레베카가 사는 집은 황량한 작은 농가였지만, 그녀에게는 가끔 그 안에서 휴식을 취할 수 있는 많은 궁전이 있었다. 낭만적인 세계의 활달하고 용감한 사람들로 가득한 궁전도 있었고, 천상의 존재들로부터 조언을 들을 수 있는 궁전도 있었다. 꿈의 요새에 들어갔다 나올 때마다 레베카는 샛별을 보거나 감미로운 음악을 듣거나 기쁨의 장미 향을 맡는 사람처럼 환한 얼굴이 되었다.

오릴리어는 이상하고 대담무쌍한 새끼 오리를 세상에 내놓은 편협하고 인습적인 암탉의 기분을 이해할 수 있었으리라. 하지만 그녀의 상황은 훨씬 더 환상적이었다. 그녀는 평범한 알을 품어서 낙원의 새를 부화시킨 암탉이 된 듯한 기분이었다. 지난 2주 동안 그런 기분이 몇 번 들었는데, 레베카가 들꽃과 가을 단풍을 한아름 안고 들어온 이 쾌청한 10월의 아침에도 그런 기분이 들었다.

레베카가 빨갛고 노란 잎사귀가 달린 줄기를 침대 발치에 내려놓으며 말했다.

"가을의 전령이에요, 엄마. 연못 위로 늘어져 있었는데, 너무 오래 그렇게 있다간 연못에 비친 자신의 아름다운 모습에 취할 것 같아서 제가 꺾어왔어요. 허영심에 사로잡힐 위험에서 구해주려고요. 정말 아름답지 않아요? 미란다 이모에게도 가져다줄 수 있다면 얼마나 좋을까요! 제가 없으면 아무도 벽

돌집에 꽃을 꽂아놓지 않거든요."

아름다운 아침이었다. 황금빛 낮과 별빛 가득한 밤이 끝없이 이어지는 세상 속으로 태양이 떠올랐다. 대기는 익어가는 과일의 향기로 가득했고, 문밖의 나무 위에는 작은 새 한 마리가 목청껏 삶의 기쁨을 노래하고 있었다. 새는 여름이 가고 겨울이 온다는 사실을 잊은 듯했다. 이런 날, 누가 차가운 바람과 헐벗은 나무와 얼어붙은 시내를 생각할 수 있겠는가? 열린 창문으로 나방이 날아 들어와 화려한 가을 잎사귀 위에 내려앉았다. 오릴리어는 새소리를 듣고 붉게 물든 관목을 바라보다가 황금빛 가을을 한아름 안고 있는 봄의 여신 같은 딸아이에게로 시선을 옮겼다.

그녀는 갑자기 손으로 눈을 가리며 외쳤다.

"참을 수가 없구나! 여기 이 침대에 누워 네가 하고자 하는 모든 일에 방해만 되고 있으니. 모든 게 허사가 되었어! 내가 알뜰하게 절약해온 모든 것과 네가 열심히 공부한 모든 것, 미란다가 도와준 모든 것이! 네가 성공하는 데 도움이 되리라 생각했던 모든 게 허사가 되었어!"

레베카는 들꽃을 내려놓고 침대 옆에 앉으며 외쳤다.

"엄마, 엄마, 그렇게 말하지 마세요. 그렇게 생각하지 마세요. 저는 이제 겨우 열일곱 살인걸요! 코에 밀가루를 묻힌 채 보라색 앞치마를 두르고 있는 이 사람은 저의 시작일 뿐이에요! 존이 옮겨 심은 어린나무 기억하세요? 여름에 비가 적게 오고 겨울에 너무 추워서 조금밖에 안 자라다가 어느 해엔가 한꺼번에 많이 자랐잖아요. 지금은 제가 '뿌리 내리는 계절'이에요, 엄마. 하지만 저의 날들이 끝났다고는 생각하지 마세요. 아직 시작도 안 했으니까요! 올여름에 우물가의 100년 된 단풍나무에 새잎이 났어요. 열일곱 살의 저에게도 틀림없이 희망이 있을 거예요."

오릴리어가 흐느끼며 말했다.

"그렇게 씩씩한 척해도 내 눈은 못 속여. 너는 일자리를 잃었어. 그리고 여기서는 친구들도 못 만나고 하루 종일 일꾼처럼 일만 해야 해."

레베카가 미소 지었다.

"저는 일꾼처럼 보이지만 사실은 공주예요. 겉모습만 봐서는 알 수 없겠지만, 이건 위장일 뿐이에요. 현재의 왕과 왕비는 나이가 너무 많아서 곧 제게 왕위를 넘겨줄 거예요. 나라가 작아서 왕위 계승을 둘러싼 분쟁도 없고, 보석이 박힌 황금 왕좌를 기대할 수도 없어요. 아마도 등받이에 공작새 깃털을 장식한 상아 왕좌가 고작일 거예요. 하지만 엄마는 왕좌 옆의 편안한 의자에 앉아 많은 하인들의 시중을 받게 될 거예요."

오릴리어는 자신도 모르게 미소를 지었다. 다 믿은 것은 아니지만 이 말은 마음에 위안이 되었다.

오릴리어가 말했다.

"네가 왕좌와 왕국을 물려받기까지 너무 오래 기다리지 않기를, 그리고 내가 죽기 전에 그 모습을 볼 수 있기를 바랄 뿐이야. 하지만 내겐 삶이 너무 힘들고 버겁게 느껴지는구나. 벽돌집의 미란다 이모와 여기 이 농장의 나 때문에 너는 손발이 묶였어. 게다가 제니와 패니와 마크까지 돌봐야 하지. 너는 네 아빠의 낙천적인 기질을 물려받았나 보다. 안 그랬으면 너도 나처럼 삶의 무게에 짓눌렸을 텐데."

레베카가 두 손으로 무릎을 감싸 안으며 외쳤다.

"엄마! 오늘 같은 날, 세상에 존재하는 것만으로도 기뻐요. 보고, 느끼고, 무언가를 하고, 무언가가 되어가는 것만으로도 충분히 기뻐요. 엄마도 열일곱 살 때는 살아 있는 것만으로도 좋지 않았어요? 그걸 잊으신 건 아니죠?"

오릴리어가 말했다.

"응, 잊지 않았어. 하지만 나는 너처럼 활력이 넘치지는 않았지."

"저는 가끔 생각해요. 제가 태어나지 않았다면 얼마나 끔찍했을까 하고요. 한나 언니가 태어난 다음에 바로 존이 태어났다면, 존과 제니와 패니와 다른 사람들이 다 있는데 레베카가 없다면 어땠을까요? 이 세상에 레베카가 존재하지 않는다면요? 살아 있다는 건 모든 것을 보상해줘요. 제 안에는 당연히 두려움이 있어야 하지만, 제겐 두려움이 없어요. 보다 강한 무언가, 바람 같은 무언가가 두려움을 쓸어갔어요. 오, 저기 좀 보세요! 월의 마차가 이쪽으로 오고 있어요, 엄마. 벽돌집에서 보낸 편지를 가지고 오는 것일 거예요."

서니브룩이여, 안녕

월 멜빌은 창문 너머로 레베카의 무릎에 편지를 떨어뜨리고는 다른 볼일을 보러 헛간으로 갔다.

오릴리어가 안도의 한숨을 내쉬며 말했다.

"언니의 병세가 악화되지 않았나보다. 만약 악화되었다면 제인 언니가 전보를 쳤을 테니까. 편지에 뭐라고 쓰여 있는지 보자."

레베카는 봉투를 뜯어서 편지 내용을 한눈에 다 읽었다.

미란다 이모가 한 시간 전에 돌아가셨단다. 엄마가 위험 상황에서 벗어났다면 즉시 돌아오거라. 네가 오기 전에는 장례식을 치를 수 없을 것 같구나. 미란다 이모는 갑자기 그리고 아무 고통 없이 돌아가셨어. 오, 레베카! 네가 너무 보고 싶구나!

제인 이모가

습관의 힘은 너무도 강해서, 언니의 죽음 앞에서도 제인은 전보 요금이 25센트이고, 오릴리어가 배달료로 50센트를 내야 한다는 것을 떠올렸다.

레베카는 눈물을 흘렸다.

"가엾은, 가엾은 미란다 이모! 미란다 이모는 삶에서 조금의 위안도 얻지 못하고 가셨어요! 저는 이모한테 작별 인사도 하지 못했고요! 홀로 남은 가엾은 제인 이모! 어떻게 하면 좋아요, 엄마? 엄마와 벽돌집 사이에서 둘로 나뉜 기분이에요."

오릴리어가 놀라서 말했다.

"지금 당장 가야 해. 네가 없는 동안 내가 죽는다고 해도 똑같이 말했을 거야. 네 이모들은 너를 위해 최선을 다했어. 나보다 더 많은 것을 해주었지. 이제 네가 이모들의 친절에 보답하고 감사의 마음을 보여야 할 때야. 의사 말로는 내가 고비를 넘겼다고 하고 나도 그렇게 느끼니까 내 걱정은 하지 않아도 돼. 한나가 하루에 한 번씩 들여다봐 준다면 제니가 어떻게든 꾸려나갈 수 있을 거야."

레베카는 손을 비틀며 방 안을 왔다 갔다 했다.

"하지만 엄마, 저는 갈 수 없어요! 제가 가면 누가 엄마를 돌려 눕혀드려요?"

오릴리어가 대답했다.

"나는 괜찮아. 내 나이에, 그것도 한 가정의 엄마가 건초 더미에서 떨어질 만큼 지각이 없다면 고통을 당해도 싸지. 가서 검정색 드레스를 입고 짐가방을 싸거라. 내가 장례식에 참석할 수 있다면 얼마나 좋을까! 그렇게 함으로써 내가 결혼할 때 미란다 언니가 내게 한 말을 전부 잊고 용서했음을 보여줄 수 있다면! 미란다 언니는 말보다 행동이 더 부드러웠어. 나와 네 아빠에게 저지른 모든 잘못을 언니는 너를 통해 보상해주었지. 오, 레베카, 우리가 어렸을 때 미란다 언니가 내 머리에 파마를 해주면서 자랑스러워하던 게 기억나는구나. 우리가 자란 뒤에 내게 언니의 가장 좋은 파란색 모슬린 드레스를 빌려준 것도. 그 옷을 입고 크리스마스 파티에 갔는데, 네 아빠가 내게 춤을 신청했었지. 나중에 알게 되었는데, 그때 미란다 이모는 네 아빠가 자기에게 춤을 신청할 거라고 생각했대."

이 대목에서 오릴리어는 무너져 내렸다. 지난날의 기억에 마음이 녹아서 언니의 죽음을 알게 되었을 때보다 더 많은 눈물을 쏟았다.

준비할 시간이 한 시간밖에 없었다. 윌은 레베카를 템퍼런스까지 데려다준 뒤 제니를 학교에서 집으로 데려올 예정이었다. 그는 또한 밤에 랜들 부인의 상태가 나빠질 때를 대비해 농장에서 밤을 보낼 수 있는 여자를 알아보기로 했다.

레베카는 마지막으로 냇물을 길어오려고 언덕을 달려 내려갔다. 양동이로 수정처럼 맑은 물을 퍼 올리다가 고개를 들어보니 주변의 아름다운 가을 풍경과 함께 측량기사들의 모습이 눈에 들어왔다. 그들은 장비를 갖추고 뭔가를 계산하고 있었는데, 그들이 쳐놓은 줄이 서니브룩 농장의 '거울 연못'을 지나고 있었다. 바닥의 노란 모래가 수면 위의 노란색 잎사귀보다 더 노란 그 거울 연못은 레베카가 가장 좋아하는 곳이었다.

레베카는 숨죽인 채 생각했다.

'서니브룩 농장과 작별할 때가 되었구나. 웨어햄에서의 마지막 날, 등 뒤에서 흔들리던 황금 문이 이제 영원히 닫히겠지. 사랑스러운 개울과 언덕과 초원아, 안녕. 너희에게도 새로운 삶이 시작될 거야. 그러니 우리 희망을 가지고 서로에게 이렇게 말하자꾸나.'

나와 함께 나이 들어가자.
가장 좋은 때는 아직 오지 않았으니.

월 멜빌도 그날 아침에 측량기사들을 보았고, 템퍼런스 우

아름다운 상속

체국에서 랜들 부인이 철도회사로부터 받게 될 보상금의 대략적인 액수에 대해 들었다. 새로 철도가 놓이면 그의 농장도 가치가 올라갈 터였기에 윌은 기분이 좋았다. 이웃에 사는 아내의 가족이 극심한 가난에서 벗어나게 된 것도 마음이 놓였다. 존은 몇 년 일찍 가장이 될 수 있을 것이다. 그리하여 한나의 남편은 레베카를 템퍼런스까지 데려다주는 동안 휘파람을 불지 않기 위해 엄청난 자제력을 발휘해야 했다. 윌은 레베카의 슬픈 표정과 이따금씩 그녀의 뺨을 타고 흘러내리는 눈물을 이해할 수 없었다. 한나는 늘 미란다 이모가 성마르고 인색한 노인네로, 언제 죽어도 세상에 손해 될 게 없다고 말했기 때문이다.

윌이 레베카를 템퍼런스 역에 내려주면서 말했다.

"기운 내, 처제. 집에 돌아오면 어머니가 일어나 앉아 있는 모습을 보게 될 테니. 그리고 나중에 처제가 직장을 구하게 되면 온 가족이 처제의 직장 근처에 있는 예쁘고 아담한 집으로 이사 가게 될 거야. 올해처럼 힘든 해는 다시는 없을 거라고 한나와 나는 생각해."

윌은 이렇게 말한 뒤 아내에게 새로운 소식을 전해주려고 마차를 몰고 떠났다.

레베카가 평소와 달리 침울한 얼굴로 역에 들어서자 그곳에 와 있던 애덤 래드가 곧바로 그녀에게 다가왔다.

그는 레베카의 손을 잡고 말했다.

"오늘 아침에는 공주님이 우울하신 것 같군요. 알라딘이 요술 램프를 문질러야겠어요. 램프의 요정이 나타나 공주님을 기쁘게 해드릴 수 있도록요."

애덤은 가볍게 말했다. 레베카의 괴로움이 서니브룩 농장과 관련한 문제 때문이고, 따라서 농장이 팔려서 랜들 부인이 꽤 많은 액수의 보상금을 받게 되었음을 알려주면 레베카가 웃음을 되찾을 수 있으리라고 생각했기 때문이다. 그는 또한 레베카가 어린 시절에 살던 집을 떠나야 하지만, 사실 그곳은 레베카나 그녀의 어머니와 세 명의 어린 동생들이 살기에는 너무 궁벽한 시골이라는 점을 상기시켜줄 생각이었다. 그에게는 '어린 시절에 살던 농장을 대신할 만한 것은 아무것도 없지요'라는 레베카의 말이 마치 어제 들은 것처럼 생생했다. 그리고 그가 비누 300개를 주문했을 때 라일락 덤불 속으로 사라진 특이한 아이가 지금도 눈에 선했다.

하지만 레베카와 몇 마디를 나눠보니 그녀의 슬픔이 다른 종류의 것임을 알 수 있었다. 레베카는 깊은 슬픔에 빠져 있었기에 애덤은 그녀를 위로하고 곧 벽돌집으로 찾아가겠다고 말하는 것 외에 할 수 있는 게 없었다.

애덤은 레베카를 기차에 태워 보내며 슬픔에 잠긴 그녀가 여느 때보다 아름답다고 생각했다. 하지만 레베카와 이야기할 때 들여다본 그녀의 눈은 여전히 아이의 눈이었다. 예쁘게 반짝이는 그 깊이 있는 눈동자에는 세상에 대한 지식도, 사람들에 대한 경험도, 정열도, 정열에 대한 이해도 담겨 있지 않았다. 애덤은 그 작은 시골 기차역에서 걸어 나와 자신이 탈 기차가 도착할 때까지 숲길을 걸었다. 간간이 나무 밑에 앉아서 생각하고, 꿈꾸고, 아름다운 경치를 감상하면서. 레베카에게 주려고 『아라비안 나이트』를 사 왔지만(레베카가 어릴 때 즐겨 읽던 책이 너무 낡아서 새것으로 바꿔주고 싶었다), 미란다의 사망 소식에 깜빡 잊고 주지 못했다. 무심코 책장을 넘기자 「알라딘과 요술 램프」가 나왔다. 그 이야기는 어린 시절에 처음 읽었을 때처럼 그의 마음을 사로잡았다. 특히 눈에 띄는 대목이 있어서 애덤은 그 부분을 읽고 또 읽었다. 그것은 한때 가난했던 알라딘이 얻은 막대한 부의 효과와 술탄의 딸인 바드룰부드르 공주의 아름다움에 대해 상세히 설명한 부분이었다.

부랑아처럼 거리를 떠돌던 시절의 알라딘을 아는 사람들뿐만 아니라 조금 전에 그를 만난 사람도 그를 알아보지 못했습니다. 그의 모습이 너무나 많이 달라졌기 때문입니다. 램프의 효과는 그토록 엄청났습니다.

공주님은 세상에서 가장 아름다웠습니다. 커다란 눈은 초롱초롱하고 코는 한 치의 오차도 없이 완벽한 비율을 이

아름다운 상속

루었으며, 입은 작고 입술은 붉었습니다. 한마디로 얼굴의 모든 부분이 완벽하게 조화를 이루었습니다. 그런 미인을 본 적이 없는 알라딘이 공주님에게 반한 것도 놀랄 일이 아니었습니다. 게다가 공주님은 한 번 보면 절로 존경심이 우러날 만큼 우아하고 기품이 있었습니다.

알라딘이 공주님에게 다가가 예를 표하며 말했습니다.

"사랑스러운 공주님, 이토록 아름다운 분을 아내로 맞이하고자 하는 저의 무례함에 기분이 상하셨다면, 제가 아니라 공주님의 샛별 같은 눈과 매력을 탓하시라고 말씀드리지 않을 수 없군요."

공주님이 대답했습니다.

"왕자님, 왕자님을 뵌 것으로 충분합니다. 기꺼이 왕자님의 말씀에 따르겠습니다."

미란다 이모의 사과

메이플우드에 도착한 레베카가 기차에서 내려 급히 역참이 있는 우체국으로 가자 기쁘게도 그곳에는 제리 콥 아저씨가 고삐를 잡고 있었다.

제리 아저씨가 설명했다.

"평소에 나오던 마부가 아파서 내가 대신 나오게 되었단다. 나는 일을 그만뒀지만, 네가 제인의 편지를 받으면 곧바로 돌아올 테니 오늘이나 늦어도 내일이면 너를 만날 수 있겠다고 생각했지. 그래서 6년 전의 그때처럼 이곳에 나오게 된 거야. 진짜 숙녀 승객처럼 마차 안으로 들어갈래, 아니면 나와 함께 앞자리에 앉아서 갈래?"

노인의 얼굴에 다양한 감정이 스쳤다. 지나가던 사람 두세

아름다운 상속

명이 예쁘고 늘씬한 소녀가 먼지투성이 노인의 어깨에 기대 어린애처럼 우는 것을 보고 놀랐다.

레베카가 흐느끼며 말했다.

"오, 제리 아저씨! 제리 아저씨! 너무나 많은 시간이 흘렀고, 너무나 많은 일이 일어났어요. 우리는 너무 나이 들었고, 너무 많은 일이 일어날 것 같아서 두려워요."

노인이 작은 소리로 달래듯이 말했다.

"그래, 그래, 애야, 마차에 오르렴. 길을 가면서 이야기를 하다 보면 상황이 그렇게 암울해 보이지 않을 거야."

가는 길에 만난 모든 것이 낯익었다. 여물통과 맷돌, 붉은 헛간, 풍향계, 오리가 헤엄치는 연못, 모래가 반짝이는 개울 등 모든 것이. 레베카는 줄곧 오래전의 그날, 그녀가 처음으로 마부석에 앉아서 공중에 발을 대롱거리며 벽돌집으로 향하던 그날로 돌아갔다. 그날 들고 가던 커다란 라일락 꽃다발의 향기가 나는 듯했고, 분홍 양산이 보이는 듯했고, 풀을 먹인 담황색 옥양목 드레스의 뻣뻣한 감촉과 검은색과 주황색 고슴도치 가시의 찌르는 듯한 감촉이 느껴지는 듯했다. 두 사람은 거의 아무 말도 하지 않았지만, 그것이 오히려 제리 삼촌과 레베카 모두에게 위안이 되었다.

이윽고 아비자 플래그가 헛간에서 콩깍지를 벗기고 있는 모습이 보였고, 잠시 후에는 퍼킨스네 다락 창문에서 흰 천이

나부끼는 모습이 보였다. 그 작은 깃발에서 레베카는 그녀를 환영하고자 하는 엠마 제인의 따뜻한 마음을 느낄 수 있었다.

그다음에 벽돌집이 나왔다. 벽돌집은 그대로였다. 비록 레베카의 눈에는 죽음이 집에 어떤 신비로운 주문을 걸어놓은 듯했지만 말이다. 집 주변의 물결치는 듯한 목초지와 노란색과 갈색으로 옷을 갈아입은 아름드리 느릅나무, 불타는 듯한 단풍나무, 쑥부쟁이가 가득한 풀밭, 응접실 창문까지 올라온 접시꽃 등 모든 게 다 예전 그대로였다. 다만 응접실 창문 블라인드에 검은색 스카프가 묶여 있고 거실 창문과 갈색 문의 놋쇠 문고리에도 검은색 스카프가 걸려 있는 게 전과 달랐다.

"멈춰주세요, 제리 삼촌! 마차를 길가에 대지 마세요. 그리고 제 가방을 주세요. 여기서 내려서 혼자 걸어 올라갈게요."

역마차의 덜커덕거리는 소리에 벽돌집의 현관문이 열렸다. 제인 이모가 마당에 들어선 레베카를 맞아주었다. 제인 이모는 창백하고 수척한 게, 전과 다른 사람이 되어 있었다. 레베카가 팔을 벌리자 늙은 이모는 힘없이 그녀의 품에 안겼다. 예전에 약혼자의 죽음에 대해 말할 때 그랬듯이. 소녀의 온기와 힘과 생명력이 노인에게로 흘러 들어갔다.

제인 이모가 고개를 들고 말했다.

"레베카, 미란다 이모를 보러 가기 전에 묻고 싶은 게 있어. 혹시 미란다 이모가 네게 한 말 때문에 서운한 감정이 남아 있니?"

아름다운 상속

레베카는 나무라는 눈빛으로 제인 이모를 바라보며 목멘 소리로 말했다.

"오, 제인 이모! 어떻게 그런 생각을 하실 수 있어요? 저는 오직 감사하는 마음뿐이에요!"

"미란다 이모는 좋은 사람이었어, 레베카. 화를 잘 내고 말을 함부로 해서 그렇지, 늘 옳은 일을 하고 싶어 했고 또 되도록 옳은 일을 해왔어. 나는 미란다 이모가 네게 심한 말을 한 것에 대해 늘 미안해했다고 믿어. 이모는 살아생전에 네게 미안하다는 말을 하지는 않았지만, 이모의 행동을 보면 네게 미안해했다는 것을 알 수 있을 거야."

"저는 서니브룩 농장으로 떠나기에 앞서 미란다 이모에게, 미란다 이모가 저를 지금의 저로 만들었다고 말씀드렸어요."

"미란다 이모가 그렇게 만든 게 아니야. 하느님이 그렇게 만드신 거지. 너도 하느님을 도와 열심히 노력했고. 하지만 미란다 이모는 거기에 필요한 자금을 댔고, 그것은 결코 무시할 게 못 돼. 특히 자신의 편안함과 즐거움을 포기하면서까지 그렇게 했을 때는 말이야. 네게 알려줄 게 있단다, 레베카. 미란다 이모는 이 집을 네게 물려주었어. 벽돌집과 별채, 가구와 집 주변의 땅 전부를."

레베카는 몹시 흥분할 때면 늘 그렇듯 모자를 벗어들고 손을 가슴에 얹었다. 잠시 침묵한 뒤 그녀가 말했다.

"미란다 이모에게 가서 말씀드리고 싶어요. 감사 인사를 드리고 싶어요. 미란다 이모가 제 말을 듣고 제 기분을 알아주실 것만 같아요."

제인은 죽음도 어찌할 수 없는 일상의 의무를 하기 위해 부엌으로 돌아갔다. 죽음이 이 집, 저 집을 돌아다니며 사람들을 절망에 빠뜨릴지라도 누군가는 요리를 하고, 설거지를 하고, 침구를 정돈해야 하기 때문이다.

10분 뒤, 레베카는 창백하고 지쳐 보이지만 평화로운 얼굴로 미란다 이모의 방에서 나왔다. 그녀는 느릅나무가 그늘을 드리운 조용한 현관 입구에 앉았다. 가을 풍경을 바라보고 다리 위를 지나는 마차 소리와 바다로 흘러 들어가는 강물 소리를 듣는 동안 감사와 평안이 그녀를 감쌌다. 레베카는 손을 들어서 반짝거리는 놋쇠 문고리와 10월의 햇빛에 더욱 붉게 보이는 벽돌을 어루만졌다.

그것은 그녀의 집이었다. 그녀의 지붕이고, 정원이고, 초지이고, 나무들이었다. 서니브룩 농장의 식구들을 보호해줄 피난처였다. 엄마는 다시 한번 언니와 어린 시절의 친구들과 어울려 지내게 될 것이고, 동생들에게는 선생님과 친구들이 생길 것이다.

그리고 그녀는? 그녀의 미래는 아직 펼쳐지지 않았다. 아름다운 안개 속에 숨어 있었다. 레베카는 햇빛으로 따뜻해진 현

아름다운 상속

관문에 머리를 기대고 눈을 감은 채 어린아이처럼 속삭였다.

"하느님, 미란다 이모를 축복해주세요. 하느님, 과거의 벽돌집을 축복해주세요. 하느님, 미래의 벽돌집을 축복해주세요!"

우리의 친구 레베카처럼
두려움 없이 사랑하고
기쁨의 장미를 피워내길

가끔은 어린 시절이 그리워질 때가 있다. 아무 근심 걱정 없이 하루하루가 즐거웠던 시절, 기쁨과 자유를 마음껏 누리던 시절이.

사람들과 자연과 삶을 사랑하는 레베카는 우리 모두의 어린 시절을 보여준다. 그녀는 대기가 쾌청하고 단풍이 곱게 물든 어느 찬란한 가을날, 마차를 타고 가다가 벌떡 일어나 삶의 기쁨을 노래한다.

크고 넓고 아름답고 경이로운 세상아!
경이로운 강물이 네 허리를 휘감고

경이로운 초목이 네 가슴 위에 자라는구나.
세상아, 너는 참 아름다운 옷을 입었다!

레베카에게는 존재하는 것 자체가 기쁨이다. 삶을 힘들어하는 엄마에게 그녀는 살아 있다는 건 모든 것을 보상해준다며 이렇게 말한다. "엄마! 오늘 같은 날, 세상에 존재하는 것만으로도 기뻐요. 보고, 느끼고, 무언가를 하고, 무언가가 되어가는 것만으로도 충분히 기뻐요."

레베카는 우리 어릴 적에 그랬듯이 모든 것에 대한 사랑과 선의로 가득하다. 그녀는 시와 주일학교 음악회와 학교로 가는 길의 아름다운 풍경을 사랑한다. 그리고 아기와 주변 사람들을 사랑한다.

그녀는 "어딜 가든 친구를 사귀고, 어느 곳에서든 아는 사람을 만났다." 레베카는 가난한 친구들이 연회용 램프를 탈 수 있도록 같이 비누를 팔아주고, 약혼자를 잃은 제인 이모의 슬픔과 어머니를 잃은 알라딘의 슬픔에 깊이 공감한다. 그리고 모진 말로 그녀를 힘들게 하던 미란다 이모가 병에 걸리자 모든 서운함과 원망을 잊고 진심으로 마음 아파한다.

크고 작은 차이는 있을지라도 우리 모두에게는 레베카와 같이 순수하던 시절이 있었다. 선의와 사랑으로 가득하고 기쁨과 에너지가 넘치던 어린 시절이 있었다. 그러나 자라면서 점차 그러한 어린 시절로부터 멀어지게 되고, 결국 더 이상은 기쁘지 않고 자유롭지 않은 자신을 발견하게 된다. 늘 시간에 쫓기는 듯하고 경쟁에서 이기지 않으면 생존하기 힘들다고 생각하는 자신을 발견하게 되는 것이다.

언젠가 출근 시간에 지하철에서 사람들의 얼굴을 보고 깜짝 놀란 적이 있다. 출근길이라 그런지 많은 사람들의 얼굴이 딱딱하게 굳어 있었기 때문이다. 본바탕은 예쁜 얼굴인데도 두꺼운 화장 위로 초조함이나 괴로움이 스며 나오는 사람들을 보니 안타까운 마음이 들었다. 어린 시절의 우리와 성인이 되어 마음에 온갖 무거운 짐을 지고 살아가는 우리 사이에는 어떤 차이가 있을까? 왜 그렇게 되었을까? 다시 어린 시절의 순수했던 모습으로 돌아갈 수는 없는 것일까?

다행스럽게도 레베카에게서 힌트를 얻을 수 있다. 레베카

옮긴이의 말

에게는 두려움이 없다. "제 안에는 당연히 두려움이 있어야 하지만, 제겐 두려움이 없어요." 두려움은 분리 의식에서 비롯된다. 우리가 내 편, 네 편을 가를 때 혹은 혼자라고 생각할 때 두려움이 생긴다. 그러나 본질적인 면에서 우리는 분리된 존재가 아니다.

우리의 피상적인 자아는 우리가 혼자라고 생각하지만 참된 자아는 보다 깊은 차원에서는 모든 게 서로 연결되어 있음을 안다. 이것을 저자는 "우리는 모두 같은 왕의 자녀"라는 말로 표현한다. 그리고 "궁극적인 존재로부터의 분리를 느끼기 전에 그와의 합일을 의식하는 것, 이것이야말로 아이가 하느님을 발견하는 가장 아름다운 방식일 것"이라고 말한다.

여기서 "하느님"이 꼭 특정 종교의 하느님일 필요는 없다. '하느님' 대신 '존재의 근원'이나 '우주 의식,' '참 자아' 같은 말을 사용해도 무방할 것이다. 꼭 종교인이 아니더라도 존재의 근원과 하나가 될 때, 혹은 자기 영혼과 연결되어 있을 때 우리는 두려움에서 벗어날 수 있다. 두려움에서 벗어나 어린아이처럼 신뢰로 가득한 눈으로 세상을 바라볼 수 있다.

레베카의 아름답고 깊이 있는 눈동자는 "바라는 것들의 실상이요 보이지 않는 것들의 증거"인 믿음을 떠올리게 한다. 믿음이 있는 사람에게는 두려움이 없다. 나를 믿고 세상을 믿으며, 나와 세상을 떠받치는 존재의 근원을 믿기 때문이다. 레베카에게는 분리 의식이 없기에 자의식도 없다. "레베카는 늘 준비되어 있었고, 기꺼이 돕고자 했다. 그녀는 자신을 드러내려 하지 않았고, 사실 놀라울 만큼 자의식이 없었으며, 다른 사람들이 즐거움을 맛보게 해주고 싶어 했다."

그러니까 자의식의 과잉으로 괴로워하지 않고 혼자라는 느낌으로 두려워하지 않는 삶은 불가능한 것이 아니다. 바라건대 우리 모두가 두려움 없이 삶을 사랑하고 존재의 기쁨을 느끼며 살아갈 수 있었으면 한다. 크나큰 자유 속에서 스스로를 표현하는 기쁨을 누리며 살아갈 수 있었으면 한다.

레베카는 '기쁨의 장미'를 말한다. "새로운 생각이 났어. 우리가 노래하거나 그림을 그리거나 글을 쓸 때… 대충이 아니라 아주 훌륭하게 해낼 때 말이야… 그게 우리에게 기쁨의 장미를 가져다주지 않을까?" 꼭 예술작품이 아니더라도 우리는 날마다, 매 순간 무언가를 창조한다. 생각을 창조하고 마음을 창조하고 행동을 창조하고 사람들과의 관계를 창조한다. 두려움 없이 사랑하고 자신을 표현하는 기쁨을 누리는 게 우리 삶의 모습이어야 하지 않을까? 모든 게 잘되리라는 믿음, 모든 게 합력하여 선을 이루리라는 믿음을 가지고서 말이다.

이 책을 읽는 독자 여러분이 각자 자기 영혼이 아름다웠던 시절을 돌아보고 앞으로도 아름다운 영혼으로 살아갈 힘을 얻는다면 옮긴이로서 보람을 느낄 수 있을 것 같다.

번역가 박상은

시_
두 가지 소원

두 소녀가 메인주의
강가를 산책했네.
피부색이 더 어두운 소녀가 레베카이고
피부색이 더 밝은 소녀는 엠마 제인이었네.
피부색이 더 밝은 소녀가 말했네.
"나는 강물처럼 살고 싶어.
더없이 평화롭고, 더없이 잔잔하고 고요하며
더없이 유쾌하고 평온하게."

"나는 차라리 거대한 폭포수의
작은 물방울이 되고 싶어.
잔잔한 호수 같은 삶은 결코 선택하지 않겠어.
그런 삶은 내게 아무런 기쁨도 안겨주지 못하니까."
(방금 한 말은 피부색이 더 어두운
소녀가 한 말이었네.
두 소녀는 친구일 뿐,
자매나 친척은 아니었네.)

그러나 오! 안타까워라! 우리는
원하는 것을 얻지 못할 수 있다네.
조용한 삶이 내게 오고
폭포수 같은 삶이 엠마 제인에게 올 수 있다네.

우리의 운명이 밝든 어둡든
웃음으로 가득하든, 눈물로 가득하든
하느님이 그렇게 계획하셨다는 생각은
그 세월을 견디게 하네.

동화_
바람에 실려 보낸 메시지

옛날에 두 도시 사이의 큰길가에 있는 오두막에 한 가난한 공주님이 살았습니다. 공주님은 다른 수많은 사람들처럼 불행하지는 않았습니다. 오히려 많은 것에 감사하며 살았습니다. 하지만 공주님이 하는 일은 공주님처럼 가냘픈 사람이 하기에는 너무 힘들었습니다.

공주님의 오두막은 나뭇가지 사이로 바람이 불고 나뭇잎 사이로 햇빛이 비치는 널따란 숲의 가장자리에 있었습니다.

어느 날 공주님은 밭을 갈다 지쳐 길가에 앉았습니다. 그때 '왕의 도로'를 달려 내려오는 황금 마차가 보였습니다. 마차 안에는 궁전으로 가는 요정 할머니가 타고 있었지요. 마차는 공주님의 오두막 앞에 멈춰 섰습니다. 공주님은 요정 할머니에 대한 이야기를 읽은 적은 있지만, 요정 할머니가 실제로 자신의 오두막에 나타나리라고는 꿈에도 생각해본 적이 없었습니다.

"피곤하거든 시원한 숲속에서 쉬지 그러니?"

요정 할머니가 말했습니다.

"그럴 시간이 없어요. 저는 다시 쟁기질을 하러 가야 하거든요."

공주님이 대답했습니다.

"저 나무에 기대놓은 것이 네 쟁기니? 그리고 그게 너무 무겁지는 않니?"

"무거워요. 하지만 저는 딱딱한 땅을 씨앗이 자랄 수 있는 부드러운 흙으로 바꿔놓는 게 좋아요. 쟁기가 너무 무겁게 느껴질 때는 추수할 때를 생각하지요."

공주님이 대답했습니다.

황금 마차는 지나갔고, 두 사람의 대화는 그렇게 끝났습니다. 그러나 왕의 전령들은 요정 할머니의 귓가에 무언가를 속삭이고 공주님의 귓가에 또 무언가를 속삭이느라 바빴습니다. 비록 그 소리가 너무 작아서 요정 할머니도 공주님도 왕이 무언가를 말했다는 것을 깨닫지 못했지만 말이죠.

다음 날 아침, 한 건장한 남자가 공주님의 오두막을 찾아왔습니다. 그는 모자를 벗고 인사하며 말했습니다.

어제 황금 마차가 제 옆을 지나갔는데, 마차에 탄 사람이 제게 금화가 든 지갑을 던져주면서 이렇게 말했습니다. "왕의 도로로 가서 나무 옆에 무거운 쟁기가 기대어져 있는 오두막을 찾아보아라. 그리고 거기 사는 공주님에게 '제가 쟁기질을 할 테니 공주님은 가서 휴식을 취하거나 시원한 숲속을 산책하십시오. 이것은 요정 할머니의 명령입니다' 하고 말씀드리거라."

이런 일은 매일같이 반복되었습니다. 일에 지친 공주님은 날마다 숲속을 산책했지요. 공주님은 여러 차례 황금 마차를 발견하고 요정 할머니에게 감사의 마음을 전하려고 큰길로 달려갔지만, 공주님이 큰길에 도착했을 때는 황금 마차가 이미 지나간 뒤였습니다. 그렇지만 공주님은 요정 할머니가 미소 짓는 것을 보았고, 때로는 요정 할머니가 한 말을 듣기도 했습니다. 요정 할머니는 이렇게 말했지요.

"내게 감사하지 않아도 된단다. 우리는 모두 같은 왕의 자녀이니까. 그리고 나는 그분의 전령에 불과해."

이제 공주님은 날마다 숲속을 산책하며 나뭇가지 사이로 부는 바람의 노래를 듣고 나뭇잎 사이로 비치는 햇빛을 보았습니다. 밭을 갈거나 답답한 오두막 안에 있을 때와 달리 숲속에서는 여러 가지 새로운 생각들이 떠올랐습니다. 공주님은 허리춤에서 바늘을 꺼내 나뭇잎에 구멍을 뚫어 그 생각들을 적어서 바람에 날려 보냈습니다. 사람들은 그 나뭇잎을 주워 햇빛에 비춰보기 시작했습니다. 거기에 적힌 내용은 요정 할머니가 황금 마차를 타고 가며 떨어뜨리곤 하는 왕의 메시지 중 일부였기 때문입니다.

그러나 이 이야기의 기적은 보다 깊은 데 있습니다.

나뭇잎에 바늘로 구멍을 뚫어서 글자를 써 내려갈 때마다 공주님은 거기에 요정 할머니의 생각도 함께 적어서 바람에 날려 보냈습니다. 다른 많은 공주님도 같은 충동을 느끼고 똑같이 했습니다. 왕이 통치하는 곳에서는 무엇 하나 잃어버리지 않습니다. 따라서 사랑과 감사로 가득한 이런 생각들과 소망 또한 사라지지 않고 다른 형태로 바뀌어서 영원히 삽니다. 그것들은 보이지 않습니다. 우리의 시력이 너무 약하기 때문입니다. 들리지도 않습니다. 우리의 귀가 너무 어둡기 때문입니다. 그러나 때때로 우리는 그것들을 느낄 수 있습니다. 비록 어떤 힘이 우리의 마음을 휘저어 보다 고상한 목표를 추구하게 했는지는 알 수 없지만 말이죠.

이야기는 아직 끝나지 않았지만, 언젠가 요정 할머니가 직접 왕을 뵙고 메시지를 전할 때 왕은 이렇게 말할 것입니다.

"나는 네 얼굴을 안다. 네 목소리와 생각과 마음을 안다. 나는 큰길을 달리는 네 황금 마차의 덜커덕거리는 소리를 들었고, 네가 나를 위해 일한다는 것을 알고 있었다. 여기 내 왕국의 방방곡곡에서 도착한 메시지 묶음이 있다. 이것들은 지친 여행자들이 가져온 것으로, 그들은 너의 도움이 없었다면 안전하게 이곳에 도착하지 못했을 것이라고 했다. 이것들을 읽어보아라. 그러면 네가 언제 어디서 어떻게 나를 섬겼는지 알게 될 것이다."

요정 할머니가 그 메시지들을 읽을 때 달콤한 향기가 풍기면서 반쯤 잊고 있었던 기억들이 되살아났습니다. 그러나 그 기쁨의 순간, "이것들을 읽어보아라. 그러면 네가 어떻게 나를 섬겼는지 알게 될 것이다" 하고 말하는 왕의 목소리만큼 아름다운 것은 아무것도 없었습니다.

레베카 로웨나 랜들